Ennow Strelow

Kohlegeier

edition lichtblick, oldenburg

Personen der Handlung

Kommissar Gisbert Domagalla
Hauptkommissar Dr. Gründlich, Ministerialrat Dr. Dürrkopp, Ministerialrat Dr. Schaafzahn
Die Pokerbrüder: Bohne alias Idi Amin ein Bremer Kaffeeröster, Utze der Hamburger Lude,
Rita der Albaner, Keci der Türke, Uzzi der Israeli, Bokassa der Afrikaner,
El Pueblo Body Builder, Habibi der Tunesier, Ilja Stroganoff alias Kolja der Russe
Frau von Riemenschneider Bohnes Sekretärin
La Porta ein Türsteher
Fifi die Ratte, Massut der Afgahne, Wachmeister Wellmann
Roswitha und Trudi aus der Herbertstraße St.Pauli und ihr Papagei Henry
Tante Käthe die Wirtschafterin aus der Herbertstraße
Parterre der Boxer, Monsieur Ede aus Marseille, Pourquoi der Auftragskiller
Onno Jannsen LKAFahrdienst, Doris der Frisör, Don Alfredo Restaurantbesitzer
Frau Oberste - Berghaus und ihr nerviger Dackel Falstaff
Envar Hotic Albanischer Banker, Dagobert Bollmann Autoverkäufer
Pretty Boy Neffe von Onkel Bdshebazi Persischer Teppichhändler
Dr. Ochsenknechter Forensiker
Pastor Himmelmann, Käpt`n Lüdewitz- Seebestattung,
* Songtext von Achim Reichel - Kuddel Daddel Du Lyrics

0

Kohlegeier

Gisbert Domagalla war alles andere als gut zufrieden! Er schaute sich im Spiegel an und was er sah, war ein menschliches Wrack. In seinem Alter hinterließ eine durchzechte Nacht mehr Spuren, als es einem selbst lieb war. Der gestrige Abend im Hinterzimmer einer angesagten Pizzeria am Stadthafen endete für Kommissar Domagalla im Morgengrauen als Desaster. Er, der im Alleingang Undercover einen albanischen Falschspielerring sprengen sollte, hatte selbst richtig bluten müssen ......

12.000 € Steuergelder hatte Gisbert verzockt. Dazu noch seine private Rolex Daytona für die er gefühlte 3 Jahre gespart hatte. Aber mit einem Full House gewinnt doch normalerweise jeder Schwachkopf. Wer konnte schon ahnen, das ausgerechnet "Idi Amin" einen Royal Flush in seinen Wurstfingern hielt. Natürlich war das nicht der richtige Name des fetten Glückspilzes, der im letzten Spiel alles abgeräumt hatte. Viel Schmalz für eine Nacht. Er war auch kein Albaner! Nein, es war "Bohne" ein Bremer Kaffeeröster, der ohnehin schon im Geld schwamm. Alle die am Spieltisch saßen, kannten den bürgerlichen Namen ihres Gegenübers nicht. Sie benutzen allesamt einen Decknamen. Gisbert hatte sich trotz seiner stattlichen 192 cm Körpergröße und seiner 120 Kilo mit Alberich vorgestellt. Nur Utze der Hamburger Lude verzichtete auf eine Tarnung , er lebte sowieso am Rande der Gesellschaft. Auch "Rita" der Albaner, "Uzzi" der Israeli, "Keci" der Türke und "Habibi" die tunesische Schwuchtel hatten kräftig Federn gelassen. Aber immerhin, sie hatten ihre Armbanduhren noch. In diesem Moment der frustrierenden Bestandsaufnahme klingelte das Telefon.

Hauptkommissar Dr. Gründlich aus Düsseldorf war am Apparat. Er bellte ins Telefon: „Wie ist es gelaufen, Domagalla ...?" "Beschissen!" knurrte Gisbert, ich schreib einen Bericht. Dann drückte er Dr. Gründlich weg und für einen kurzen Moment war es so still wie in der Lambertikirche an einem Sonntagnachmittag. Domagalla holte "Angie" aus der Minisafe und steckte sie ins Holster.

"Angie" war noch jungfräulich! Der Kommissar arbeitete lieber mit seinem Groß- und Kleinhirn, als das er mit einer 9 mm durch die Gegend ballerte. Heute morgen war an Schlaf nicht zu denken. Dafür gab es volle Kanne Zynapsenalarm. Wer in diesen Kreisen verkehrte, musste ob er wollte oder nicht, seine Nase pudern, wenn die Schale kreiste. Das war nicht der Dreck von der Strasse! Nein, in diesem Fall waren sich Oberschicht und Unterwelt ausnahmsweise einmal 100% ig einig. Auch der Schnee hatte einen hohen Prozentgehalt. Dafür sorgten Keci und Rita. Vielleicht konnte man auch ihnen ihr schmutziges Handwerk legen.

Gisbert trat auf die Straße, schlug den Mantelkragen nach oben und zog die Schultern hoch. Der leichte Nieselregen hatte etwas Erfrischendes. Dankbar saugte er die frische Morgenluft tief in seine Lungenflügel ein. Was für eine Wohltat nach dieser Nacht voller Zigarren- und Zigarettenqualm in einem stickigen Raum ohne Fenster. Ihm als Nichtraucher machten diese Einsätze immer mehr zu schaffen. Bloody Mary und Becks waren o.k. Auch das Schneegestöber ließ sich noch verkraften. Aber das mit dem Nikotin war echt die Härte. Eine Rauchbelästigungsentschädigung hatten seine Vorgesetzten abgelehnt. Lungenkrebs war Privatsache!

Mühsam versuchte Kommissar Domagalla seine Gedanken zu ordnen. Was wollte Habibi von ihm? Was wusste er? Nach dem letzten Spiel hatte der Araber ihm hastig einen Zettel zugesteckt ... 9.30 im Altera Zimmer 13. Es war nicht weit zum Waffenplatz. Im Gegensatz zu ihnen wußte Gisbert Domagalla viel über die schrägen Vögel aus der gestrigen Pokerrunde. Er kannte sogar ihre Zahnpastamarke. Das BKA hatte gute Arbeit geleistet! Domagalla mochte Habibi, denn er war kein schlechter Kerl! Sein Vater, ein hochrangiger Diplomat, hatte seinem Sohn nie seine Grenzen aufgezeigt und so war aus Habibi der eigentlich Achmed hieß, das geworden was er war. Achmed sammelte Strafzettel für falsches Parken und zu schnelles Fahren. Sonst war er sauber! Seine Wochenenden verbrachte er in Köln oder St. Georg. Berlin war ihm zu heiß! Da er aber nie mit Papas Geld auskam, tauchte er immer öfter an den Spieltischen der Republik auf und versuchte sich mit wechselndem Erfolg im Glücksspiel!

Domagalla betrat das Foyer des Altera. Die Rezeption war verwaist. Aus dem Frühstücksraum von gegenüber klang leicht gedämpfte Musik von Café del Mar. Schwerfällig steuerte Gisbert die Stufen zur ersten Etage an und schon stand er vor der Tür mit der Nr. 13. Eines dieser Pappschilder mit dem internationalen Aufdruck: „Don`t disturb" am Türknauf signalisierte: Lasst mich in Ruhe! Domagalla ignorierte die Botschaft und drehte am Türknauf. Es war nicht abgeschlossen!

Vorsichtig betrat der Kommissar Zimmer 13. Dem Zeitgeist entsprechend war das Zimmer schlicht eingerichtet und bis auf die Obstschale wirkten das dominante Braunbeige etwas zu kühl. „Habibi, ich bin es Alberich" ... weiter kam er nicht. Im Badezimmer brannte Licht. Böses ahnend holte er vorsichtig Angie aus dem Holster und verspürte sofort die Rückendeckung, die man in solchen Situationen brauchte. Vorsichtig öffnete er mit dem Fuß die Badezimmertür ……

Er sah das, was er nicht sehen wollte. Auf dem Boden lag seltsam verkrümmt Habibi. Sein Kopf lag in einer frischen Blutlache, die seinen Lockenkopf umrandete wie ein Heiligenschein. Mein Gott! Es gab soviel Schweinebacken, die so ein Ende verdient hätten. Aber warum ausgerechnet Habibi? Auf dem Waschbeckenrand lag noch seine Scheckkarte, ein Plastikröhrchen und ein Häufchen Koks.
Wollte sich Habibi in Stimmung bringen? Aber für wen? Sein Leichnam war noch warm. Grotesk war nur seine Kostümierung. Habibi trug einen seidenen Kimono. Darunter Reizwäsche und Strapse. Seine Füße steckten in sündhaft teuren High Heels. Bei einem dieser Knöchelkiller war der Absatz abgebrochen und lag in einem Winkel von 45° zum Mutterschuh.

Hier war nichts mehr zu machen. Domagalla steckte Angie wieder jungfräulich ins Holster zurück und rief die Oldenburger Kollegen an. Erst dann fiel sein Blick auf den Spiegel. Darauf stand mit Lippenstift geschrieben: „I love Alberich!" Gisbert schüttelte stumm den Kopf und murmelte „Ach Gott! Armer Habibi!" Das hatte er nicht verdient! Es war also eine rein private Einladung gewesen und hatte nichts mit seinem Fall zu tun. Beim Verlassen des Tatorts checkte er noch routinemäßig Zimmer 13 ab. Sein Blick fiel unverhofft auf das unberührte Bett. Wie gebannt schaute er auf das Kopfkissen. Verdammt noch mal! Da lag seine Daytona. Auf dem Flur waren schon die Stimmen der Kollegen zu hören. Ohne zu überlegen griff Gisbert nach seiner Rolex und drückte die Faltschließe zu. Danke Habibi! Das vergesse ich dir nie!

Wie sich nach der Obduktion herausstellte war Habibi beim Linie ziehen auf seinen High Heels umgeknickt, war gestürzt und hatte sich am Beckenrand der Nasszelle seinen Schädel eingeschlagen und sich ein Schädel - Hirn - Trauma mit tödlichem Ausgang zugezogen. Kommissar Domagalla schrieb seinen Bericht an Dr. Gründlich, bedauerte das Verzocken von 12.000 € Steuergeldern mit keinem Wort und bestieg am späten Nachmittag den IC in Richtung Süddeutschland. Am Wochenende trafen sich alle in Wiesbaden und es würde wieder eine harte Nacht. Aber diesmal gehörte der Schmalz ihm! 100 Pro !!!

***

Die Fahrkarte bitte! Gisbert wurde jäh aus dem Schlaf gerissen. Vor ihm stand die diensthabende Zugbegleiterin und wartete ungeduldig darauf, das sie das zu sehen bekam, was sie sehen wollte.
Wortlos reichte ihr Gisbert seinen Fahrschein und zahlte den Aufschlag für die 1. Klasse aus der eigenen Tasche. Dr. Gründlich duldete grundsätzlich keinen Luxus. Die junge Frau bedankte sich, wünschte noch eine gute Reise und verschwand im Großraumwagen der 2. Klasse.
Domagalla schaute aus dem Fenster. Draußen huschte das Münsterland vorbei. Auf den Wiesen lagen schwarzbunte Kühe und kauten gelangweilt vor sich hin. Was für ein friedliches Bild!
Gisbert machte die Augen zu und dachte an seine erste Zugfahrt mit seinem Großvater von Köln nach Travemünde. Damals gab es in der 1. Klasse noch Plüschpolster, richtiges Porzellangeschirr und keine Handys. Das

war auch der eigentliche Grund warum er die 2. Klasse mied. Er konnte es nicht ertragen wenn er sich unfreiwillig solch dümmliche Sprüche anhören musste: „Schatz du kannst schon mal die Erbsensuppe aufsetzen, ich bin gleich am Bahnhof. Stell dir vor gestern hatte ich solch einen Durchfall, beinah wäre mein Referat voll in die Hose gegangen."

Diesem inhaltslosen Gerede zu entgehen, war es schon alleine wert, freiwillig den 1. Klasse Aufschlag zu bezahlen. In seiner Hose vibrierte es. Dr. Gründlich rief an. „Domagala wo stecken sie?" „Kurz vor Münster, der Empfang ist schlecht!" „Hören sie mich?" „Es geht!" „Im Hotel Kaiserhof an der Rezeption liegen nochmals 15.000 € für sie bereit. Wenn sie das Geld haben rufen sie mich an!" „Wie heißt das Codewort?" „Salamanderkot zu verkaufen." „Ach du Scheiße!" „Denken sie an den Steuerzahler, Domagalla! Viel Glück!"

Das war doch mal ein Schritt in die richtige Richtung! Heute hatte Dr. Gründlich mal nicht gebellt!
Langsam wich die Müdigkeit aus seinem Körper. Hoffentlich blieb in Wiesbaden noch genügend Zeit für einen Museumsbesuch. Wenn schon mal in Wiesbaden, dann wollte er sich auch unbedingt die Jawlensky Bilder ansehen. Die Liebe zur Malerei hatte er auch seinem Großvater zu verdanken.
Bei diesen Gedanken an all die wundervollen Portraits von Alexej von Jawlensky tauchte Habibis Gesicht vor seinem geistigen Auge auf. Dieses unverdorbene, herzhafte Lachen, wenn er den Pott gesprengt hatte und ganze die Kohle für sich allein einsacken konnte. Heute abend in der Runde würde ein Stuhl frei bleiben! Dafür würde er, Gisbert Domagalla sorgen! Das war er Habibi schuldig.

Heute war der Zug nur mäßig besetzt. Im Speisewagen saß nur ein älteres Paar, deren Benehmen darauf schließen ließ, das sie sich noch nicht lange kannten. Sie waren ausgelassen wie verliebte Teenager. Gisbert bestellte eine Gulaschsuppe, ein Beck`s und schaute auf die vorbeihuschende Landschaft. Nach der heißen Suppe und dem Bier ging es ihm schon besser und er zog sich in sein Abteil zurück. Bis Wiesbaden war es noch eine Weile hin. Was ihm die Gelegenheit bot sein Schlafdefizit zu reduzieren, denn heute abend durfte nichts schief gehen!

Gerade rechtzeitig, kurz vor Wiesbaden wachte Domagalla auf. Die Mütze Schlaf hatte ihm gut getan. Er war wieder frisch.

Der Nassauer Hof lag abseits vom Hauptbahnhof, doch mit dem Taxi war es ein Katzensprung. Ein Haus aus dem frühen 20. Jahrhundert. Gut für die Legende eines Zockers. Die Rezeption war wohl noch im Originalzustand. Dafür war die Frau in ihrem grauen Nadelstreifenkostüm dahinter bedeutend jünger. Domagalla, stellte sich vor. „Für mich ist reserviert." „Ja, Zimmer 33 im 3 Stock. Warten sie, hier ist noch ein Päckchen für sie. Wir wünschen ihnen ein schönes Wochenende in Wiesbaden." „Danke", brummte Gisbert. Das kleine braune Päckchen war für ihn die Eintrittskarte in die Blaue Villa, wo in drei Stunden das nächste Schweinebackenspiel stattfand. Zeit genug sich frisch zu machen, endlich wieder einmal ohne Hektik das Abendessen zu genießen und sich in Ruhe auf die kommende Partie vorzubereiten.

Die Speisekarte hatte nicht gelogen. Besonders das Hüftsteak war eine gute Grundlage für all die ungesunden Drogen, die er sich in zwei Stunden mehr oder weniger unfreiwillig reinziehen würde.

Es war der warme Herbstabend der den Kommissar motivierte sich zu Fuß auf den Weg zu machen. Ein kleiner Spaziergang würde ihm bestimmt gut tun. Wiesbaden hatte was! Kein Wunder das das Kapital sich hier wohl fühlte. Harz IV wohnte woanders.

In Sichtweise der Blauen Villa lag der Kurpark. Gisbert Domagalla fand eine leere Bank und nutzte die restliche Zeit um noch einmal seine Strategie durchzugehen. Sicherlich waren die üblichen Verdächtigen wieder dabei und der Gastgeber Ilja Stroganow, der sich "Kolja" nannte. Aber wer war der große Unbekannte, der Habibis Platz einnehmen sollte?

Gisbert drückte die Schelle, sagte das Codewort des Abends: „Salamanderkot zu verkaufen" und schon war er in der Höhle des Löwen. Die Villa war beeindruckend! Wäre da nur nicht dieser erdrückende sündhaft teure Kitsch. Hätte er es vorher nicht gewusst, jetzt wäre er sich sicher, das der Hausherr ein Russe war. Bei soviel Gold war es immer gut eine Sonnenbrille dabei zu haben.
Obwohl er nicht zu spät kam waren nur noch zwei Stühle frei. Domagalla nahm Platz und bestellte sich einen Bloody Mary. Der Stuhl neben ihm blieb an diesem Abend leer. Dafür hatte "Bohne" gesorgt. Er wußte von Habibi's Schicksal aus dem Weserkurier und der Rest war für alle Ehrensache. Diesmal fehlte Utze! Er war in Santa Fu eingefahren und es würde wohl eine Weile dauern bis er wieder raus kam. Er hatte am helllichten Tage bei einem bekannten Juwelier das Bezahlen vergessen.
Außer "Idi Amin", "Rita", "Uzzi", "Keci" und "Kolja" war noch ein baumlanger Afrikaner am Tisch, den Gisbert nicht kannte. Der Schwatte hatte 50 cm Oberarme, eine Cartier Sonnenbrille und Hände wie Bratpfannen. Seine

Karten wurden jedes mal von seinen Händen verschluckt. Da alle Akteure sowieso im Halbdunkel um den Tisch saßen und nicht viel geredet wurde, war er praktisch unsichtbar. Nur wenn er mal lachte blitzten für einen Augenblick seine schneeweißen Zähne in der Dunkelheit auf. Der Typ nannte sich "Bokassa" und somit saßen schon zwei tote Diktatoren in der Runde. Gisbert hatte diesmal ein gutes Bauchgefühl. Es lief prächtig! Er ging mit, wenn es sich lohnte und stieg aus, wenn es nötig war. Nach zwei Stunden lagen vor ihm 36.000 Euro. Drei Spiele noch vor der Pause. Wieder wurde das Kartenspiel ausgetauscht. Neues Spiel neues Glück!

Kommissar Domagalla nahm seine Karten auf und traute seinen Augen nicht! Vier Asse! Was für ein Blatt! Die knisternde Spannung verriet, das er wohl nicht der Einzige war, der gut bestückt war.

Bevor es um den Pott ging wurde schnell noch die obligatorische Schale gereicht. Diesmal war auch die Schale aus purem Gold und das Pulver so weiß wie "Bokassas" Zähne. Die Linien waren schon gezogen und jeder brauchte seinen Rüssel nur reinhalten. Dann ging es ans Eingemachte ...

Der Pott war voll fett. Inclusive 36.000 Euro Steuergelder. Zähneknirschend nestelte Gisbert schon an seiner Rolex , als "Uzzi" endlich das erlösende Wort sprach: "Sehen Kollegs!" "Bohne" und "Rita" waren längst ausgestiegen. Die andern legten nach und nach ihre Karten auf den Tisch. Ein Drilling, ein Full House und eine Kleine Straße! Mehr war nicht! 333.000 Euro gehörten jetzt Gisbert Domagalla, oder korrekt gesprochen dem Steuerzahler! Viel Schmalz für die Kriegskasse. Dr. Gründlich würde Augen machen!

In diesem Moment sprang die Tür auf! Drei Maskierte stürmten herein und brüllten „Hände hinter den Kopf!" Kolja knurrte „Hurensöhne" und schon hatte er eine Pump Gun im Nacken. Stöhnend sackte er mit dem Kopf auf den Spieltisch. In Windeseile rafften die Einbrecher die ganze Kohle ein und wollten wieder verschwinden, da sah ihr Anführer Domagalla's Rolex. ..... Abmachen forderte er drohend. Widerwillig streifte Gisbert seine geliebte Doytona vom Handgelenk. Er war sich sicher, diesmal gab es kein Wiedersehen!

Für einen kurzen Augenblick herrschte gespenstische Stille, selbst Koljas Stöhnen war verstummt. Dann entlud sich die angestaute Wut. Jeder Zocker stieß einen Schwall von derben Flüchen in seiner ihm eigenen Muttersprache aus, die einer guten deutschen Kinderstube nicht würdig waren. Babylon ließ grüßen! Schließlich brüllte Kolja: „Die sind tot!"

Zum Runterkommen wurde wieder die goldene Schale gereicht und selbst Kolja gönnte sich trotz gebrochener Nase eine fette Linie. Danach war er schmerzfrei!

Im Hausflur fand man La Porta, den Türsteher. Ein Elektroschocker hatte ihn außer Gefecht gesetzt. Aber woher kannten die Hurensöhne das Codewort? "Salamanderkot zu verkaufen", darauf musste man erst einmal kommen! Hatte jemand gesungen? Saß der in ihrer Mitte? Wie ein unangenehmes Geschwür machte sich plötzlich Misstrauen breit! Alle starrten Bokassa an. Schließlich saß er das erste Mal am Tisch und keiner kannte ihn. Allerdings war er noch auf Habibis Empfehlung zu ihnen gestoßen. Bokassas Gesichtsfarbe war nicht mehr schwarz! Irgendwie sah er aschgrau aus und hatte auch nicht mehr diese furchteinflößende Ausstrahlung. Langsam begann die Situation zu eskalieren.

Gisbert war gut genug geschult um so eine Situationen zu deeskalieren. Jungs, stieß er hervor: „Das bringt nichts. Bokassa war es nicht! Gleich beim ersten Mal, so blöde ist keiner! Und außerdem hat er doch am meisten bluten müssen." Bokassa nickte erleichtert. Alle wussten das Alberich studiert hatte und das brachte ihm im Milieu einen gewissen Bonus an Respekt ein.

"Aber was ist mit Utze? Wäre er nicht eingefahren, säße er jetzt hier. Unser Freund Utze ist doch immer blank. Wir sollten ihn mal checken! Morgen bin ich in Hamburg und besuche Fifi die Ratte in Santa Fu. Fifi ist ein kleiner Hühnerdieb mit richtig großen Ohren, bei dem ich aber noch was gut habe. Denn zur Polizei können wir ja nicht gehen! Alle lachten!"

Kolja klatschte in die Hände und die Schale machte wieder die Runde. Gisbert blieb diesmal sauber, stand auf und verabschiedete sich unter dem Vorwand, er wäre total im Arsch, denn diesmal war er es ja, der den voll fetten Schmalztopf verloren hatte. Ja dann bis zum nächsten Mal und ruf an alter Schwede, wenn die Ratte gesungen hat!

Gisbert Domagalla trat auf die Straße. Was sollte er bloß Dr. Gründlich sagen? Keine heiße Spur, das Geld war weg und dann noch diese unglaubliche Geschichte mit dem Überfall in der Blauen Villa.

Aber was war all der dienstliche Ärger gegen den erneuten Verlust seiner geliebten Rolex .Wehmütig dachte er an die drei Jahre eisernen Sparens. Und hätte Oma Else ihm damals nicht die noch fehlende Kohle zugesteckt, dann hätte er noch ein Jahr sparen müssen. Als er aber dann das erste Mal das Edelstahlarmband über sein

Handgelenk streifte und die Faltschließe mit dem Sicherheitsverschluß schloss ergoss sich ein Strom von Glückshormonen durch seinen Körper, wie er es noch nie zuvor erlebt hatte. Endlich gehörte sie ihm: Seine Rolex Daytona! Und nun schmückte die Geliebte das Handgelenk von irgendeinem kriminellen Affenarsch, der weder die Schönheit noch die technische Perfektion je zu schätzen wußte! Gisbert musste kotzen. Stress und der Koks forderten ihren Tribut!

***

Mit einem ekelhaften Geschmack im Mund erreichte Gisbert den Nassauer Hof. Die junge Frau von gestern nachmittag hatte wohl Feierabend. Dafür stand jetzt hinter der Rezeption ein Milchgesicht im Nadelstreifen. Das starrte unentwegt wie gebannt auf sein Smartphone und erschrak als Gisbert ihn ansprach: Einmal die 33! Sofort erwachte der Domestik in ihm: „ Sehr wohl der Herr, kann ich sonst noch etwas für Sie tun?"

Wortlos nahm Domagalla den Lift. Auf seinem Zimmer angekommen entnahm er der Minibar ein Perrier und stürzte das eiskalte Wasser fast in einem Zug herunter. Mit dem Rest gurgelte er einmal kräftig nach. Jetzt fühlte er sich schon ein wenig besser. Aber an Schlaf war nicht zu denken. In vier Stunden musste er sich bei Dr. Gründlich melden. Gedankenverloren saß der große schwere Mann auf der Bettkante und starrte auf den toten TV Bildschirm. Wie konnte all das nur passieren?

Wie konnte er Dr. Gründlich davon überzeugen trotz aller Rückschläge den Kampf fortzusetzen?

Aber welche Argumente konnte er seinem Dienstherrn

noch liefern? Gisbert grübelte und seine Stirn verwandelte sich in ein einziges Faltenmeer. Die nächste Pokerrunde fand in 14 Tagen im Sylter Hof in Westerland auf Sylt statt. Und unter 15.000 € Einsatz brauchte man da gar nicht erst anzutanzen. Kleine Schweißperlen zierten seine Stirn. Immerhin, ein Ass hatte er noch im Ärmel: Fifi die Ratte!

Lange hatte Gisbert eine heiße Dusche nicht mehr so genossen wie an diesem frühen Morgen. Es war ihm als ließe sich mit einem Mal all der Dreck und die Verlogenheit seines Geschäfts abspülen und er starrte auf den Abfluss in dem der Reinigungsprozess vermeintlich sein Ende fand. Nach einer guten halben Stunde fühlte sich Gisbert wieder frisch genug um Dr. Gründlich die Stirn zu bieten.

Er bestellte beim Room Service eine Kanne Kaffee schwarz, einen frisch gepressten Orangensaft, ein Sandwich mit Leberwurst und zog sich schweigend wieder an.

Es klopfte und eine dunkelhäutige Schönheit mit traurigen Augen brachte ihm das, was er vor ein paar Minuten bestellt hatte. Domagalla gab ihr ein großzügiges Trinkgeld, denn er wußte beim Stundenlohn hörte Integration auf. Das Zimmermädchen deutete einen Knicks an, hauchte Merci und verschwand so lautlos wie sie gekommen war.

Der Kaffee tat gut und auch das Sandwich war sein Geld wert. Bevor Gisbert das Zimmer verließ, befreite er "Angie" aus dem Minisafe und steckte sie in das leere Holster.

Wie ein Tiger im Käfig ging Kommissar Domagalla unruhig in seinem Hotelzimmer auf und ab. Dann blieb er plötzlich stehen, drückte Dr. Gründlichs Düsseldorfer Nummer in sein Handy und war wild entschlossen sich nicht die Butter vom Brot nehmen zulassen. Es dauerte ein paar Sekunden bis abgenommen wurde und das vertraute schnarrende "Gründlich" an sein Ohr drang.

Domagalla hier, antwortete Gisbert, es ist alles schief gelaufen was nur schief laufen konnte! Am anderen Ende herrschte ungewohnte atemlose Stille. Kurz und präzise, ohne die gestrigen Ereignisse auszuschmücken, schilderte Gisbert seinem Dienstherrn das Geschehene. Es blieb still, als könnte sein Vorgesetzter nicht glauben was er da hörte. Entgegen allen Gepflogenheiten stieß Dr. Gründlich ein eher sanftes „Ach du Scheiße!" aus und schob ein „Und was nun?" hinterher. Gisbert's Plan Fifi die Ratte auszuquetschen klang überzeugend, aber das Sylter Rendezvous erforderte frisches Geld und musste erst von ganz Oben abgesegnet werden. Dr. Gründlich gab das O.K. für Santa Fu und wollte sich um das Geld kümmern. Gisbert verkniff es sich seinem Chef noch einen schönen Tag zu wünschen und beließ es bei einem unverfänglichen „Bis die Tage!" Einer alten Gewohnheit folgend schaute er auf sein linkes Armgelenk und starrte immer noch ungläubig auf die weiße nackte 40 mm große Stelle, die normalerweise seine Daytona verdeckte. Gisbert Domagalla entfuhr ein tiefer Seufzer, der seinem schmerzlichen Verlust Rechnung trug.

Jetzt galt es schleunigst wieder den Kopf frei zu kriegen. Entspann dich Alter, komm wieder runter motivierte er sich selbst. Es war noch genug Zeit bis zur Abfahrt des ICE nach Hamburg . Das reichte noch für seinen Museumsbesuch. Das Wiesbadener Museum war in der Friedrich Ebert Allee. Dies war der ideale Ort für einen Augenblick abzuschalten und der Realität des Alltags zu entfliehen.

Allein die großen weißen Räume mit den hellen Holzfußboden bildeten einen wohltuenden Kontrast zu all dem Goldprotz der Blauen Villa. Die Arbeiten von Alexej von Jawlensky waren großzügig gehängt, so das jede Arbeit genug Freiraum zum Atmen hatte. Die Ausstellung zeigte einen wirklich gelungenen Querschnitt des künstlerischen Schaffens des russisch-deutschen Meisters. Das Selbstbildnis mit Zylinder von 1904, Helene im spanischen Kostüm, das Stillleben mit bunter Decke und auch sein letztes Selbstbildnis. Es zeigt den Kopf des Künstlers symbolisch so gestaltet, als wäre sein Gesicht die Farbpalette mit all den in seiner Schaffenszeit von ihm verwendeten glutvollen, leuchtenden Farben. Der Museumsbesuch hatte Gisbert gut getan. Er schloss diesen Kunstgenuss mit einem Besuch im Cafe Jawlensky ab. Ein italienischer Kaffee und ein leckerer Imbiss waren genau das, was ihm jetzt noch fehlte. Beides war köstlich. Dabei stellte er sich vor, wie der Meister wohl ein Stillleben von seiner "Angie" auf dem Nachtisch gemalt hätte. Wäre es wohl ausnahmsweise ein Bild mit schweren Farben geworden? Oder vielleicht doch in bunt? Gisbert tat das, was er lange nicht gemacht hatte: Er musste heimlich schmunzeln. „Na geht doch, alter Junge", sagte er zu sich im Stillen und zahlte. So wohl hatte sich Kommissar Gisbert Domagalla lange nicht mehr gefühlt.

***

Aus welchen Gründen auch immer, die erste Klasse im ICE nach Hamburg war gähnend leer. Gut dem Dinge, dachte sich Domagalla, dann kann ich mir ja noch eine Mütze Schlaf gönnen.
Als er wieder aufwachte durchfuhren sie gerade das

Rheintal. Das Abteil hatte sich inzwischen zur Hälfte gefüllt und die Mehrzahl der Mitreisenden döste vor sich hin oder hackte hektisch die angefallenen Hausaufgaben in ihre Laptops. Gisbert starrte stumm in die rabenschwarze Nacht. Die Dunkelheit wurde nur ab und zu von den Positionslichtern der vorbeifahrenden Lastschiffen aufgehellt, die wie es schien in der Ferne einsam auf den Wellen tanzten. Für die Schärfung der Sinne, war es ein guter Tag gewesen. Doch es fehlte noch das Sahnehäubchen ...

In Oldenburg hatte Gisbert sich einen Krimi gekauft. Jetzt, da es bis Hamburg noch ein paar Stunden dauern würde, war es doch die Gelegenheit wieder einmal entspannt in das literarische Reich des Bösen abzutauchen. Die Kurzbeschreibung auf der Rückseite des Buches „Ladehemmung" von Karsten Rauchfuß versprach beste Unterhaltung: Ein Fremder taucht auf und behauptet, das sein Vater ein Auftragskiller gewesen sei und das Jan nicht nur das Haus seines Vaters, sondern auch dreiausstehende Auftragsmorde geerbt habe ... Was für ein Erbe!

Mit wachsender Begeisterung las Gisbert den Kriminalroman und kam erst zum Showdown als zu seiner Rechten die Markthallen im Nebel auftauchten. Auf der anderen Seite schimmerte stolz im Licht der aufgehenden Sonne das neue Wahrzeichen der freien Hansestadt Hamburg mit seiner einzigartigen Fassade. Aus dem 750 € Millionengrab sollten in zwei Jahren fröhlichere Töne klingen, als bislang die Kritiker der Elbphilharmonie verlauten ließen.

Lange hatte sich Kommissar Domagalla nicht mehr an einem Morgen so gut gefühlt. Ein Grund mehr den Taxistand links liegen zulassen um am Glockengießerwall vorbei an der Kunsthalle in Richtung Außenalster zu gehen. Nach circa 500 Metern erreichte er sein Ziel. Das Hotel Atlantic war eine vorzügliche Adresse für den, der es sich leisten konnte. Das Personal war absolut diskret! Denn der Direktion war es im Prinzip egal wer im Atlantic wohnte! Wichtig war, das der Gast sich diesen Luxus leisten konnte, bezahlte und möglichst nicht den Lauten machte.

Gisbert steuerte auf die Rezeption zu und erwiderte das freundliche Guten Morgen mit einem nicht minder freundlichen: „Domagalla, für mich ist reserviert." Der Empfangschef schaute suchend in seinem Computer nach, runzelte die Stirn und beugte sich leicht dem Kommissar entgegen. Dann flüsterte er: Es tut mir leid, Herr Domagalla! Dr. Gründlich hat die Buchung gestern Abend storniert.

Aber er hat Ihnen diese Nachricht hinterlassen. Etwas verlegen, ohne Hoffnung auf ein Trinkgeld, schob er Gisbert einen gefalteten Zettel über die Theke. Gisbert las: „11 Uhr im Seemannsheim am Michel." Gisbert murmelte Danke, schob ein leises kaum vernehmbares „verdammte Dackelkacke" hinterher und verließ sichtlich verärgert die Lobby der Nobelherberge.

Es tat gut wieder an der frischen Luft zu sein und dieser für ihn so unangenehmen Situation nicht länger ausgesetzt zu sein. Wenn das Geld so knapp ist, dann sparen wir eben konsequent und gehen zu Fuß. Es war noch früh genug. Bis zum Michel, das war locker zu schaffen!

Langsam öffneten die Geschäfte und hanseatische Betriebsamkeit setzte ein. Nach einer Weile entdeckte Domagalla ein An- und Verkaufsgeschäft mit einer bemerkenswerten Uhrenauslage. Einige alte Dugena- und

Junghansuhren lagen leicht angestaubt im Fenster. Dazu eine kleinere Kollektion Swatch Uhren älteren und jüngeren Datums. Seit dem Wiesbadener Debakel war Gisbert`s Arm blank. Sicherlich, Uhren standen und hingen überall! Aber seit seiner Konfirmation trug Gisbert ohne Unterbrechung eine Uhr am linken Handgelenk. Neugierig betrat er das Geschäft im Souterrain.

Der Inhaber sah aus wie ein 68 iger, den die Revolution irgendwie vergessen hatte und anscheinend hatte er ein gestörtes Verhältnis zu Frisören. Er drehte sich wohl gerade die erste Tüte des Tages und begrüßte Gisbert mit einem freundlichen Moin, schauen sie sich ruhig um ...

Unter dem vielfältigen Uhrenangebot war auch eine Swatch Blacky mit einem silbernen Milanese Armband. Das Zifferblatt war in Schwarz gehalten, mit roten und weißen Akzenten und bot alle Chronographenfunktionen. Die Blacky hatte ein maskulines Design und kostete neu 140 €. Wieviel? Der 68iger nahm die Swatch in die Hand, hielt sie unter die Schreibtischlampe, begutachtete das Gehäuse von beiden Seiten und legte sie wieder zurück auf den Tresen. Sie hat zwei kleine Kratzer, aber technisch ist sie o.k. Sagen wir 45 ? 40 wäre für mich o.k.! O.k. machen wir es. Sie gaben sich nach alter hanseatischer Sitte die Hände und Gisbert´s Handgelenk war nicht mehr nackt.

Quittung? Gisbert schüttelte den Kopf und legte die zwei blauen Scheine hin. Sicherlich war die Blacky kein Ersatz für seine geliebte Daytona, aber sie fühlte sich gut an.

Domagalla verließ den kleinen Laden und machte sich wieder auf den Weg. Das Seemannsheim lag in der Krayenkampstraße 5 unterhalb des Michels. Gerade als er den Eingangsbereich betrat, kriegten sich ein Gruppe Phillipinos und Schwarzafrikaner heftig in die Haare. Dank dem Hotelpersonal, das mehrsprachig war wurde es schnell wieder leiser und alle diskutierten in einer angemessenen Lautstärke weiter. Dr. Gründlich saß entnervt im Speisesaal und starrte auf seine leere Kaffeetasse. Seine Miene hellte sich ein wenig auf, als er Gisbert erblickte. Domagalla, da sind sie ja endlich! Reflexartig schaute Gisbert auf seine neue Errungenschaft. Es ist 5 vor 12°°! "Ja, ja ich freue mich ja nur! Hätte sie auch lieber in der Atlantic Bar getroffen und auf Staatskosten mit ihnen einen guten Weinbrand getrunken. Aber das können wir alles in die Tonne kloppen. Wir haben das Geld nicht bekommen. Staatssekretär Dr. Schaafzahn hat mir gesagt, wir sollen uns das Geld im Berg abhacken. Tut mir echt leid!" "Und nun?" "Ich könnte noch eines versuchen: Mit dem Minister persönlich zu sprechen. Aber der kommt erst nächste Woche aus Bogota zurück." "Verdammte Dackelkacke" entfuhr es Gisbert schon zum zweiten Mal an diesem Tag. Dabei hatte er sich in der Silvesternacht fest vorgenommen das mit dem Fluchen nachzulassen. Was sollen die Jungs von mir denken? Freitag ist Rumble in the Jungle auf Sylt. Tja, mein Lieber, ohne Moos nix los! Aber es muss doch eine Lösung geben. "Ich hätte da was ... Sie bekommen Freitagnacht einen Herzinfarkt! Nehmen sie sich hier für lausige 75 Mäuse ein schönes Doppelzimmer mit Blick auf den Michel und ruhen sich erst einmal richtig aus. Die Bibliothek im Haus soll sehr gut sein! Viel Seemannsgarn! Ha ha! Vorher können sie ja noch Fifi besuchen. Dann sehen wir am Montag weiter. Was halten sie davon?" Gisbert wiegelte ab. Abgesehen davon, das er seinen „Genesungsurlaub" lieber im Antlantic mit Blick auf die Außenalster verbracht hätte, war der Plan nicht schlecht. Außerdem hätte er dann immer eine gute Ausrede, wenn es darum ging seinen Rüssel nicht in den Schnee zu tauchen.

"So machen wir es! Einen Versuch ist es wert! Wer ruft auf Sylt an? Frau Barkemayer! Die mit den dicken Titten? Ja, die mit den dicken Titten. Grüßen sie sie von mir! Die Barkenmayersche oder die dicken Titten? Alle drei!" Die beiden Männer lachten, wie Männer eben lachen, wenn sie sich wieder einmal dümmlich benommen hatten. Dann versuchte Dr. Gründlich noch abschließend sein oftmals schroffes Benehmen zu entschuldigen, doch Gisbert meinte nur: „Ist schon o.k, es läuft eben nicht gut für uns!" Dann musste sich der Doktor sputen, er wollte noch unbedingt den Flieger nach Düsseldorf erwischen.

Jetzt war es Zeit für ein Mittagessen. Wenn schon unter Seemännern, dann musste es auch Fisch sein. Bratkartoffeln, Rollmöpse und ein eiskaltes Astrabier, damit die Rollmöpse gut schwimmen konnten. Das war es, was er jetzt brauchte. Das Essen war so gut, als stände Muttern in der Küche.

Zum Nachtisch gab es leckere grüne Götterspeise. Gisbert war sich ganz sicher: Das stand heute nicht auf dem Speiseplan im Atlantic! Da schon eher so etwas wie: Gedünsteter Seeteufel, mit einem Klacks Soße, deren Name er nicht einmal aussprechen konnte. Es war schon ein großer Spagat zwischen der Welt aus der Gisbert Domagalla kam und der Welt in der er sich jeden Tag bewegte.

***

Am nächsten Morgen, Gisbert hatte geschlafen wie das legendäre Murmeltier, fühlte er sich wie neugeboren. Selbst die Glocken von St.Michaelis hatten ihn nicht aus seinem Tiefschlaf gerissen. Als er in den Spiegel schaute hatte er das Gefühl doch ein Spur jünger auszusehen, als vor einer Woche. Er nahm ein ausgiebiges Frühstück zu sich und genoss dabei das internationale Sprachengewirr an den Nebentischen. Ab und zu schwappten englische Sprachfetzen an sein Ohr, aber der Rest war ein Singsang von asiatischen und afrikanischen Dialekten, deren Sinn ihm nicht verständlich waren. Doch Mimik und Gestik der Seeleute zu beobachten war es allein wert, ihnen seine Aufmerksamkeit zu schenken. Langsam lehrte sich der Speisesaal und das babylonische Sprachengewirr wechselte sich mit dem Geklapper von Gläsern und Geschirr ab, das vom Küchenpersonal hektisch eingesammelt wurde. Dann kehrte Ruhe ein. Gisbert wählte die 428991198. Es machte tut tut tut klack und es meldete sich eine sonore freundliche Stimme: "JVA Hamburg Fuhlsbüttel Moin." "Gisbert Domagalla Kripo Düsseldorf, ich möchte für einen Besuchstermin für Fiete Knacksteert, besser bekannt als Fifi die Ratte. 15 Uhr geht das in Ordnung?" "Herr Domagalla, das machen wir so, ich schreib es dem Kollegen auf." Dann machte es wieder klack und tut tut tut. Es waren noch fünf Stunden bis zum Rendezvous mit Fifi. Gisbert erkundigte sich an der Rezeption wie er nach Fuhlsbüttel käme. Es war dem alten Mann sofort klar, das jemand der nach Fuhlsbüttel wollte schlicht und einfach nach Santa Fu wollte. Warum auch immer! Sie fahren am besten mit der 118 bis Haltestelle Suhrenkamp. Gisbert bedankte sich, steckte zwei Euro in das Rettungsschiff zur Rettung Schiffbrüchiger und machte sich auf den Weg in die Innenstadt. An diesem Vormittag ließ sich Gisbert einfach treiben. Das Wetter meinte es gut mit ihm und so ging er an den Alster Fleeten vorbei am Rathaus zum Jungfernstieg. Beim Anblick der friedlichen Schwäne auf der Binnenalster hatte er plötzlich wieder dieses Gefühl der stillen Sehnsucht seinem beruflichen Treiben endgültig ein Ende zu setzen. Aber diesen letzten Auftrag musste er noch erfüllen, das war er sich und der Soko Schmalzjäger schuldig!

Domagalla wechselte auf die andere Seite der Brücke und steuerte das Juweliergeschäft Bucherer auf dem Jungfernstieg an. Er konnte gar nicht anders! Er musste einen Blick auf die Rolex Collection werfen. Da lag neben den Deepseas, Yacht-Masters und Perpetuals in allen verschiedenen Ausführungen eine sündhaft teuere Daytona für den Listenpreis von 125.500 €. Gisbert stand absolut nicht auf Platin, Edelsteinen und Gold! Das war nicht seine Welt. Seine Daytona war aus Edelstahl gewesen! Ein Werkstoff der was abkonnte! Nichts für den Tresor! Das war das Richtige für einen Jungen aus dem Pott. Gisbert war kurz davor in die heiligen Hallen von Bucherer zu gehen, sich von der Concierge eine Daytona seines Geschmacks zeigen zu lassen, um für einen kurzen Augenblick dieses Gefühl zu genießen, wenn sich das Metallarmband um das Handgelenk schmiegt und sich die Faltschließe schloss. Er verwarf sofort den Gedanken, denn er hatte gelernt: Man sollte nicht das begehren, was man nicht bezahlen kann. Aber gucken durfte man, auch wenn es weh tat.

Es wurde Zeit sich auf den Weg zu machen . Die Linie 118 war gut ausgelastet. Es war nur etwas still im Bus. Kein Mensch sprach, im Gegenteil, fast alle hatten ein

Smartphone in den Händen und starrten gebannt auf ihre hell erleuchteten Displays, oder gaben mit flinken Fingern ihren geistigen Müll an andere Müllsammler weiter. Immerhin war es von großen Vorteil, das man nicht mitbekam, was da so alles an Dümmlichkeiten abgesondert wurde. Schneller als erwartet war die Haltestelle Suhrenkamp erreicht. Es waren nur ein paar Schritte bis zur Pförtnerloge. Kommissar Domagalla stellte sich vor und der diensthabende Pförtner antwortete kurz und knapp: Kollege kommt gleich! Es dauerte keine fünf Minuten, dann kam der Kollege. Er stellte sich vor: „Wellmann, Wachtmeister Weltmann." Er hatte ein gutmütiges Gesicht, wache Augen und einen Bauch, der einer Schwangeren im achten Monat gut zu Gesicht gestanden hätte. Eine richtig dicke Pocke! Er sah eher aus wie ein "Gute Laune Onkel," als wie ein Schließer. Kennen sie Fifi? Ja, antwortete Gisbert, den kenne ich leider. Er hat nie wirklich im Leben eine Chance gehabt …

Sie gingen schweigend einen langen Flur entlang. Auch hier war es für eine Haftanstalt seltsam still. „Freigang?" „Nein, Hofgang und Basketball antwortete der Wachtmeister. Übrigens Fifi hat eine Einzelzelle etwas abseits". „Ein Privileg! Warum? Er leidet unter üblen Blähungen, oder besser gesagt: Seine Mithäftlinge und das Personal leiden. Machen sie sich auf was gefasst! Gibt es denn keine Gasmasken?" Die Männer lachten und ihr Lachen verlor sich in der Weite des Flures.

Wachtmeister Wellmann klapperte mit dem Schlüsselbund und blieb vor der Tür Nr.175 stehen. Klingeln sie wenn sie fertig sind. Ich hol sie dann wieder ab. Dann schloss er die Tür auf und sperrte wieder zu. Die Luft war wirklich nicht gut, obwohl das Fenster geöffnet war. Vielleicht lag es aber auch an den rostigen Gitterstäben vor dem kleinen Fenster, das es mit der Zirkulation nicht so recht klappen wollte. Fifi, die Ratte stand mit dem Rücken zur Tür und schaute stumm in den Himmel. Spontan fiel Gisbert zu diesem Bild die Gedichtzeile eines wenig bekannten Lyrikers ein ... „Durch das vergitterte Fenster schicke ich die dunkele Vernunft mit der Gegend zu reden ..."

Fifi stand immer noch regungslos vor dem Fenster und drehte sich nicht um. Er hatte wohl in den letzten drei Jahren stark mit den Eisen gearbeitet und sich mächtig aufgepumpt. Sein Kopf wirkte wie eine Billardkugel auf seinen breiten Schultern. Damit nicht genug: Auf seinem inzwischen breiten Rücken hatte irgend ein Scherzbold Fifi im Vollrausch ein "Atomkraft nein danke!" Enblem über den ganzen Rücken gestochen. Gisbert konnte sich ein breites Grinsen nicht verkneifen. "Moin Fifi!" Langsam drehte sich der Angesprochene um ... "Moin, Moin Herr Kommissar." Das doppelte Moin, Moin hieß soviel wie: "Leck mich am Mors!" Als Fifi endlich seinen Mund öffnete sah man auch die zwei großen Zähne, die ihm seinen Spitznamen „Ratte" eingebracht hatte. "Fifi ich hab noch etwas gut bei dir, ich brauche einen Tipp! Ist Utze in letzter Zeit zu Kohle gekommen?" "Nöö, aber er hat gestern seine Rolex verkauft. Aber Massut der Afghane hat mit Schnee bezahlt. Seitdem trifft Utze beim Basketball jeden Dreier!" Fifi kicherte und furzte Richtung Gitterstäbe. "Was war das für eine Rolex?" "Hab sie nicht gesehen, aber Massut steht auf Gold mit Brilli's." Dann kniff Fifi die Augen zusammen, knirschte mit den Zähnen und schob noch eine heftige Blähung hinterher und starrte Gisbert ins Gesicht. "Herr Kommissar, ich will keinen Ärger, ich hab noch drei Monate. Hab eine Braut kennen gelernt, die will für mich anschaffen. Ich will sauber bleiben." "Na, dann hoff ich für die Braut, das sie dicke Polypen hat." "Was sind denn Polypen?" "So was wie dicke Titten!" Fifi strahlte über alle Backen und entblößte wieder seine gelben Schneidezähne. Für einen kurzen Augenblick dachte Domagalla wirklich vor ihm stände ein riesiges Nagetier. "Fifi, hör zu! Ich war nicht hier! Kein Wort zu Utze! Kein Wort zu Niemanden! Sonst kannst du deine Perle und das süße Leben vergessen! Verstanden?" Fifi stand plötzlich mit hängenden Schultern vor ihm, nickte heftig, furzte vor Aufregung und noch einmal kaum hörbar, was natürlich besonders übel war und antwortete mit einem kurzen: "Ja Chef!" Gisbert klingelte und Wachtmeister Wellmann öffnete die Zellentür. Es herrschte richtig dicke Luft. Als sie am Ende des Flurs angekommen waren, drang lautes Stimmengewirr vom anderen Ende herüber. Der Hofgang war zu Ende und alle suchten wieder ihre Zellen auf. "Hat es was gebracht," wollte der Schließer wissen? "Geht so, aber das nächste Mal stecke ich mir Tampons in die Nase." "Sagte ich doch" antwortete Wachtmeister Wellmann. Dann mussten beide Männer gleichzeitig losprusten. Gisbert bedankte sich noch einmal, nickte dem Pförtner zu und ging schnellen Schrittes zur Haltestelle.

Die Rückfahrt in die Innenstadt verlief diesmal nicht so ruhig wie die Hinfahrt. Eine wildgewordene Horde Viertklässler bestieg nach der dritten Haltestelle lärmend den Bus. Einige ältere Fahrgäste zogen es vor sich in den hinteren Teil des Linienbusses zu verziehen, denn kleinere Kabbeleien und Kung Fu Tritte rundeten das rüde Auftreten ab. Domagalla fragte sich: "Waren wir auch so?"

So lärmend wie sie gekommen waren verschwanden die kleinen Weltmeister laut schreiend wieder nach der zweiten Haltestelle. Wohltuende Ruhe kehrte ein, die nur vom Zwischenruf eines alten Mannes unterbrochen wurde: „Beim Führer hätte es das nicht gegeben." Mit einem Ja, Ja nickten einige alte Damen dem ewig Gestrigen beipflichtend zu. Dann blickten alle wieder stumm aus dem Fenster. An der Haltestelle Alsterdorf angekommen nahm Domagalla die nächste U-Bahn zur Reeperbahn. Einen kurzen Abstecher in den Silbersack wollte er sich doch noch gönnen, zumal ihm doch am Wochenende „Hafturlaub" im Seemannsheim bevorstand.

***

Obwohl es noch hell war, versuchte die einschlägige Gastronomie schon jetzt die Touristen mit grellbunter Leuchtreklame in ihre zweifelhaften Etablissements zu locken. Die guten Koberer liefen aber erst Stunden später zur Höchstform auf. Sie waren wie Haifischjäger. Einmal am Haken war man geliefert. So eine Nacht wurde immer teuer. Wieder zuhause bei Mutti gab's dann richtig Qualm!

Vorbei am La Paloma am Hans Albers Platz, zwischen Käpt'n Brass und Dem blauen Engel ging's abgeschottet durch eine rote Bretterwand mit großflächiger Zigarettenwerbung bestückt, links rein in die Herbertstraße. Es war nicht mehr so wie früher. Domenica lag schon lange in Ohlsdorf im Garten der Frauen und was danach an Frischfleisch - wie es hier auf dem Kiez hieß - kam, hatte meist wenig von der Aura der großen Grand Dame der Herbertstraße. Bis auf Roswitha in der 5. Früher war sie gut im Geschäft gewesen. Doch nach einer missglückten Brust OP in den 90iger Jahren, musste sie kleinere Brötchen backen. Sie sattelte um auf Lacklederluder und machte einen auf Herrin. Von da ab flutschte es wieder. Den Schönheitschirugen, der ihr die Titten vermurkst hatte, fand man ein Jahr später mit einbetonierten Füßen in einer Kinderbadewanne im Trockendock von Blohm + Voss.

Gisbert kannte Roswitha noch aus der Volksschule in Duisburg Meiderich. Sie durchlief die typische Kiezkarriere: Frisörlehre, Montagabend in die Disco, auf den erstbesten Posemann abgefahren und 14 Tage später saß sie an der Klappe. Aber Gisbert mochte Roswitha. Sie hatte ihm auch den ein oder anderen Tipp gesteckt. Als er vor ihrem Schaufenster stand erkannte sie ihn nicht sofort! Sie öffnete ihr Fenster und flötete ihm entgegen: „Na Süßer" soll Mutti die Gerte rausholen?

Gisbert schüttelte den Kopf und antwortete: „Mutti, koch mal Kaffee!" dann mussten beide schallend lachen. Roswitha schloss das Fenster, hing ihr Schild „Meine Gerte bebt" ins Fenster zog die schweren Vorhänge zu und kochte Kaffee. Man sah es ihr an, das sie sich freute Gisbert so unverhofft wieder zusehen. Sie quatschen ein wenig von den alten Zeiten und das die Kohle nicht mehr so locker saß. Die goldenen Zeiten waren vorbei. Dann steckte ihm Roswitha noch das es an den Albanern lag, die in den Randbezirken Edelpuffs mit Paybackkarte eröffneten. Wer zehn mal für richtig Kohle vögelte, durfte das nächste Mal für Lulu. So wie beim Bäcker! Für zehn Mal Graubrot gab´s einmal Schwarzbrot umsonst. "Ekelhaft," erboste sich Roswitha! Gisbert nickte zustimmend. "Schätzchen ich muss wieder ran. Mir zahlt keiner die

Miete! Sei nicht böse. Schön das du da warst." Gisbert drückte sie zum Abschied an sich, wobei er den Duft von ihrem Chanel No. 5 in seine Nase einsog.

Als er wieder den glänzenden Asphalt betrat, saß Rosi schon wieder in ihrem Fenster! Es würde wieder eine lange Nacht werden. Am frühen Morgen würde sie dann nach Hause kommen in die selbsterwählte Stille ihrer Einsamkeit. Nur Henry ihr alter Papagei würde sie wie jeden Morgen begrüßen: Flotten Dreier Baby? Und sie würde wie jeden Morgen erwidern: Mach`n Kopf zu Henry!

Nach dem starken Kaffee bei Rosi schrie Gisbert's Kehle nach Gerstensaft. Die paar Meter zum Silbersack beflügelten Domagalla. Erna Thomsen, die legendäre Wirtin hatte Gisbert noch persönlich gekannt. Sie war inzwischen leider verstorben, doch machte man die Tür auf, dann war es, als ständ Erna immer noch hinterm Tresen. Aus alter Gewohnheit enterte Gisbert einen Hocker an der Wand neben dem WC. So hatte er immer die Tür im Blickfeld. Die Bedienung rief vom Zapfhahn herüber: Ein Astra? Gisbert nickte. Lange hatte er sich nicht mehr so auf ein kühles Bier gefreut.

Wie aus dem Nichts klopfte ihm plötzlich jemand auf die Schulter. Gisbert drehte sich blitzschnell um und vor ihm stand „Parterre". Der kam gerade von der Toilette und hatte Gisbert sofort im Profil erkannt. "Kommissar, lange nicht gesehen! Alles Palette?" Gisberts Hirn durchzuckte ein genialer Geistesblitz: „Geht so, die Pumpe weißt du! Die Sauferei und die Scheißdrogen! Hab schon zwei Stands, muss jetzt kürzer treten, aber heute geb' ich mir noch einmal die Kante!" Parterre nickte heftig: „Bin auch schon zweimal fast abgenibbelt." Dann beugte er sich näher an Gisbert heran und raunte ihm zu: „Wollen sie ne Breitling kaufen? Eine Airborne, echt cool für, drei Mille. Ist keine Schore, ich schwör!" Nee lass mal stecken, ich steh mehr auf Rolex! "Hasse eine?" "Nee, Herr Kommissar. Soll ich mich umhören?" "Mach dat! Wo find ich dich?" "Nachmittags hier und abends in der Ritze. Muss jetzt abhauen, St.Pauli spielt." Mit einem langgezogenen Tschüüüs verabschiedete er sich und verschwand. Heute Nacht würde es ganz St.Pauli wissen das der Kommissar eine kranke Pumpe hatte. Besser konnte es doch nicht laufen. Danke Parterre! Da drücken wir doch gerne mal ein Auge zu und lassen Breitling Breitling sein.

Gisbert kannte Parterre alias Günther Koslowski als er noch die große Hoffnung im Mittelgewicht war. Doch Saufen und Boxen vertragen sich nicht. Und so lag er immer öfter in den ersten Runden Parterre und verlor nach und nach seine Kämpfe. Das war das Aus! Danach folgte noch eine traurige Karriere als Kirmesboxer, bis er auf dem Kiez strandete. Hier hielt er sich mit Türsteherjobs und kleineren Hehlereien über Wasser. Günther Koslowski war das lebende Beispiel dafür, was Alkohol und falsche Freunde aus einem machen konnten. Denn Parterres Herz war genau so weich wie sein Nasenbein.

Gisbert trank zur Feier des Tages noch ein Astra, zahlte, rutschte vom Hocker und machte sich auf den Weg. Aber ein kleiner Abstecher in die Ritze war noch drin. Lag ja auf dem Heimweg. Es war schon jetzt die reinste Touristenschwemme auf St.Pauli. Auch die Ritze war nicht mehr das was sie einmal war. Damals, als hier der Prinz von Homburg im Keller schwitzte und Neger Kalle am Tresen saß, die Hagener Luden Mede, Lampe und Scheele Bernd eingeflogen kamen und die Nutellabande aufbegehrte. Dann verrohten die Sitten und die sogenannte Ganovenehre verkam und wurde zu Grabe getragen. Nur die alten Fotos und Plakate legten noch Zeugnis ab von den glorreichen Zeiten, wie sie von den letzten überlebenden Kiezgrößen romantisch verklärt wurden. Die meisten der Luden hatten schon längst ins Gras gebissen. Jetzt war die Ritze ein Eldorado für Kegelclubs und Landfrauenausflüge, die schnatternd und kichernd im Keller um den Boxring standen. Gisbert trank sich auch hier noch zwei Bier, aber es tauchte kein bekanntes Gesicht auf. Dann kam er endgültig aus den Puschen und marschierte zielstrebig in Richtung Michel. In der kleinen Kneipe vor dem Seemannsheim kaufte er sich noch vier Flaschen Bier und ging auf sein Zimmer. Das würde für dieses Wochenende seine Zelle sein. Ob er wollte oder nicht. Was hatte er für seinen Beruf nicht schon für Opfer gebracht. Im Großen und Ganzen ging das schon in Ordnung, es waren ja auch jede Menge Erfolge vorzuweisen. Aber außer einigen flüchtigen Bekanntschaften hatte es nie zu einer festen Beziehung gereicht. Wer will schon einen Kerl haben, der nie zu Hause ist, Drogen nimmt, ständig mit einer Kanone durch die Gegend rennt und keine Zeit hat mit seinen Kindern Fußball zu spielen. So etwas mögen die Frauen nicht! So etwas schreckt ab! Schade! Vielleicht dann im nächsten Leben. Aber war Roswitha besser dran? Seitdem ihr Lude lebenslänglich in den Knast eingefahren war, weil er den Tittendoktor im Trockendock bei Blohm + Voss versenkt hatte, war sie allein geblieben. Ein paar Jährchen noch, dann würde auch sie die Gerte endgültig aus den Händen legen. Aber wenigstens hatte Roswitha ja noch Henry ...

An diesem Abend war es merkwürdig ruhig im Seemannshotel. Das übliche Stimmengewirr hatte sich verflüchtigt und die paar Gäste die kamen und gingen unterhielten sich in einer angenehmen, nicht aufdringlichen Lautstärke. Gisbert suchte die Hotelbibliothek auf, die aus zwei gut bestückten Billy Regalen bestand. Zu seinem Erstaunen waren es fast alles englischsprachige Bücher, das deutsche Sprachgut hielt sich in Grenzen. Ein richtiger Piratenschmöker war auch nicht vorhanden und so fiel seine Wahl auf Dumas "Die Drei Musketiere". Als er die erste Seite aufschlug fiel ihm wieder ein, das er dieses Buch schon einmal gelesen hatte. Es war das Konfirmationsgeschenk von Tante Änne und Onkel Fritz. Edel, hilfreich und gut sollte ihr Patenkind Gisbert im späteren Leben werden.

Ihr Wunsch war auch teilweise in Erfüllung gegangen. Gisbert hatte sich auf die Seite der Guten geschlagen und kämpfte seitdem mit Leidenschaft gegen das organisierte Verbrechen. Schade nur, das er nie einen Athos, Aramis und d´Artagnan an seiner Seite hatte. Nein, Gisbert Domagalla aus Duisburg Meiderich war ein Einzelkämpfer! Schnell tauchte er in die Welt der Musketiere und ihren Gegenspielern ein. Schon damals war die Welt voller Hurensöhne. Nur kämpfte man heute nicht mehr mit dem Degen, sondern bevorzugte eine 45iger oder Walther. Die machten größere Löcher! Irgendwann fielen ihm die Augen zu.

***

Am nächsten Morgen war Schmuddelwetter. Gisbert beugte sich etwas leicht zur Seite runter und spähte rüber zum Michel. 9.15 zeigte die Turmuhr. Er genoss es sichtlich einmal nicht zum Dienst zu müssen. Auf der anderen Seite mochte er es überhaupt nicht, sich zu verstecken. Es kam ihm vor, als wäre er im Gefängnis. Fehlten nur noch die Gitterstäbe. Aber ein Mann mit einem Herzinfarkt konnte sich ja schlecht auf der Reeperbahn rumtreiben. Hoffentlich hatte Frau Barkemayer im Sylter Hof angerufen das Alberich einen Pumpenkollaps gehabt hatte.

Nach einem ausgiebigen Frühstück mit einer großen Portion Rührei und viel Kaffee sah die Welt gleich anders aus. Wieder auf seinem Zimmer angekommen kümmerte er sich fast zärtlich um seine Angie. Auch wenn sie, abgesehen vom Schießtraining, einsatztechnisch noch jungfräulich war musste sie immer topfit sein. Und wieder läuteten die Glocke vom Michel. Beinah hätte er nicht gehört, das sein Handy klingelte. Roswitha war dran. Im Hintergrund krächzte Henry: „Henry will Nüsse!" "Gisbert bist Du es?" "Ja, Rosi was gibt`s?" "Gestern Abend war Monsieur Ede aus Marseille zu einer Sonderbehandlung bei mir. Du verstehst was ich meine? Monsieur zockt wie blöde und immer wenn er gewonnen hat, muss ich ihn zur Belohnung verdreschen. Aber das Wichtigste: Er ist wahrscheinlich der Geldwäscher der Albaner. Das erzählt man sich auf dem Kiez. Er kommt heute Abend um 23.45 wieder zu mir. Ich denke du solltest ihn dir mal anschauen. Er trägt immer den Klassiker: Nadelstreifen!" "Danke Roswitha! Ich weiß noch nicht ob ich es schaffe, aber das klingt gut. Grüß Henry!" Am anderen Ende krächzte Henry wieder: „Henry will Nüsse! Küsschen … Henry will Nüsse!"

Gisbert überlegte ob er es wagen sollte trotz "Herzinfarkt" in die Herbertstraße zu gehen und zu riskieren das irgendeine Pappnase ihn erkennen würde und sein Sylter

Alibi futsch wäre. Aber es war noch genügend Zeit eine Entscheidung zu treffen. Der Tag war noch lang! Vor ihm lag Angie in ihrer ganzen Pracht! Fein säuberlich zerlegt und gut geölt. Dann setzte Kommissar Gisbert Domgalla das Prachtstück mit geschlossenen Augen Stück für Stück zusammen, und gab ihr einen fast zärtlichen Kuss. Dann widmete er sich wieder den Drei Musketieren und hoffte das es dem fiesen Mistkerl von Kardinal endlich an den Kragen ging. Aber er wußte ja aus eigener bitterer Erfahrung, das das Böse in der Regel immer einen Vorsprung hatte und die Domagallas dieser Welt immer ihren Schweinereien hinterher hecheln mussten. Trotzdem glaubte Kommissar Gisbert Domagalla fest daran, das auch die von der Gier Geblendeten irgendwann den entscheidenden Fehler machen würden. Darauf lauerte er!

Den restlichen Vormittag verbrachte Gisbert mit den Musketieren, dem boshaften Kardinal und seinen Schergen. Als er das Buch zuklappte war es längst Nachmittag geworden. Es waren die letzten Zeilen von Alexandre Dumas, die ihn nachdenklich stimmten: „Ich werde also keine Freunde mehr haben", sagte der junge Mann. "Ach, nichts mehr als bittere Erinnerungen." Und er ließ sein Haupt zwischen seine Hände sinken, während zwei Tränen seine Wangen hinabrollten. „Ihr seid noch jung", erwiderte Athos, „und eure bitteren Erinnerungen haben Zeit, sich in süße Erinnerungen zu verwandeln." Das Ende des Romans machte Gisbert Domagalla sehr nachdenklich.

Wer war für ihn da? Hatte er jemanden, für den es sich lohnte Tränen zu vergießen? Würden sich seine bitteren Erinnerungen je in süße Erinnerungen verwandeln? Gisbert zuckte unbewusst mit den Schultern. Wieder einmal musste sich der große schwere Mann eingestehen, das er doch sehr einsam war. Er kannte nur jede Menge Dumpfbacken, die von denen benutzt wurden die noch skrupelloser und brutaler waren als ihre Soldaten. Dabei kannten die richtigen Schweinebacken dann, wenn es eng wurde, einen oder mehrere Rechtsanwälte, die sie dann wieder raushauten.

Gisbert schaltete das Radio an und in dem Moment schoss Sebastian Kehl für Borussia Dortmund das 3:0. Was gab es Besseres um düstere Gedanken und Selbstzweifel zu vertreiben, als Bundesliga Live am Samstagnachmittag im Radio? Er stand kurz auf holte sich eine Flasche Bier, legte sich wieder auf's Bett und lauschte den sich überschlagenden Kommentaren von Sabine Töpperwien und ihren Kollegen.

Es war noch einmal knapp geworden in Dortmund. Der Schlendrian hatte sich in der 2. Halbzeit eingeschlichen und für Trainer Klopp und die 85 000 zahlenden Zuschauer gab es noch Aufregung pur. Aber durch einen schmeichelhaften Elfmeter machten die Schwarz-Gelben den Sack endgültig zu. Als dann im Iduna Park auch noch das Ergebnis aus Gelsenkirchen auf der Anzeigetafel erschien, kannte der Jubel keine Grenzen mehr. Jetzt ging es mit Schmackes in das Wochenende rein. Obwohl in Duisburg - Meiderich geboren, war Gisbert nie ein Zebra gewesen. Gisbert Domagalla war noch mit Ente Lippens, Erwin Kostedde, Lothar Huber und all den Anderen im alten Westfalenstadion groß geworden. Und echte Liebe ist für immer!

Draußen auf der Straße lärmte eine Gruppe von Kleingärtnern, die mit Kultur wohl nicht's an der Mütze hatten. Ihre Frauen hatten den letzten Einlass um 17.30 genutzt um sich den prachtvollen Innenraum der schönsten Barockkirche Norddeutschlands einmal aus der Nähe anzusehen. Während sich ihre Männer um den Tresen scharrten und heftig in die schon abgedroschene Witzekiste griffen. Je mehr sie tranken um so ordinärer und dümmlicher wurden sie. Aber immerhin: Sie hatten wohl jede Menge Spaß dabei. Gisbert stand auf, schloss das Fenster und schlagartig verkam der Lärm der Trunkenbolde zu einem dumpfen, nicht mehr verständlichen Stimmenbrei.

Gisbert überlegte ob er nicht doch um 23.45 zu Roswitha an die Klappe gehen sollte. Kragen hoch, die Mütze tief ins Gesicht gezogen, dann sah er doch aus, wie all die Schickermänner und geilen Vögel, die wie an jedem Wochenende nur eines im Sinn hatten: Mal wieder ordentlich die Sau raus lassen!

Der Hunger trieb Gisbert raus aus seinem selbsterwählten Exil. Im Speisesaal angekommen musste er grinsen. Unglaublich! Da saßen doch wahrhaftig zwei Schalkefans und machten so einen total deprimierten Eindruck, das man froh sein konnte, das die Turmbesteigung vom Michel erst morgen wieder möglich war. Bis dahin war hoffentlich ihr Kummer wieder verflogen. Plötzlich öffneten sie synchron ihre Münder, stierten mit müden, glasigen Augen in die Runde und grölten: Huntelaar, Huntelaar nächste Woche sind wir wieder da! Huntelaar, Huntelaar ..... Weiter kamen sie nicht! Der Koch, offensichtlich ein eingefleischter HSV Fan stürzte plötzlich mit hochrotem Kopf aus der Küche, schnappte sich die beiden Krakeeler am Schlafittchen und beförderte sie etwas unsanft an die frische Luft. Dann stampfte er wieder in seine Küche. Auf dem Weg dahin schimpfte er sichtlich erbost Sausäcke, Gaspromknechte, Erdgassklaven! Normalerweise war er gar nicht so rabiat, aber sein HSV hatte heute auch verloren. Dann war er immer mehr als übellaunig.

Gisbert bestellte sich ein gebratenes Seelachsfilet auf Sauerkraut mit Kartoffelpüree. Dazu gab´s dann noch eine Flasche Beck´s, damit der Fisch auch schwimmen konnte. Anscheinend hatte sich der kochende Wüterich schnell wieder gefangen, denn das Seelachsfilet auf Sauerkraut war vorzüglich!

Von der Rezeption schallte Stimmengewirr herüber. Wahrscheinlich waren neue Gäste eingetroffen. Dann füllte sich nach und nach auch wieder der Speisesaal. Die neuen Gäste hatten wohl alle einen knurrenden Magen und durstige Kehlen mitgebracht. Es war scheinbar ein Fußballverein von einer der ostfriesischen Inseln, die ihre Mannschaftskasse auf den Kopf hauten. Sie waren eine ausgelassene Truppe und jedes Mal, wenn es eine neue Runde gab, standen sie auf und riefen: "Nich lange snacken, Kopp in Nacken" ... Dann kippten sie mit einem Ruck den Schnaps in sich hinein, setzten sich hin und sabbelten weiter. Erst als das Essen kam schalteten sie einen Gang zurück.

Domagalla schaute auf seine Swatch. Die Blacky zeigte 22.55. Die Zeit drängte Zeit, wenn er den Franzosen noch erwischen wollte. Er hatte sich doch entschlossen den Kragen hoch zu schlagen und die Mütze tief ins Gesicht zu ziehen. Es hatte wieder angefangen leicht zu nieseln. Bei diesem Wetter war es auch nicht auffällig mit hochgezogenen Schultern durch die Gegend zu laufen.

Gisbert ging zur Rezeption, bestellte ein Taxi und ging vor die Tür. Es dauerte keine fünf Minuten und ein etwas älterer Volvo hielt vor dem Seemannsheim. So wie es in Frankreich normal war, setzte er sich versetzt zum Fahrer auf die Rückbank und nannte sein Fahrziel: St. Pauli, Herbertstraße.

Der Fahrer, offensichtlich ein Nordafrikaner drehte sich kurz um, grinste und sagte: „Kollega, du wollen Tack Tack machen? Nix Tack Tack, nur gucken. Gucken nix gut! Tack Tack besser! Ich nur zu hause Tack Tack, immer muss arbeiten. Domagalla war sauer und knurrte: „Kollege, mach ´n Kopp zu ..." Dann herrschte eisiges Schweigen.

Am Hans Albers Platz bezahlte er, verabschiedete sich mit einem Salem aleikum und schlug seinen Mantelkragen hoch. Trotz des schlechten Wetters herrschte schon Hochbetrieb. Gisbert kam das sehr gelegen. Kaum hatte er sich gegenüber der roten Wand postiert, da rollte auch schon langsam eine schwarze S-Klasse mit Pariser Kennzeichen heran und ihr entstieg ein schlaksiger Typ in Nadelstreifen. Kein Zweifel, das musste er sein: Monsieur Ede aus Marseille. M. Ede bückte sich, sprach kurz mit dem Fahrer, haute kurz mit der flachen Hand auf das der Dach der Limousine mit dem gelben Nummernschild, die dann auch langsam davon rollte.

Der Franzose sah fast aus wie eine 1:1 Kopie eines bekannten deutschen Schlagersängers. Eine starke Halbglatze machte ihn wahrscheinlich älter als er in Wirklichkeit war. Das was noch von seiner ehemaligen Haarpracht übrig geblieben war hing in langen schwarzen Fransen an seinem Kopf herunter. Vom Typ her war er wohl ein Südfranzose aber er konnte auch aus Algerien stammen.

Obwohl die beiden Männer circa sieben bis acht Meter trennte spürte Kommissar Domagalla das M. Ede alles andere als ein d´Artagnan war. Das er gefährlich war, verriet schon allein die gut getarnte Ausbuchtung in seinem gestreiften Maßanzug. Dieses Gesicht würde der Kommissar so leicht nicht mehr vergessen. Monsieur verschwand im Eingang zur Herbertstraße und Gisbert trat den Rückzug an. Irgendwie freute er sich jetzt doch wieder auf seine "Gefängniszelle" im Seemannsheim.

Auf der Rückfahrt war der Taxifahrer Gott sei Dank von der mundfaulen Sorte. An der Kneipe vor seinem Hotel kaufte sich Gisbert noch vier grüne Flaschen Bier und ging sofort auf sein Zimmer. Er schloss die Tür hinter sich zu, machte die erste Flasche Bier auf und blätterte gedankenverloren in einer Automobilzeitung, die ihm der Taxifahrer geschenkt hatte. Wie alle großen Jungs schaute sich Gisbert gerne teure Autos an, die er sich nicht leisten konnte. Vor zwei Jahren durfte er einmal drei Monate lang dienstlich einen heißen Porsche 911 fahren. Der Legende wegen. Sein Deckname war Porsche Paul. Es war damals ein schwerer Schlag gegen die Polen Mafia gewesen.

Naturgemäß war es Sonntagmorgens immer etwas ruhiger. Die Touristen tummelten sich jetzt seit den frühen Morgenstunden auf dem Fischmarkt und kauften Aale, Blumen und Bananen in solchen Mengen, das sie es teilweise einfach irgendwo wegwarfen, weil sie das Zeug nicht mehr tragen konnten. Die Aale behielten sie aber meistens!

 Roswitha meldete sich. Sie hatte M. Ede das gegeben, wofür sie bezahlt wurde. So streng wie gestern Abend war sie aber noch nie gewesen seit sie in die Rolle der Domina geschlüpft war. Sie, die Herrin der winselnden Sklaven, hatte ihrem Gast richtig eingeheizt. Das Dumme war nur, das der offenbar noch richtig Spaß daran hatte. Immerhin hatte er mächtig Dauaaua und würde die nächsten Tage nur auf dem Bauch schlafen können. Er hatte ihr auch gesteckt, das er an diesem Samstag auf Sylt seien wollte. Aber im Sylter Hof gab es am Samstagmorgen einen Rohrbruch und einer der Kumpels hätte einen Herzkasper gehabt. Damit war der Pokerabend dann ins Wasser gefallen. "Das sind ja schöne Neuigkeiten. Bist du privat? Ich höre Henry nicht." "Der frisst!" Rosi hielt wohl das Handy an Henry´s Schnabel und er krächzte: „Flotten Dreier Baby?" Dann machte er auch wieder knack knack ... "Ich danke dir Rosi, wenn ich wieder in Hamburg bin, melde ich mich. Vielleicht können wir dann mal zusammen Essen gehen." "Das wäre schön, hab ich lange nicht mehr gemacht." Also hatte Frau Barkemayer alles richtig gemacht und Kommissar Domagalla lag offiziell in Eppendorf im Krankenhaus.

Kaum hatte Gisbert sich von Roswitha verabschiedet, klingelte wieder sein Handy. Dr. Gründlich meldete sich aus Düsseldorf. "Hören sie Domagalla, Dr. Schaafzahn ist zufällig in Bogota in einen Schusswechsel zweier rivalisierender Drogenbanden geraten. Die Ärzte kämpfen noch um sein Leben. So lange führe ich kommissarisch die Geschäfte. Ich nehme sie wegen dem Herzinfarkt erst einmal aus der Schusslinie. In einer halben Stunde holt sie der Kollege Janssen ab und bringt sie zu einem „Kururlaub" nach Wangerooge. Erholen sie sich gut, ich melde mich wieder."

Gisbert packte seine Sachen, steckte Angie ins Holster, setzte sich in den Speisesaal und bestellte sich eine Frühstück mit Rührei. Es dauerte nicht lange, da kam Kollege Janssen schaute sich kurz um und steuerte auf Gisbert zu. "Können wir?" "Wir können!" Onno Janssen fuhr einen grauen, älteren unauffälligen Benz der unteren Preisklasse, der immer noch mächtig Pfeffer im Hintern hatte. Onno war ein waschechter Ostfriese, der in puncto Redseligkeit seiner Herkunft alle Ehre machte. Das Autoradio spielte während der ganzen Fahrtzeit Oldies. Die wurden nur dann unterbrochen, wenn wieder einmal ein Geisterfahrer sein Unwesen auf deutschen Autobahnen trieb.

Bis Harlingersiel war es eine erholsame Fahrt durch die norddeutsche Landschaft. Die Fähre fuhr erst in einer Stunde. So war noch genügend Zeit sich einen Krabbensalat zu bestellen. So frisch wie hier, bekam man ihn normalerweise nicht.

Onno Janssen verabschiedete sich, nicht ohne eine Empfehlung für die Insel abzugeben. "Besuchen sie doch einmal Café Neudeich. Und probieren sie unbedingt den Sanddornkuchen. Echt lecker!" Hatte sich das Wetter in Hamburg noch aufgehellt, an der Küste war es alles andere als heiter bis wolkig. Es war wieder einmal Schietwetter. Da tauchte endlich die Wangerooge aus dem Dunst auf und die Fähre legte am Pier an. Einige wenige Touristen gingen von Bord und das Schiffspersonal entlud gemächlich die kleinen rollenden Gepäckcontainer. Gisbert betrat das Schiff, suchte sich einen gemütlichen Fensterplatz, auf dem er freie Sicht auf das Wattenmeer hatte. Ein paar Insulaner verloren sich im Bordrestaurant, der Rest bevorzugte das Unterdeck. Es dauerte nicht lange da wummerte auch schon der Schiffsdiesel los. Langsam schob sich die Wangerooge aus dem Hafenbecken auf das offene Wattenmeer hinaus. Wenn es alles gut ging, wäre man in eine knappen Stunde auf der Insel. Gisbert legte die Beine hoch und schaute völlig entspannt dem Treiben der Möwen zu. Wann hatte er jemals soviel Zeit für sich gehabt?

***

Es war eine ruhige Überfahrt. Am Anleger angekommen bestieg man die Inselbahn und rumpelte quer durch die Salzwiesen dem Wangerooger Bahnhof entgegen. Gisbert ging durch die Seitenstraßen hinauf zum Strand. Sein Appartement befand sich fast wie ein Versteck am Ende der oberen Strandpromenade. Ein großer Kasten, architektonisch misslungen, aber aus dem fünften Stock konnte man Tag und Nacht unverbaut aufs Meer schauen.

Gisbert mied das Ortsinnere, ließ sich Lebensmittel und Getränke vom Lieferservice bringen und tat das, wozu er sonst nicht kam. Er kochte, genoss die absolute Stille, schmökerte in Autozeitungen, las den Spiegel und schaute viel auf das offene Meer. Wenn es dunkel war tanzten am Horizont die Positionslampen der Schiffe die auf Reede lagen. Tagsüber genoss er die langen Spaziergänge am Strand. Nach zwei Tagen stand für ihn fest: Wenn er mal den Dienst quittierte, dann würde er sich einen Hund zu legen. Ein Papagei sabbelte ihm zu viel!

Denn gleich am Ende der oberen Strandpromenade fing der Hundestrand an und bei soviel Platz und Freilauf zeigte sich wie phantastisch das soziale Verhalten der Vierbeiner unterschiedlichster Rassen funktionierte, wenn der Mensch nicht eingriff. Gisbert bog nach einer Weile rechts vom Strand ab und stieg den Dünenaufgang hinauf. Dann war es nicht mehr weit bis zum Café Neudeich. Schade nur, das heute Ruhetag war. Jetzt ein Stück Sanddornkuchen und ein Kännchen Kaffee, wären genau das Richtige gewesen. Die lange geteerte Straße sah sehr langweilig aus und so ging er oberhalb des Strandes durch die Dünen, vorbei an Bunkerresten aus der unglückseligen braunen Vergangenheit zurück in sein Feriendomizil.

Kaum angekommen schaltete er den Fernseher an. Auf N24 liefen gerade die 17 Uhr Nachrichten mit einem Beitrag über die Ermordung eines hohen LKA Beamten in Bogota. Dr. Wichtig hatte es also nicht geschafft. Wie würde es jetzt weitergehen? Würde er, Alberich jetzt auch beerdigt?

Gisbert drückte auf die Fernbedienung und schlagartig war es wieder still. Gedankenverloren starrte Kommissar Domagalla auf die weißen Kämme der anrollenden Wellen. Er selbst hatte Dr. Wichtig nie gemocht. Dessen Führungsstil war wie sein Name. Der Chef fand sich selbst immer am wichtigsten, erst dann kamen seine Mitarbeiter. Aber wahrscheinlich war das der Schlüssel für die Karriereleiter. All das war jetzt auch nicht mehr so wichtig. Aber wie auch immer, so einen Abgang wünschte man trotz aller Querelen doch Keinem.

Die eingeplante Flasche Rose´ blieb ungeöffnet. Zum Aal mit Kartoffelsalat passte auch sehr gut ein kühles Beck's. Bei einer Flasche blieb es an diesem Abend nicht. Irgendwann tanzten die vielen Positionslichter weit draußen in der Dunkelheit wie wild gewordene Derwische und das ungemachte Bett lud zu wirren Träumen ein. Am nächsten Morgen weckte lautes Hubschraubergeknatter den leicht angeschlagenen Kommissar. Normalerweise kam ein Hubschrauber nur auf die Insel um schwer Verunglückte zu transportieren, oder wenn unverhofft die Wehen einer Schwangeren eingesetzt hatten und sie es mit der Fähre nicht mehr ans Festland schaffen würde.

Oder war etwa Dr. Gründlich im Anmarsch? Vorsichtshalber setzte der aus dem Schlaf gerissene drei Tassen Kaffee mehr auf und zog sich an. Die Klingel blieb stumm! Wie er später erfuhr, hatte der Hubschrauber einen Motorschaden und war vorsichtshalber auf dem Wangerooger Flughafen notgelandet. Kein Schwerverletzter, kein Neugeborenes und kein Dr. Gründlich. Nur zuviel gekochter Kaffee.

Dieser Morgen an der See entsprach nicht den Urlauberswartungen der Feriengäste. Der Himmel war trüb, das Meer tarnte sich schmutzig grau und die Temperaturen luden nicht gerade zum Baden ein. Selbst die Hunde hatten anscheinend ihren Spieltrieb im Sand verbuddelt. Sie trotteten unlustig am Strand entlang und schenkten sich ausnahmsweise wenig gegenseitige Beachtung.

Das Handy klingelte. "Domagalla" knurrte er... Es war Dr. Gründlich: "Wie geht´s der Pumpe mein Bester? Spaß bei Seite! Anfang nächster Woche ist die Beisetzung vom Chef. Wird viel Presse da sein. Sie verstehen. Da wird es wohl besser sein, sie bleiben noch ein paar Tage auf ihrer Insel. Wenn der ganze Rummel vorbei ist, komme ich hoch und dann sehen wir weiter... Genießen sie die Zeit. Übrigens ab morgen soll das Wetter wieder schön werden. Also, bis die Tage!" dann legte er auf.

Gisbert dehnt seinen täglichen Strandgang aus, ignorierte die Dünenaufgänge bis weit und breit keine Menschenseele mehr in seinem Blickfeld war. Nur er, Gisbert Domagalla, der schier unendliche Strand, der aufkommende Wind, der trübe Himmel und das schmutzig graue Meer, das sich im Rhythmus der Gezeiten längst hinter die Sandbänke zurückgezogen hatte. Heute würde er es wagen, die Umrundung der Ostspitze. Je länger es ihn vorantrieb desto besser fühlte er sich. Was für ein Gegensatz zu seinem normalen Alltag. Auf dem Rückweg kam Gisbert doch noch im Café Neudeich zu seinem Kaffee und dem Sanddornkuchen.

Die nächsten Tage verordnete sich Gisbert ausgedehnte Strandwanderungen, gesunde Ernährung absolutes Fernsehverbot und nur vier Flaschen Bier pro Tag. Solange bis Dr. Gründlich einflog. Allein der Verzicht auf all die Drogen hatte sich schon positiv bemerkbar gemacht. Kein Husten, kein Keuchen und auch sein Appetit war schon deutlich besser geworden. Er freute sich schon jetzt diebisch darauf, wenn er mit aufgesetzter, bedrückter Miene am Spieltisch die Schneeschale mit dem größtmöglichen Bedauern ablehnte und die harten Jungs wohlwollend mit dem Kopf nickten. Mit der Pumpe war halt nicht zu spaßen! Davor hatten alle Schiss!

Gisbert hielt sein sich selbst auferlegtes Programm mit bewundernswerter Disziplin ein und von Tag zu Tag fühlte er sich frischer denn je. Dr. Gründlich konnte kommen! Und wie er kam! Er kam mit dem Inselflieger, einer kleinen Fluggesellschaft, die ihre Passagiere vom Festland in 5 Minuten nach Wangerooge brachte. Domagallas Handy, das er immer liebevoll sein kleines Schnurlostelefon nannte, klingelte. Es war Dr. Gründlich. In 10 Minuten bin ich bei ihnen und denken sie dran: „Ich trinke meinen Kaffee schwarz."

Kaum war der Kaffee durchgelaufen schellte es. Rein routinemäßig schaute Gisbert durch den Spion. So hatte er seinen Chef noch nie gesehen: Völlig verzerrt, mit einer riesengroßen Nase, sah er aus wie aus einem Comic Heft entsprungen. Grinsend öffnete er die Tür und Dr. Gründlich ließ sich in den nächstbesten Sessel fallen und schnappte nach Luft. "Domagalla, sie sehen ja prächtig aus! Was man von mir ja nicht behaupten kann! Darf man rauchen?" "Auf dem Balkon!" Die Männer nahmen ihre Kaffeetassen und schauten minutenlang schweigend aufs Meer. "Wissen sie Domagalla, Dr. Schaafzahn liegt jetzt friedlich in Oberkassel auf dem Friedhof Heerdt. Recht hübsch gelegen am Albertussee. Die Erde ist noch feucht, doch es gibt wohl schon einen Nachfolger. Ein Dr. Dürrkopp ist im Gespräch, aber das zieht sich. Bis dahin habe ich das Sagen! Verstehen sie? Das heißt wir machen weiter! Und wenn es schief geht? Dann geh ich in Pension und mache Urlaub auf Wangerooge! Ha Ha Ha ... Oder besser noch, ich kauf mir hier was!" Ha Ha Ha ...

"Übrigens sie haben was verpasst! War eine schöne Beerdigung , alles vom Feinsten. Vor allen Dingen das Fell versaufen. Frau Schaafzahn sah übrigens gar nicht so traurig aus. Irgendwie erleichtert die Gute. Ist aber auch nicht so wichtig." Ha Ha Ha. Dr. Gründlich machte offensichtlich keinen Hehl daraus das er den Verstorbenen nicht wirklich mochte. Für ihn war sein Chef immer ein knauseriger Sausack gewesen. In Bogata Nachts in Puff gehen, geht gar nicht. Dann darf man sich auch nicht wundern wenn´s knallt. Endlich, nach der dritten Zigarette beruhigte sich Dr. Gründlich langsam wieder. "Domagalla haben sie einen Plan? Von mir aus können sie wieder loslegen. Sobald es eng wird machen sie einen auf Rückfall, jammern was von Herzstichen und ziehen sich zurück. Keiner wird Verdacht schöpfen. So sind wir immer auf der sicheren Seite. Die Kohle ist in der Sporttasche. Wieviel? Es sind 33.000 frische €uro in abgegrabbelten Scheinen. Ihr Einsatz! Wir kriegen die Wichser! Ich nehm' das auf meine Kappe! Ist das da draußen ein Seehund? Nö, glaub ich nich! Domagalla, ich muss los. Sie müssen noch die Quittung unterschreiben. Danke. Tschüs, ich find schon alleine raus." Gisbert atmete tief durch. Endlich brauchte er sich nicht mehr zu verstecken. Befreit schaute er auf seine Blacky. Kein schlechter Zeitpunkt bei Kolja anzurufen. Das erste Mal seit seiner Ankunft ging er auf der Strandpromenade in Richtung Café Pudding. Er sah sich nach einem öffentlichen Fernsprecher um. Gleich neben der Apotheke und dem Blumenladen am Rosengarten fand er das was er suchte. Er las Koljas Nummer von seinem Handy ab und lauschte dem nervigen Tut Tut Tut. Dann wurde am anderen Ende abgenommen und eine tiefe Stimme mit russischem Akzent fragte: „Wer ruft ?" „Kolja, ich bin es, Alberich. Hatte ein Problem mit meiner Pumpe, bin jetzt wieder fit." Ja, mein Freund, hab davon gehört! Wir wollten schon eine Kranz kaufen!" „Arschloch!" „ Ja, so gefällst du mir!" „ Wann ist das nächste Treffen?" Am Wochenende in Bad Godesberg, Dürenstraße im Villenviertel. Mein Auto steht dann in der Einfahrt. Übrigens, ich habe ein Buch gelesen: "In Pielemannskoog ist Land unter!" Die Fortsetzung kann ich auch nur empfehlen: "Dann gibt es auch keinen Krabbensalat!" Das war der Code, die Eintrittskarte. "Also am Freitag 22° Uhr. Wie sieht es mit der Kohle aus? Bist du wieder frisch? Klar! Hab doch Krankengeld abgesahnt. Gut, alter Schwede, wir sehen uns Freitag."

Gisbert wollte sich auf den Heimweg machen, blieb dann aber doch am Strandhotel Gerken stehen, studierte die Speisekarte und entschied sich mal wieder bedienen zu lassen. Außerdem hatte er Bock auf ein 350 Gramm Hüftsteak. Das Restaurant war spärlich besucht und so erwischte er noch einen der begehrten Fensterplätze mit

Meerblick. Aber aus dem 5 Stock sah das Meer doch ganz anders aus. Es herrschte eine angenehme entspannte Atmosphäre. Das Stimmengemurmel wurde nur ab und zu von dem fröhlichen Kichern der Zwillinge unterbrochen, die von ihren sichtbar stolzen Eltern ausgeführt wurden. Das Steak war gut, der Rose´ vorzüglich, der Nachtisch verunglückt und die Rechnung entsprach nicht ganz dem Preisleistungsverhältnis. Schwamm drüber, im Kühlschrank warteten noch vier Buddel´s Beck´s. Es war doch alles prächtig gelaufen... Obwohl wieder frisch, zog Gisbert die Schiffsüberfahrt dem 10 Minutenflug des Inselfliegers vor.

Allein die rumpelige Inselbahn war ein Erlebnis für sich und außerdem gab es im Flieger keine heiße Bockwurst. Das war das Erste was er sich an Bord gönnte. Lecker! Nur der Senf könnte schärfer sein. In Harlingersiel angekommen nahm er den Tidebus nach Sande. Von da aus ging es mit der Nordwestbahn nach Oldenburg und Bremen. In Oldenburg angekommen musste Gisbert unwillkürlich an Habibi und sein tragisches Ende denken, das ihn immer noch bedrückte. In Bremen nahm er den ersten ICE ins Ruhrgebiet und versuchte sich während der Fahrt auf das kommende Wochenende vorzubereiten. Seine neue Rolle als herzkranker Zocker gefiel ihm außerordentlich gut. Bot sich doch somit doch die einmalige Chance der ewigen Kokserei aus dem Wege zu gehen. Hatte im doch schon die kleine Pause gut getan. Sollten sich doch die anderen schrägen Vögel das Hirn matschig machen. Und außerdem: Alle die Gisbert gut kannte waren seit dem sie sich regelmäßig ihre Rüssel puderten, zu echten „Arschelöcher", wie Habibi immer sagte, mutiert. Um an ihren Koks zu kommen würden sie sogar die Sparbücher ihrer Kinder plündern. Es hatte so etwas wirklich Tragisches, wenn Menschen die es nicht sind, plötzlich "Weltmeister" sein wollen. Schade, das in den letzten Jahren sich die Mitmenschen nicht mehr wie zivilisierte Mitteleuropäer benahmen: Ich, ich! Ich! Plötzlich hatte Gisbert Domagalla eine treffliche Idee, wie er den Pokerabend in Bad Godesberg strategisch angehen wollte. Das sah doch schon mal sehr gut aus. Aber an dieser Strategie musste noch das ein oder andere gefeilt werden.

***

Bis Freitag war noch genügend Zeit, Dinge zu erledigen, zu denen er sonst nicht kam. Zum Beispiel einen längst fälligen Besuch bei Doris seinem Frisör. Meister Doris war ein Könner seines Fachs und konnte schnebbeln wie ein Entenarsch. So sprach man im Pott. Doris fühlte sich immer sehr geschmeichelt wenn man ihn mit Schätzchen ansprach. Zum Schätzchen kam der ganze Bodensatz der Gesellschaft und auch die, die soviel Kohle hatten, das sie üble Nachrede nicht zu fürchten brauchten. Hier erfuhr man kostenlos wer was angestellt hatte, wer in die Kiste eingefahren und was so vom LKW gefallen war. Im Augenblick waren es Pelze und alberne grellbunte, chinesische Dildos. Im Salon herrschte Hochstimmung! Einige fuchtelten mit den Gummidingern rum und äfften chinesisches Gestöhne nach.

Doris hatte sich einen Nutria für Kleines gekauft. Jetzt freute er sich wie blöde auf den Winter. Von Gisbert Domagalla wusste keiner was er im wirklichen Leben so trieb. Alle glaubten er wäre ein Ritter der Landstraße und würde einen Kullemeier für Schwertransporte fahren. So konnte bei ihm auch nichts vom LKW fallen. Alles andere wäre nicht glaubhaft gewesen. Gisbert schaute prüfend in den Spiegel versicherte Doris mit einem Augenzwinkern: Schätzchen, Alexandre wäre stolz auf dich gewesen! Der Gute war hingerissen, war doch der große Alexandre aus Paris seit seiner Lehrzeit schon immer sein großes Vorbild. Es wurde bezahlt und obendrein gab noch ein mehr als großzügiges Trinkgeld für den Tuntenball. Mit Küsschen hier und Küsschen da und einem "Bis die Tage" verabschiedete man sich.

Sein Duisburg kannte Gisbert wie seine eigene Westentasche. Er mochte diesen Menschenschlag! Geprägt von der Arbeit in der Schwerindustrie, an Hochöfen und im Hafen redete man nicht lange um den heißen Brei herum. Hier wurde Klartext gesprochen. Wer dann noch dummes Zeug laberte, der bekam auch schon mal leicht einen Satz heiße Ohren. Aber am nächsten Tag war alles wieder vergessen. Dann stand man wieder Schulter an Schulter am Tresen und nach ein, zwei Pullen Bier war alles wieder gut. Aber wie Alles hat sich sein Duisburg im Laufe der Zeit auch verändert. Von dem, woran sein Herz immer so gehangen hatte, war nur noch wenig übrig geblieben. Dafür war die Luft deutlich besser geworden!

Gisbert wollte am Freitag in allerbester Verfassung glänzen. Was lag da näher, als einen Abstecher nach Düsseldorf zu machen. Auch wenn es ihm zuweilen ein wenig elitär erschien, wenn es um Klamotten ging, war die kleine Boutique hinter der Kö immer noch die beste Adresse. Als er den Herrenausstatter betrat, wurde er sofort mit: „Guten Tag Herr Domagalla" begrüßt. Unglaublich! Gisbert hatte wohl hier gefühlte achtzehn Monate nicht mehr eingekauft und trotzdem erinnerte man sich noch an ihn. Eine neue Jeans und ein Kapuzenpulli waren nötig! Auch sein abgeschabter Blouson war in die Jahre gekommen. Sein Auge fiel auf eine schwarze Lederjacke die vom Schnitt her alle Bedingungen erfüllte. Zur Not passte auch noch eine Schutzweste darunter ohne das es groß auffiel. Auch für Angie war noch genügend Platz und außerdem war das Teil noch um 30% reduziert. Sie passte wirklich wie angegossen. Gisbert behielt seine neuen Errungenschaften gleich an und der Verkäufer entsorgte diskret das, was lange Zeit so treue Dienste geleistet hatte. Vor dem Einführen der Scheckkarte gab es noch ein Käffchen mit Keks, das obligatorische Gläschen Sekt lehnte Gisbert kopfschüttelnd ab. Ohne eine lästige Einkaufstüte an der Hand betrat Kommissar Domagalla wieder den Boulevard der Eitelkeiten und war doch sehr erstaunt wie viel PS die ehrwürdige Kö auf ihre alten Tage noch vertragen konnte. Dabei war er es doch, der genau wußte, das die meisten der vielen Protzschlitten nicht mit der ehrlicher Arbeit verdient wurden. Das allein war Motivation genug um weiterzumachen. Dabei hatte Gisbert nicht das Geringste gegen exklusive Autos: Bentley, Porsche und Bugatti Veron, das waren doch allesamt mehr als klangvolle Namen. Design und Ingenieurkunst in wahrer Vollendung. So bitter wie es war: Wer Mittelklasse fährt, ist auch Mittelklasse. So simpel funktioniert nun mal unsere Gesellschaft. Entweder man hat eine geniale Idee, ist korrupt, im hohen Maße kriminell, beutet die schwächsten der Schwachen aus oder man hat geerbt. Dazwischen liegen Golfklasse, 3er BMW, Audi A3, Mercedes A Klasse, Mini und Konsorten. Mit demWohlgefühl neu eingekleidet zu sein schlenderte Gisbert in Richtung Innenstadt. So langsam machte sich Hunger breit. Jetzt eine gute Pizza mit einem guten Rosé, das wäre doch ein guter Abschluss des heutigen Tages. Am anderen Ende der Straße wehte über einem Restaurant eine grün-weiß-rote Fahne. Im Ristorante "Don Alfredo" wurde er mit "Buon giorno dottore" begrüßt. Wie immer suchte sich Gisbert einen Tisch von wo aus er die Tür im Blickfeld hatte. Der Patron brachte mit einem freundlichen „prego dottore" die Speisekarte und machte sich sofort wieder an seiner feuerroten, riesigen Espressomaschine zu schaffen. Dabei stieß er leise irgendwelche Flüche aus, die wohl eine große unanständige Qualität hatten. Domagalla wandte sich den vielen gerahmten Fotos zu, die die Wände zierten. Auf fast jedem dieser Schwarz-Weiß und Farbfotos war immer ein Mann zu sehen: "Don Alfredo". Mal stolz mit einem Fußballpokal, dann als Rennfahrer mit einer Giulia GTA, einem selbsterlegtem Nashorn, mit schönen blonden Frauen im Arm und viel lachender B-Prominenz. Aber am häufigsten war der Meister mit einem Mikrophon in der Hand zu sehen. Er musste sich auch anscheinend sehr intensiv als Schlagersänger versucht haben. Als jugendlicher Held war er wohl sehr erfolgreich gewesen. Später wurden die Fotos mit den Blondinen immer weniger. Dafür tauchte dann ein Schäferhund an seiner Seite auf! Aber den gab es bestimmt auch nicht mehr. Sonst läg' er jetzt bestimmt vorm Tresen.

Plötzlich zischte die Espressomaschine wieder. Alfredos Gesicht hellte sich schlagartig auf und mit einem befreienden „Mama Mia" war die Welt wieder in Ordnung. Gisbert bestellte sich einen Rosé und eine große Pizza Inferno und ließ es sich schmecken! Die Pizza war wirklich so, wie eine gute Pizza seien sollte. Der Boden dünn, nicht zuviel Käse und schon gar nicht zugeklatscht mit dem was dazugehörte. Der Rose´ war wie üblich so lala. Plötzlich ging die Tür auf! Gisbert traute seinen Augen nicht. Es war der Nadelstreifen aus Marseille. Heute hatte er noch einen Südländer im Schlepptau der routiniert die Situation checkte, Gisbert aber für harmlos einstufte. Diesmal gab es kein freundliches "Buon giorno dottore!" Nein, der gerade noch so fröhliche Don Alfredo wirkte eher etwas verängstigt. Die beiden Ganoven sprachen leise, aber eindringlich auf Alfredo ein. Dann flüsterte M. Ede scheinbar dem Verängstigten etwas ins Ohr. Der reckte hilflos beschwichtigend die Arme in die Höhe, nickte heftig und legte beschwörend seine rechte Hand aufs Herz, worauf der Franzose ihm fast zärtlich die Wange tätschelte. Dann zogen sie wieder ab. Hatte Kommissar Domagalla etwa in ein Wespennest gestochen? Was hatte M. Ede hier zu suchen? Und wer war sein Begleiter? Dieser Typ war ihm völlig unbekannt. Er sah auch nicht aus wie einer, dessen Visage die Verbrecherkarteien füllte. Ein fein geschnittenes Gesicht, dazu ein gepflegtes Äußeres und er bevorzugte wohl den gleichen Anzughersteller wie Altbundeskanzler Gerhard Schröder. Diese Allianz zwischen Brutalität und äußerem Stil verhieß nichts Gutes!

„Il conto prego", rief Gisbert zum Tresen hinüber. Don Alfredo kassierte ab und gab sich höflich aber wortkarg. „Grazie Dottore", war das einzige was er über seine sonst so redseligen Lippen brachte. „Verwandtschaft?" fragte Gisbert lächelnd. "Si si dottore! Mamma mia, Schmutzekerle!" Kein Zweifel, dieser Besuch hatte den Patron völlig aus der Bahn geworfen.

Jetzt wurde es aber doch Zeit sich mal wieder zu Hause blicken zu lassen. Als er um die Ecke bog , sah er schon von weitem, das außer Frau Oberste-Berghaus in der 2.

Etage niemand im Hause war. Bei ihr brannte noch Licht. Die alte Studienrätin saß bestimmt schon wieder mit Kopfhörern in ihrem Ohrensessel und lauschte verzückt ihrem geliebten Verdi. Schon beim Aufschließen schlug ihm dieser fiese muffige Geruch in die Nase. Immerhin war hier drei Monate lang nicht gelüftet worden. Gott sei Dank war er nicht in Damenbegleitung. Er hätte sofort den Laufpass bekommen. Kaum hatte er die Balkontür und die Fenster aufgerissen, strömte auch schon die ersehnte frische Luft herein. 20 Minuten später war der ganze Miefspuk vorbei und Gisbert dachte sich, wie schön es wäre, wenn es jetzt an der Tür klingeln würde und eine betörend schöne Escort Lady ihn schelmisch lächelnd fragen würde: „Naa, ist die Luft rein?" Dann würde er kontern: „Frischer geht´s nicht Baby!" Doch die Klingel blieb stumm! Der Escort Service war finanziell nicht drin und für eine normale Beziehung war sein Dienstplan nicht geschaffen. Vielleicht in einem nächsten Leben.

***

Der Kühlschrank war leer. Aber auf dem Balkon stand noch eine halbe Kiste Bier und das Wasser war auch noch nicht abgestellt. Erst ein heißes Bad und dann ein kühles Bier. Das tröstete ihn dann doch darüber hinweg, das sich auch an diesem Abend klingeltechnisch nichts tat. Dafür gingen in dieser Nacht alle seine Träume in Erfüllung. Es klingelte dreimal und Gisbert war froh, das er an diesem Abend gut durchgelüftet hatte ...

Am nächsten Morgen war er so kaputt, als hätten drei Escort Ladys bei ihm geschellt. Dabei war es der halbe Kasten Bier, der ihm das Leben so schwer machte. Ein

Königreich für ein Aspirin!

Gisbert machte sich frisch, ging in das kleine Café um die Ecke und bestellte sich ein extra großes Frühstück. Er konnte froh sein das er noch einen freien Platz erwischte. Das Café war voll besetzt mit älteren Damen, die es sich offenbar auf die Fahne geschrieben hatten, die rheinische Mundart zu pflegen. Der Raum war erfüllt mit Fröhlichkeit und Ausrufen wie: „Ach was! Um Gottes Willen! Ach nee! Unglaublich! Kannst du mal sehen!" Zwischendurch gab es immer als Zugabe zum Kaffee ein Kirschlikörchen. Gisbert köpfte gerade sein Frühstücksei, da hakten sich die älteren Semester spontan unter und sangen leicht beschwipst: „Die Männer sind alle Verbrecher, ihr Herz ist ein finsteres Loch, aber lieb, aber lieb sind sie doch ... "

Das war Lebensfreude pur, denn so feiern konnten nur Rheinländer. Das Kaffeekränzchen zählte wohl zu den Stammgästen, denn auch das Personal sang und schunkelte mit. Dabei war es noch eine Weile hin bis Karneval. Gisbert zahlte und verabschiedete sich mit einem Tschö und viel Spaß noch. Er wollte gerade das Café verlassen, da fiel sein Blick auf die Titelseite einer Financel Times der letzten Woche. Und wer schaute ihn da wichtig und staatstragend an: Es war zweifelsohne die Begleitung von M. Ede, dem Nadelstreifenmann. „Darf ich die haben? Ist die von letzter Woche!" „Ja, ja ich hab keine Aktien, ich hab andere Sorgen," bejahte die Bedienung.

Wieder an der frischen Luft, setzte sich Domagalla auf die Sitzbank eines abgestellten Motorrollers und verschlang die Titelstory: Der Typ hieß Envar Hotic und war Präsident der E&H Bank in Albaniens Hauptstadt Tirana. Aus dem Café klang es wieder herüber : „ Die Männer sind alle ...... Wie recht die alten Damen doch hatten! Ob

Envar Hotic auch ein lieber Mann war, erschien ihm doch recht zweifelhaft! Jetzt hatte der Unbekannte aus der Pizzeria einen Namen! Dr. Gründlich würde Augen machen. War Envar Hotic`s E&H Bank in Wirklichkeit eine der gesuchten Geldwaschmaschinen, die die albanische Glückspielmafia dazu benutze um die frisch gewaschene Kohle in blitzsaubere Immobilien zu verwandeln. Wie sagte schon der römischer Kaiser Vesparian "pecunia non olet" was heißt: "Geld stinkt nicht!" Wie recht er doch hatte! Was lernen wir daraus? Gewaschenes Geld stinkt nicht, macht aber stinkreich!

Das also musste das erfolgreiche Geschäftsmodell dieser Ratte im grauen Brioni Anzug sein. Das war genau die Motivationsspritze die Kommissar Domagala brauchte um noch mehr als 100% Einsatz in die Waagschale zu werfen. Jetzt wo er sich sicher war, wählte er Dr. Gründlichs Durchwahl. Der meldete sich wie so oft unwirsch mit einem bellenden Gründlich! "Domagalla, Morgen Herr Doktor, ich hab was für Sie!" Dann machte er kurz und präzise Meldung über die neuesten Erkenntnisse.

Dr. Gründlichs Stimme wurde sanfter! "Domagalla, sie sind mein bestes Pferd im Stall! Machen sie weiter so! Wir ziehen den Scheißkerlen noch die Hammelbeine lang. Bravo!" Dann legte er auf. Für einen kurzen Augenblick war es trotz des Verkehrslärms verdächtig still …… Dann erst begriff er, das seine Kopfschmerzen verschwunden waren. Wenn es schon kein Puder mehr gab, vielleicht wäre es auch positiv den eigenen Alkoholkonsum zu drosseln. Wohin ein halber Kasten Bier führen konnte, hatte er erst heute morgen leidvoll erleben müssen.

Zuhause angekommen, nahm er sich fast zärtlich Angie vor. Die Gute braucht unbedingt frisches Oel und abgesehen davon wurde es langsam Zeit, sich intensiv auf die nächste Pokerrunde in Bad Godesberg vorzubereiten.

Diesen Abend wollte er aber noch entspannt ausklingen lassen. Ein heißes Bad nach getaner Arbeit war eine willkommene Abwechslung zu den Hotelduschen der letzten Wochen. Als Bonbon noch seine Lieblings - CD von Gonzales auflegen und der Badespaß wäre perfekt. Morgenfrüh würde er wieder fit wie ein Turnschuh sein.

Kaum lag er in der Badewanne und lauschte mit geschlossenen Augen der Klaviermusik, da klingelte das Telefon. Unglücklicherweise lag es nicht griffbereit im Badezimmer. Nein, es lag unerreichbar auf dem Küchentisch. Wohl oder übel musste sich Gisbert aus der Badewanne quälen. Er zwängte sich übellaunig in seinen alten Frotteebademantel und schlidderte in Richtung Küche. Sauer wie er war , meldete er sich mit einem unfreundlichen: „Wer ruft" .... Es war Dr. Gründlich!

"N´Abend Domagalla, wissen sie schon das Neuste? Nein! Er ist aus dem Rennen! Wer ? Raten sie doch mal! Ich blick nicht durch, wer ist aus dem Rennen? Dr. Dürrkopp. Warum? Er ist mit seinem Dienstwagen zu `ner Professionellen gefahren. Irgend jemand hat gesungen und nun ist er aus dem Rennen. Ha Ha Ha ... Und nun? Wir werden sehen, schlafen sie gut und melden sie sich Montag. Viel Glück für morgen Abend. Tschö!" Immerhin dachte sich Gisbert, solange Dr. Gründlich noch die Fäden in der Hand hat, habe ich seine volle Rückendeckung.

Leicht durchgefroren stieg Gisbert wieder in die Badewanne, ließ heißes Wasser nachlaufen und schloss die Augen. Das Handy hatte er vorsichtshalber ausgeschaltet. Es dauerte keine fünf Minuten da klingelte es an der Tür. Wer konnte das sein? Dann klopfte es zaghaft an der Tür und jemand rief im Treppenhaus: „Herr Domagalla. sind sie da?" Es war Frau Oberste-Berghaus. Wieder striff sich Gisbert seinen Bademantel über und öffnete die Tür. Oh, Herr Domagalla verzeihen sie, aber ich finde meinen Korkenzieher nicht. Können sie mir meine Flasche Wein aufmachen? Gisbert war Biertrinker! Wein trank er nur zum Essen, oder wenn er zu einem guten Tropfen eingeladen wurde. Tut mir leid Gnädigste, ich hab keinen Korkenzieher, aber wenn sie möchten kann ich ihnen eine Flasche Bier aufmachen, o.k.? Dankend nahm Frau Oberste-Berghaus sein Angebot an und verschwand wieder in ihrer Wohnung. Es war das erste Mal in ihrem Leben, dass sie, Verdi und ihr dicker Dackel Falstaff zusammen eine Flasche Bier tranken.

Gisbert ließ entnervt das Badewasser ab, nahm stattdessen eine heiße Dusche und machte sich die erste Flasche des Abends auf. Nach der Dritten ließ er es gut sein, denn er wußte genau: Morgen Abend musste er hellwach sein! Diesmal durfte nichts, aber auch rein gar nichts schief gehen.

Am nächsten Morgen war der Himmel voll mit grauen Wolken verhangen. Nieselregen reduzierte zwar ein wenig den Feinstaub der Großstadt, aber für Melancholiker war diese Mischung pures Gift. Es sei denn, man war Dichter und konnte diese Stimmung in seinem Sinne zu Papier bringen. Aber wer las heutzutage noch Gedichte? Gisbert Domagalla war weder Melancholiker noch war er ein Poet. Gisbert war kein Träumer! Gisbert war ein Jäger.

Bevor er zum Bahnhof aufbrach, schaute er noch kurz im Ristorante bei Don Alfredo vorbei. Zu seinem Erstaunen kämpfte Don Alfredo wieder verzweifelt mit seiner

Espressomaschine. Die imposante Elektra ächzte und röchelte wie eine alte Dampflok. Das vertraute Zischen und Brodeln war endgültig verstummt. Dafür verfluchte der verzweifelte Patron das chromblitzende Ungetüm. Dann beschwor er sie wieder händeringend ihn doch nicht im Stich zulassen, sie hatte wohl endgültig den Geist aufgeben. Eine kaputte Espressomaschine war für einen Italiener schlimmer als der Untergang von Pompeji. Mamma mia ...

Dann gab es eben keinen Espresso. Der Kommissar hatte die ganze Zeit stillschweigend dem verzweifelten Treiben Don Alfredo´s zugeschaut. Der hatte ihn überhaupt nicht eine Sekunde wahr genommen. Gisbert verließ achselzuckend das Lokal und machte sich auf den Weg zum Bahnhof. Wenn er seinen Zug noch bekam wäre er in circa 71 Minuten in Bad Godesberg. Dann konnte er bestimmt noch seinen Espresso zu trinken.

Am Bahnhof angekommen reichte die Zeit noch um sich eine Bildzeitung zu kaufen. Es gab nun mal in öffentlichen Verkehrsmitteln keine bessere Informationsquelle als dieses Revolverblatt. Zur Not konnte man sich dahinter sogar verstecken. Es war die perfekte Tarnung ! Im Grunde war es aber nur der Sportteil der ihn, wenn überhaupt an diesem journalistischen Machwerk interessierte.

Beim Lesen der Horrornachrichten aus aller Welt vergingen die 71 Minuten von Düsseldorf nach Bad Godesberg wie im Fluge. Auf dem Bahnsteig angekommen wurde ihm einmal mehr bewusst, das alles was sich bislang in seinem Kopf abgespielt hatte, nun zur bittern Realität werden würde.

Ohne Hast machte er sich auf dem Weg zum Hotel. Für

die nächsten zwei Nächte hatte er sich vorsichtshalber im Hotel Zum Löwen am Von-Groote-Platz einquartiert. Von da aus war es nur ein Katzensprung bis zum Treffpunkt Dürenstr. Gisbert nahm normalerweise nie eine Pistole mit zum Zocken. Aber seit Wiesbaden war Alarmstufe 1 angesagt. Wäre er damals bewaffnet gewesen, hätte er niemals seine Daytona hergegeben. 100 Pro!

***

Diesmal hatte er aber vorgesorgt. Angie war suspendiert! Bei einer Leibesvisite durch Koljas Bodyguards würde eine deutsche Dienstpistole große Irritationen hervorrufen. Nein, Gisbert hatte seine private 38 Smith & Wesson im Holster. Die machte immer Eindruck und war in diesen Kreisen nicht verdächtig. Zur Not gab man sie am Eingang freiwillig ab und bekam sie im Morgengrauen wieder. Zwar hatte Gisbert keinen Hund, aber bei der Suche nach einem Hotelzimmer fand er es sehr sympathisch, das hier auch Hunde sehr willkommen waren. Langsam wurde es Zeit sich auf den Weg zu machen. In der Dürenstraße angekommen sah er auch schon Koljas schwarzen Bentley in einer Einfahrt stehen. Vor dem Eingang der Villa lümmelten sich zwei riesige glatzköpfige Fleischberge herum. Als sie Gisbert kommen sahen richteten sie sich auf und sahen noch furchteinflößender aus. Stumm starrten sie ihn an. "In Pielemannskoog ist Land unter! Dann gibt es auch keinen Krabbensalat!" Die russischen Fleischberge nickten wohlwollend, klopften Gisbert von oben bis unten ab, fischten seine 38iger aus dem Holster, raunten Spassiba und öffneten die Tür. Irgendwie sah es im Treppenhaus so aus als wäre der letzte Mieter ausgezogen ohne seine Möbel mitgenommen zu haben. Das ganze Ensemble hatte wohl einem Afrikaner gehört. Vielleicht einem Botschafter? Wer um Gottes Willen sollte sich soviel afrikanische Tiere an die Wände hängen. Das kleine ausgestopfte Gürteltier wirkte wie ein Fremdkörper und musste ein Geschenk von einem südamerikanischen Kollegen aus besseren Tagen sein. Gisbert ging die breite, geschwungene Holztreppe in den ersten Stock hinauf. Der alte rote, abgewetzte Läufer gab dem Aufstieg immer noch etwas Feierliches. Dann stand Gisbert vor dem Spielzimmer. Kolja stand im Türahmen, breitete seine Arme aus und rief: „Alberich, alter Schwede alles Paletti? Schön das du wieder da bist! Die anderen Gäste sind auch schon da. Du kennst sie. Bohne konnte nicht, er musste nach Kolumbien. Dafür ist heute "El Pueblo" mit von der Partie." In der Szene hieß El Pueblo nur Anna, weil er auf seinem Egotrip soviel Anabolika in sich reingestopft hatte, das ein Nilpferd sofort einen Herzinfarkt bekommen hätte. Nicht so Anna! Zwar hatte er ein Herz wie ein Bär, aber durch das viele Sauzeug hatte sein Hirn gelitten und mit seinem geschrumpften Winzlingsglied konnte er nicht mehr als seine Notdurft verrichten. Erschwerend kam noch hinzu, das er trotz seiner gut definierten Muskelmasse bei den deutschen Meisterschaften im Bodybuilding nur Vierter geworden war. Das war für ihn die absolute persönliche Katastrophe. Er flüchtete sich in die Welt des weißen Schnees. Dabei hatte er Psychiatrie studiert und eine eigene Praxis gehabt. Nach einem Nervenzusammenbruch erholte er sich langsam wieder, beschäftigte sich von da an, ausschließlich mit Anabolika und anderen verbotenen Drogen. Auch heute abend saß er da, schwitzte wie ein Schwein und soff literweise Coca

Cola light. Die anderen Jungs, zeigten sich besorgt, ob alles mit der Pumpe in Ordnung sei. Geht so! Nur meine Nase darf ich mir nicht mehr pudern! Koksverbot vom Doc! Du, arme Sau! Und dann sangen sie dröhnend laut und hämisch im Chor: "Mutter der Mann mit dem Koks ist da, schnief doch ma', der Koks ist heut' so wunderbaaar" ...

Dann grölten alle durcheinander und wieder einmal dachte sich Gisbert im Stillen: Sie können albern sein wie die Kinder. Dann öffnete sich die große Schiebetür und eine bildhübsche Mulattin mit einem Bauchladen wie in den goldenen Zwanzigern umkurvte trippelnd den Spieltisch. Sie steckte in einem Bunny Kostüm und bei jedem Schritt wippten putzig die plüschigen Hasenohren und ihre üppiges Dekolletee auf und ab. Koljas Gäste durften sich das nehmen was das Herz begehrte. Von kubanischen Zigarren bis zum feinsten Koks aus Birma war alles am Start. Süffisant fragte Alberich: „Haben Gnädigste auch Aspirin?" Alles haute sich auf die Schenkel. El Pueblo hielt seinen Kopf gerade in den Bauchladen und prustete vor Lachen voll in den Koksberg. Dadurch entstand ein "Schneegestöber" vom Feinsten und El Pueblo sah aus wie ein haitianischer Voodoo Priester. Wieder grölten alle wild durcheinander. Das konnte ja heiter werden ...

Das Häschen verschwand so lautlos wie es gekommen war um nach ein paar Minuten mit einem Paket frischer Kartenspiele zurückzukehren. Endlich konnte es losgehen.

Es war schon eine illustre Gesellschaft die da am Tisch saß und mit den Hufen scharrte. Kolja als Gastgeber, Rita, Keci, Uzzi, Bokassa, El Pueblo und Gisbert. Wobei El Pueblo vom reinen Erscheinungsbild völlig aus dem Rahmen fiel. Neben seiner ungeheuren Muskelmasse extrem verteilt auf 198 cm Körpergröße hatte er Oberarme und Oberschenkel die im Optimalzustand den Bizeps von Bokassa in den Schatten stellten. Nur gab es für ihn keine Konfektionsgröße mehr in die er noch hineinpasste. So war er immer gezwungen irgendwelche Pumphosen und XXXXXL Blousons zu tragen. Das Schrägste war aber: Thronte auf dem eisengestählten Körper von Fifi in Santa Fu wenigstens noch einen Kopf der aussah wie eine Billardkugel, so hatte El Pueblo´s Kopf rein optisch eher Ähnlichkeit mit einem Tischtennisball. Es war ein groteskes Bild, besonders wenn er lachte. Ein menschliches Wesen wie ein Hulk mit einen aufgeschraubtem Köpfchen.

Die ersten Partien schleppten sich so dahin. Auch die Einsätze wirkten etwas mutlos. Es wurde geschoben, zaghaft mitgegangen und jeder wollte früh sehen. Von giftigen Schmalzjägern waren sie an diesem Abend noch meilenweit entfernt. Kolja hatte ein feines Gespür dafür wie der Hase läuft. Er klatsche zweimal in die Hände, die Schiebetür öffnete sich wieder und das Häschen brachte frischen Nachschub für die Nasen. "Komm Alberich, eine Linie geht doch! Der Doc labert doch nur Bullshit!" "Nee lass mal! Glaub mir, mein Herz blutet, wenn ich euch so schniefen sehe. Aber ich möchte nicht das du den Notarzt rufen musst. Glaub mir ist voll o.k. so. Vielleicht beim nächsten Mal." Kolja gab sich geschlagen und das Wichtigste: Er schöpfte keinen Verdacht. Gisbert war heilfroh, das er aus dieser Nummer raus war. Das Dumme war nur, das er zur Stützung seiner Herzkasperlegende nur noch Wasser trinken durfte. Alkohol war für ihn offiziell gestorben. Das erste Mal seit langer Zeit war er wirklich clean. Es fühlte sich richtig gut an. Er war hellwach.

Das Spiel nahm an diesem Abend nie so richtig Fahrt auf. Alle Partien plätscherten so vor sich hin.
Das Spielglück wechselte von dem einen zum anderen und so hielt sich der Gewinn für jeden der Anwesenden in Grenzen. Gisbert hatte nach der ersten längeren Pause 9.000 € plus gemacht. Das riss zwar keinen vom Hocker, aber wenigstens Dr. Gründlich wäre bestimmt gut zufrieden. Bevor es in die zweite Runde ging wollte Gisbert noch etwas frische Luft auf dem Balkon schnappen. Gerade wollte er hinaustreten, da blieb er wie angewurzelt stehen. Er hörte wie Kolja Rita zuraunte: "Sag Monsieur, das ich Bohne nie mehr sehen will! Ist das klar?" Ja Chef, ich fliege Dienstag nach Marseille. Noch konnte Gisbert in diesem Fall keine Linie von A nach B ziehen, aber das er gerade Mitwisser eines Mordauftrages geworden war ließ sich nicht bestreiten. Jemanden nicht mehr sehen wollen, hieß soviel wie: Murks ihn ab! Bring ihn um! Die eleganteste Lösung war natürlich, wenn es wie Selbstmord oder ein Kapitalverbrechen aussah. Gisbert täuschte geistesgegenwärtig einen leichten Hustenanfall vor, den er mit der Unverträglichkeit von Zigarren- und Zigarettenrauch entschuldigte und betrat den Balkon. Es war eine sternenklare Nacht die einen besseren Abschluss verdient gehabt hätte als die nächste Pokerrunde mit den anwesenden Schweinebacken. Gisbert setzte jetzt weniger und stieg früher aus. Ab und zu schaute er auf sein Blatt und knurrte zum Schein leise vor sich hin: „Aus jedem Dorf ein Köter!" Es fiel ihm schwer sich auf das Spiel zu konzentrieren. Verzweifelt überlegte er wie er Bohne warnen konnte. Trotz der mangelnden Konzentration gelang es ihm noch 3000 € Schmalz zu machen und die Zockerei doch noch mit einem versöhnlichen Plus im Sinne des Steuer-

zahlers abzuschließen. So richtig bluten musste in dieser Nacht keiner der Spieler. Es war die Nacht für Dr. Gründlich und seine Kriegskasse! Als das letzte Kartenspiel geknickt und für immer im Papierkorb gelandet war fragte Uzzi: „Wer ist eigentlich Pillemann´s Koog?" Alle grölten wieder los und konnten sich vor Lachen kaum halten. Das heißt nicht Pillemann´s Koog du Pillemann! Jetzt mischte sich El Pueblo ein, faselte etwas von einem Deichgrafen, worauf Gisbert es sich nicht verkneifen konnte zu behaupten: Es wäre ein legendärer Dressurreiter gewesen. „Meinst du so`ne Schwuchtel auf `nem Pferd," fragte Keci? Jetzt hatte der Türke die Lacher auf seiner Seite. So richtig wusste keiner wer Herr Pielemann oder Herr Pillemann gewesen war, aber immerhin hatten sie alle einen Mordsspaß gehabt.

***

Es war spät geworden. Die Zeitungsausträger füllten schon die Briefkästen ihrer Abonnenten. Wenn man sich die ganze Nacht den Birmakoks in die Rübe zieht, dann wird zwangsläufig Schlaf zu einem Fremdwort. Man sabbelt in einem fort mehr oder weniger dummes Zeug und ist heilfroh wenn man jemanden findet der einem zuhört oder wenigstens so tut als ob. Findet der Bedröhnte keinen Zuhörer, dann flüchtet sich die vereinsamte Koksnase in endlose Selbstgespräche, die ihm in den seltensten Fällen Erleuchtung bringen.

Gisbert war heilfroh, das dies nach langer Zeit der erste Pokerabend war an dem er völlig clean nach Hause ging. Trotzdem war auch für ihn nicht an Schlaf zu denken. Wie konnte er Bohne helfen, ohne das der Verdacht auf ihn fiel. Morgens um 5 Uhr waren alle Smart Phons und Handy´s nicht in Betrieb. Dann war auch noch ausgerechnet Samstag, der Tag schlechthin an dem Grillabende viel wichtiger waren als die mittlere Niederschlagsmenge im Amazonasbecken. Aber einfach aufgeben war nicht Kommissar Domagalla´s Stil. Er versuchte es in der Bremer Kaffeeröstzentrale. Es meldete sich der Sicherheitsdienst und verwies höflich aber bestimmt auf die Sprechstundenzeiten von Montag bis Freitag. Die einzige Möglichkeit Bohne zu warnen war Dr. Gründlich. Es war ein Risiko den Doktor im Morgengrauen aus dem Schlaf zu holen, auch wenn die letzten Treffen mit seinem Vorgesetzten schon einen fast freundschaftlichen Charakter gehabt hatten. Trotzdem war es Gisbert mulmig zu Mute, als er die Privatnummer von Dr. Gründlich in seinem Register drückte. Entgegen allen Befürchtungen war der Doktor alles andere als unfreundlich. Im Gegenteil!

„Domagalla, wie war es?" Kurz und präzise schilderte Gisbert seinem Vorgesetzten wie der Abend verlaufen war und das er sich große Sorgen um Bohne machte. Wie sich allerdings die Umstände gestalteten, das könne er sich jetzt überhaupt noch nicht zusammen reimen. „Wir können nur eins machen. Ich rufe gleich unseren Mann in Südamerika an. Der soll das Ganze mal abklopfen. Wenn der uns nicht helfen kann, dann hat Herr Bohne schlechte Karten! Mehr können wir von hier aus wirklich nicht machen! Haben sie auch Schmalz gemacht?" „Ja,12 Mille cash." „Na, geht doch! Ich ruf sie wieder an."

In Gisbert´s Kopf machte es jetzt immer doller ratatattata ...... Obwohl hundemüde, konnte er kein Auge zu machen. Warum wollte Kolja plötzlich Bohne killen lassen. Ihm war nie aufgefallen, das die beiden irgend etwas miteinander zu tun hatten. Was ging da vor sich. Importierte Bohne in seinen Kaffeesäcken noch etwas anderes als grüne Kaffeebohnen? Dann hatte er jetzt schlechte Karten und Gisbert ein Problem. Wie konnte er dem dicken Bohne helfen, wenn sich sein Verdacht vorerst nur auf Vermutungen stützte? Nach und nach plünderte Gisbert die Biervorräte der Minibar, bis er das gefunden hatte wonach er schon den ganzen Morgen suchte: Den ersehnten Schlaf.

Es war so gegen 11 Uhr, als sein Telefon ihn weckte. Es war Dr. Gründlich. „Hören sie Domagalla, unser Mann in Bogota hat sich gemeldet. Es gibt keinerlei Auffälligkeiten bei Herrn Bohne. Wie es aussieht ist er sauber. Allerdings zockt er jeden Abend! Vielleicht hat er Schulden! Kann sein das ich Montag mehr weiß. Legen sie heute mal die Füße hoch! Vamos! Venga venga das Hamsterrad ist erst Montag wieder." Gisbert nahm sich Dr. Gründlich´s Ratschlag zu Herzen und machte nach einem ausgiebigen Frühstück das was er schon lange wieder einmal machen wollte: Einen Besuch im Zoo. Sofort fiel ihm dazu das kölsche Lied ein und er ertappte sich dabei wie er es leise vor sich hin sang: „Ene Besuch em Zoo, oh oh oh oh, Nä wat id dat schön, nä wat id dat schön! Ene Besuch em Zoo oh oh oh oh, Dat es esu schön, dat es wunderschön!" Konnte ein Tag besser beginnen? Nein, der Kölner Zoo lag ja quasi vor der Haustür. Langsam hellte sich der Himmel auf und die Sonne brach hindurch. Für einen Samstagnachmittag war es erstaunlich leer. Vereinzelte Familien schlenderten durch die Anlagen, wobei den Kindern das Smartphone anscheinend interessanter schien, als die ihnen dargebotene exotische Tierwelt. Elefanten, Kamele und all die besungenen Tiere waren aus ihren Ställen gekommen um die Wärme der Sonnenstrahlen zu genießen. Sicherlich, es war nicht die Hitze ihrer Heimat, aber es war die Sonne. Und richtig, die Bewohner des Affenhauses waren die ganze Zeit nur am „römhöppe". Gisbert suchte sich eine Bank und schaute ihnen zu. Bohne hatte ihn wieder eingeholt. Waren Kolja und Bohne Partner? Oder wurde Bohne erpresst? Auf jeden hätte er getippt, aber Kolja? Es hieß immer er hätte sein Geld in Sibirien mit Erdöl gemacht. Setzte Kolja nach dem schwarzen Gold jetzt auf weißen Schnee? Geld genug hatte er ja wohl um die nötige Logistik aufzubauen und die richtigen Leute anzuheuern. Es musste kein Widerspruch sein: Auch Milliardäre konnten dem finanziellen Reiz des Drogengeschäfts oft nicht wiederstehen. Für sie war es nur eine neue Spielart der Macht, die es galt zu perfektionieren. Es war Adrenalin pur.

Gisbert hatte wohl fast drei Stunden im Zoo verbracht bevor er wieder aufbrach. Da er fast immer unterwegs war gab es für ihn auch keine der üblichen Pinnwände mit Fotos und Notizen, die der Arbeit eine gewisse Struktur gaben. Seine Pinnwand existierte einzig und allein in seinem Kopf. Es war wohl an der Zeit, den ein oder anderen der Verdächtigen von seiner bisherigen Position umzuhängen. Doch es war bestimmt besser damit bis Montag zu warten. Vielleicht würden dann die Karten neu gemischt. Langsam wurde es Zeit nach Hause zu fahren.

In Düsseldorf angekommen ging er noch auf einen Abstecher zu Don Alfredo. Das Ristorante war nur zur Hälfte besetzt. Anscheinend war die Espressomaschine repariert, denn das chromblitzende Monster war wieder voll im Einsatz. Gisbert bestellte sich eine große Portion Vongole eingelegt in einer Knoblauchtomatensauce. Dazu gab es ein köstliches frisches Pane Bianco. Der Rose` war zwar nicht besser geworden, aber er rundete das Essen ab. Zum Nachtisch gab es noch einen Espresso. Es hatte geschmeckt und die Kellnerin bedankte sich für das großzügige Trinkgeld mit einem breiten Lächeln und einem bühnenreif dahin gehauchtem Mille Grazie. Nichts kam Gisbert heute verdächtig vor. Ganz im Gegenteil: Alles sah normal aus! Selbst Don Alfredo machte einen zufrieden Eindruck. Wahrscheinlich war er glücklich, das er seine Elektra wieder im Griff hatte.

Pünktlich zur Sportschau war er wieder zu Hause und bei der ersten Flasche Bier fielen auch schon die ersten Tore. Vielleicht klappte es ja diesmal nach dem Fußball sich ein Bad zu gönnen, ohne das Frau Oberste - Berghaus oder Dr. Gründlich ihn störten. Die Bundesligaspiele waren an diesem Samstagabend so erstklassig , das es sich lohnte sie sich später im Sportstudio noch einmal anzusehen. Hauptsache war, das die Bayern heute mal wieder einen auf den Sack bekommen hatten.

Das sprichwörtliche Glück in der letzten Minute der Verlängerung blieb ihnen heute versagt. Gisbert war sich sicher, das er nicht der einzige Fußballfan in Deutschland war, der sich darüber diebisch freute. Bevor die Lottozahlen kamen, ließ er sich das Badewasser ein und hoffte inbrünstig, das es diesmal ruhig blieb. Vorsichtshalber legte er sein Handy auf den Beckenrand.

Das Handy blieb stumm und Frau Oberste-Berghaus hatte offensichtlich ihren Korkenzieher wieder gefunden. Trotzdem war für ihn die Situation mehr als schizophren. Einerseits genoss er die Stille, anderseits hätte ihm schon so ein Vogel wie Henry genügt um nicht diesem Gefühl des Alleinseins völlig ausgeliefert zu sein. Aber es war ja nicht mehr so lang bis zum Montagmorgen. Noch zweimal schlafen, dann war es vorbei mit der Einsamkeit!

Die spärlichen Reste, die der Kühlschrank noch hergab mussten für ein Frühstück am Sonntagmorgen reichen. Im Radio besprach Frau Westermann ein Buch das sie dem Zuhörer auch wärmstens ans Herz legte. Es war ein Kriminalroman, der aber nichts mit dem zu tun hatte, womit Gisbert jeden Tag zu kämpfen hatte. Aber mit Sicherheit hatte der Roman einen hohen Unterhaltungswert. So richtig war Gisbert nicht bei der Sache. Big Bohne holte ihn wieder ein. Es erschien ihm völlig unrealistisch das der Bremer Kaffeemogul aus reiner Profitgier in irgendeiner Form freiwillig in Drogengeschäfte verwickelt war. Er war ein leidenschaftlicher Spieler, der sich das normalerweise mit dem ihm gegebenen finanziellen Möglichkeiten locker leisten konnte. Außerdem hatte Gisbert, wenn er mit Bohne zusammen am Tisch saß nie gesehen, das er Haus und Hof verspielt hätte. Im Gegenteil! Schon mehrmals hatte Idi Amin den ganzen Schmalz abgesahnt. Wenn es so wäre, dann musste die ganze Sache noch einen viel tieferen Grund haben. Mit Drogen war richtig viel Geld zu machen, kaufte man das Kilo Kokain in Kolumbien oder Venezuela für 3.500 Euro ein. In Spanien war das Gramm dann schon 40 Euro wert. In Paris oder Hamburg wurden daraus locker 80 bis 100 Euro für den Konsumenten. Der Dealer streckt zum Schluss 15 Gramm Kokain mit 5 Gramm Aspirin und so stieg die Profitkurve noch einmal steil nach oben. Außer der wohl noch perverseren Schleuserkriminalität war sonst offenbar nichts profitabler. Aber diese schmutzigen Geschäfte passten einfach nicht zu Bohne. War er doch einmal abgesehen von seiner Spielleidenschaft, doch mehr hanseatisch unterkühlt. Keine protzige Luxuskarre, keine coole Motoryacht, keine Münch Mammut oder sonst ein ins Auge stechendes Statussymbol. Ganz im Gegenteil: Seine Anzüge waren von der Stange.

Einzig allein seine IWC Portugieser Grande Complication ein Erbstück seines Großvaters für schlappe 200 000 Euro verriet dem Eingeweihten dezent, das Bohne nicht der Filialleiter eines Aldi Marktes war. Die Portugieser war beim Zocken auch immer so etwas wie ein willkommener Rettungsfallschirm, sollte mal etwas schief gehen. Darauf gab es immer Kredit. Auch noch mit dicker Rübe im Morgengrauen. 100 pro !!!

Mitten in Gisbert´s Grübelphase platzte ein Anruf von Dr. Gründlich. „Morgen Domagalla, Bohne ist wieder aufgetaucht." „Gott sei Dank!" „Danken sie Gott nicht zu früh! Es geht ihm nicht gut! Bohne ist tot! Er hängt in Bremen im Bürgerpark an einem Baum. "Scheiße!" „Sie sagen es!" „Was machen wir? Wir lassen die Kollegen in Bremen ermitteln. Es heißt es sähe nach Suizid aus." „Am besten sie machen sich noch heute zu den Fischköppen auf und melden sie sich bei mir, wenn sie mehr wissen!" Gisbert ließ sich kraftlos in den Sessel fallen. Erst Habibi, jetzt Bohne. Langsam aber sicher dünnte sich die Pokerrunde aus. Wer würde wohl der Nächste sein?

Gisbert fuhr direkt zum Flughafen, checkte noch früh genug ein und bekam gerade noch den nächsten Flieger nach Bremen. Als er in Bremen ausstieg wusste er einmal mehr, warum er nur sehr ungern flog: Ihm waren Turbolenzen jeglicher Form zu wider. Hilflos durchgeschüttelt zu werden war absolut nicht sein Ding. Allein der Gedanke an einen Flug nach Neuseeland oder Australien bereitete ihm sofort Bauchschmerzen. Nach einigen Telefonaten wusste er wo Bohne zu finden war:

Die Kollegen hatten ihn schon in die Gerichtsmedizin gebracht. Als er den tristen gekachelten Raum betrat hatte Kommissar Domagalla für einen Moment das Gefühl das seine Knie zitterten. So kannte er sich nicht. Was war nur los mit ihm? Das was jetzt auf ihn zu kam, hatte er doch schon zig mal erlebt. Oder war es das Gefühl der Ohnmacht, das er Bohne in Gefahr wusste, ihm aber nicht hatte helfen können? Der Gerichtsmediziner, ein Dr. Kaiserschnitt, trug noch seinen Werder Fanschal um den Hals und roch trotz eines Mundschutzes stark nach Alkohol. Werder hatte gestern in einem begeistertem Abendspiel die Bayern 4:1 vernichtet.

Bohne lag zugedeckt auf einem der Edelstahltische. Als Dr. Kaiserschnitt das grüne Tuch mit einem Ruck zurückschlug musste Gisbert spontan an den dicken fetten Mönch aus dem Film "Im Namen der Rose" denken. So massig lag sein Körper aufgebahrt vor seinen Augen. Bis auf sein Gesicht war er vollkommnen weiß. Mit knappen Worten leierte Dr. Kaiserschnitt seinen Befund herunter. Für ihn war der Fall abgeschlossen: Klassischer Suizid!

„Und was ist das?" Domagalla deutete zwischen Bohnes Beine. Deutlich zeichnete sich eine blaurote Färbung am Penis des Toten ab. Dagegen waren die Hoden komplett schwarz. „Haben sie schon mal jemanden gesehen, der sich, bevor er sich aufhängt selbst in die Eier tritt?" Eisiges Schweigen machte sich breit. Dr. Kaiserschnitt murmelte: „Ach du Scheiße, sie meinen …."

„Ja das meine ich! Jemand hat ihn gefoltert! Der Mann konnte keine 3 Meter mehr gehen, geschweige denn noch im Bürgerpark rumtoben und auf eine Leiter klettern. Lassen sie ihren Bericht verschwinden und schreiben sie einen Neuen!" Der Mediziner stöhnte kurz auf , murmelte: „Danke Herr Kollege!" und schlüpfte in seine Latexhandschuhe. Die beiden Männer machten sich an die Arbeit. Das war Gisbert Bohne schuldig.

Das Nacharbeiten lohnte sich. Sie fanden Druckstellen unter den Armen, die darauf hindeuteten, das jemand dem Toten in die Höhe gehoben hatte. Der oder Diejenigen mussten schon kräftig zugepackt haben, denn Bohne wog so um die 170 Kilo. Kommissar Domagalla war jetzt fest davon überzeugt: Jemand hatte Bohne gefoltert und ihn dann so aufgeknüpft das es nach Selbstmord aussah. Aber warum im Bürgerpark? Bohne wohnte doch quasi gegenüber und hatte einen großen Garten mit kräftigem Baumbestand. Der ganze Fall war so rätselhaft und in jeder Hinsicht undurchschaubar. Eines war aber klar: Sie mussten ihn am Flughafen oder zu Hause abgepasst haben, nachdem er aus Südamerika zurückgekommen war. Was hatte seine Mörder dazu getrieben Bohne umzubringen? War Kolja wirklich ihr Auftraggeber aber was war sein Motiv? Dr. Kaiserschnitt schubste Gisbert an und bat um eine Unterschrift für den neuen Bericht! Gisbert unterschrieb den neuen Bericht und fragte gedankenverloren: „Trug der Tote eine Uhr?" „Nein, nicht das ich wüsste, aber fragen sie doch sicherheitshalber noch einmal bei Kommissar Ludenheimer nach, der muss es wissen. Aber selbst, wenn es ein normaler Überfall gewesen wäre, dann hätten sie sich nicht die Mühe gemacht, Bohne auch noch aufzubammeln. Wozu? Das geht anders: Die Uhr schnappen und ab dafür. Nein, es war wie ein Ritual! Eine Warnung! Seht her, wer nicht tut was wir wollen, der hat schlechte Karten! Nach einem kurzen Telefonat mit Kommissar Ludenheimer war klar, das Bohne ohne seine

Portugieser aufgefunden wurde. Das war schon die zweite Uhr wonach Domagalla suchte. Sein Bauchgefühl sagte ihm, das die Uhren ein wichtiger Schlüssel zur Lösung des Falles waren. Trug sie jemand am Arm? Lagen sie in einem Tresor oder hatte irgendein stinkreicher Chinese sie im Internet ersteigert? Gisbert hoffte trotzdem, das die Eitelkeit siegte und er die Chronometer am Handgelenk einer Schweinebacke entdeckte. Gerade als er diese Gedanken noch vertiefen wollte, rief Dr. Gründlich. Gisbert brachte seinen Chef auf den neuesten Stand und sie beschlossen das Gisbert bis zur Beerdigung von Bohne in Norddeutschland bleiben sollte. Vielleicht war ja einer der Trauergäste verhaltensauffällig. „Sie können ja die Zeit nutzen und sich im privaten und beruflichen Umfeld von Herrn Bohne schlau machen. Es könnte doch sein, das Bohne außer seiner Spielleidenschaft noch andere Laster hatte. Wir wissen zu wenig über unseren Mann. Wenn wir wirklich nichts finden, wird es in diesem Fall fast unmöglich sein irgendwo den Hebel anzusetzen. Was meinen sie?" „Sehe ich auch so Chef!" „Dann rufen sie mich wieder an!"

Dr. Kaiserschnitt hatte auf Gisbert gewartet und bot ihm an mit ihm im Parkhotel zu frühstücken. Im Parkhotel angekommen fing es wie aus Kübeln an zu schütten. Der Regen prasselte mit solcher Wucht gegen die großen Scheiben des Frühstückssaals, das sich davor eine undurchdringliche graue Wand bildete. „Schade, das des vorgestern nicht so geregnet hat, dann hätten wir wenigstens verwertbare Fußabdrücke gehabt. Und hätten vielleicht gewusst, wie viel Männer diesen Bohne am Baum aufgeknüpft haben. So stochern wir wie die Blinden im Dunkeln rum."

Gisbert nickte gedankenverloren. Die beiden Männer bestellten sich Rührei mit Schinken, Kaffee und eine Karaffe Tomatensaft. Langsam ließ der Regen nach und das triste Grau verwandelte die Außenanlagen in ein üppiges Grün. „Ich muss ins Bett! Heute morgen um 11 Uhr spielt mein Filius in der C-Jugend von Werder, da muss ich wieder am Ball sein! Ha ha! Lassen sie mal, ich zahl das schon." Dann brach er hastig auf und steuerte dem Ausgang zu.

Domagalla überlegte kurz und dann stand für ihn fest: Erst einmal Bohnes Bremer Umfeld abklopfen und wenn die Zeit es noch zuließ eine kleinen Abstecher zu Roswitha nach Hamburg machen. Vielleicht hatte sie etwas mitbekommen, was ihm weiter helfen konnte. Gisbert bestellte sich ein Taxi und fuhr in die Firmenzentrale des Kaffeebarons. Die Kollegen hatten schon die Chefsekretärin und ihre engsten Mitarbeiterinnen zusammengetrommelt. Man sah den Damen ihre Erschütterung über das Schicksal ihres Chefs an! Sie bestätigten einhellig, das Bohne sich nach seiner Rückkehr aus Kolumbien zwar kurz mit seiner Chefsekretärin Frau von Riemenschneider telefonisch ausgetauscht hatte, aber nicht persönlich in der Firma aufgetaucht war. Ansonsten wäre ihnen allen in der letzten Zeit nichts Ungewöhnliches an ihrem Chef aufgefallen. Kommissar Domagalla schaute sich routinemäßig in Bohnes Büro um. In der rechten Schreibtischschublade in einem Geheimfach versteckt, fand Gisbert eine große, leuchtend rote Dose Creme 21, randvoll gefüllt mit allerfeinstem Burma Koks. Unbemerkt ließ Gisbert die Dose in seiner Jackentasche verschwinden. Schon wollte er die Schublade wieder schließen, da sah er gerade noch rechtzeitig einen 6x6 Diarahmen. Er knipste die Schreibtischlampe an und betrachtete neugierig das Dia. Darauf waren drei lachende Männer am Strand zu sehen: Bohne, Monsieur Ede ausnahmsweise nicht im Nadelstreifenanzug und ein unbekannter Typ, der eine verblüffende Ähnlichkeit mit einem Cromagnonmenschen in einer Badehose hatte. Die Vegetation im Hintergrund ließ eindeutig auf Südamerika oder die Karibik schließen. Wer aber war der dritte Mann? Mit solch einem Gesicht war es unmöglich nicht aufzufallen. Der Typ war behaart wie ein Affe, aber er hatte einen beeindruckend gut durchtrainierten Körper. Hier war sonst nichts mehr zu finden, was Rückschlüsse auf den feigen Mord an Bohne zuließen. Die Festplatte von seinem Computer hatten die Kollegen schon vor ihm mitgenommen. Es gab offensichtlich auch kein Wochenendhaus in Worpswede oder ein verstecktes Liebesnest in Hamburg. Alles schien sauber. Gisbert ging noch einmal zu Frau von Riemenschneider und fragte sie eindringlich ob sie vielleicht mal für ihren Chef oder seine Geschäftsfreunde einen Escort Service kontaktiert hätte. Frau von Riemenschneider schüttelte heftig ihren Kopf und presste ein „Gott bewahre" zwischen den Lippen hervor. „Das wär's dann! Sie können dann nach Hause gehen! Danke, das sie sich die Zeit genommen haben." Gisbert bestellte sich ein Taxi und fuhr auf dem direkten Weg zum Hauptbahnhof. Bis zur Abfahrt des nächsten Zuges nach Hamburg blieb noch genügend Zeit für einen doppelten Espresso beim Italiener in der großen Bahnhofshalle. Am Zeitungsstand kaufte sich Gisbert die neueste Ausgabe des Chronos Magazins. Er wollte einfach nur mal abschalten. Dann wurde es auch schon Zeit zum Bahnsteig zu gehen. In drei Minuten würde der Metronom nach Hamburg einlaufen. Eine kleine Verschnaufpause war genau das was sein Kopf jetzt brauchte. Als er im Oberdeck des Metronoms ein ruhiges Plätzchen gefunden hatte spürte er wieder einmal dieses unbeschreibliche Gefühl von Ohnmacht. Dieses ewige im Dunkeln stochern zehrte doch mehr an seinen Nerven, als er zugeben wollte.

Der Zug ruckte an und Gisbert schlug die erste Seite seines Uhrenmagazins auf. Das ganze Magazin war voll von Spitzenprodukten mit klangvollen Namen der Feinmechanik. Domagalla seufzte hörbar auf. Nicht eine dieser Uhren lag zur Zeit im Bereich seiner finanziellen Möglichkeiten. Verstohlen blickte er auf seine Blacky. Immerhin! Sie war zuverlässig und auf die Sekunde genau. Laut Fahrplan waren es noch 43 Minuten bis zum Hamburger Hauptbahnhof. All diese Chronometer und die qualifizierten Fachkommentare faszinierten ihn schon, aber nie im Leben würde er sie gegen seine heißgeliebte Daytona eintauschen. Sie war robust und man konnte mit ihr am Handgelenk auch mal richtig hinlangen. Als er wieder aufblickte tauchte vor seinen Augen das imposante Springerhaus auf. Das hieß soviel: Der Zug lief gleich ein. Er überlegte ob er das Magazin mitnehmen oder liegen lassen sollte. Als er seinen Platz verließ, blieb die Zeitschrift liegen. Irgendjemand würde sich schon darüber freuen.

***

Gisbert schnappte sich das letzte freie Taxi und fuhr nach St. Pauli. Roswitha würde bestimmt große Augen machen ihn so schnell wieder zu sehen. Wie immer stieg er vorsichtshalber schon am Hans Albers Platz aus, bezahlte und ging die letzten Meter zur Herbertstraße zu

Fuß. Es herrschte reger Betrieb und alles sah nach einem umsatzstarken Abend für die freiberuflichen Damen aus. Als er durch die mit Reklame beklebte Trennwand ging sah er, das Roswithas Koberfenster dunkel war. Schaffte sie heute gar nicht, oder hatte sie einen Gast mit Langzeitbehandlung? Trudi, ihre Nachbarin, steckte ihr Puppengesicht aus ihrem Fenster und rief ihm mit ihrem leicht sächsischen Akzent entgegen: „Rosi kommt heute etwas später! Sie ist mit Henry zum Tierarzt. Komm doch auf einen Kaffee rein." Dabei schaukelte sie lachend ihre üppige Oberweite aufreizend hin und her. Eine altgediente Wirtschafterin öffnete ihm mit einem freundlichen Moin. Trudi faltete eine Filtertüte und steckte sich eine neue Zigarette an. Sie hatte sich ihren chinesischen Morgenmantel übergestreift und verdeckte züchtig das, womit sie noch kurz zuvor so heftig kokettiert hatte. Der Kaffee war vom allerfeinsten und absolut nicht geeignet für Herzkranke. Aber es war ein legales Dopingmittel um eine zwölf Stundenschicht der besonderen Art gebacken zu kriegen. Sie unterhielten sich über die alltäglichen Dinge des Lebens, die mit dem Kiez nichts zu tun hatten. Trudi genoss es sehr sich mal wieder mit einem normalen Mann zu unterhalten. Sie beklagte das das Gelaber mit den Freiern sowieso immer in einer Sackgasse endete. Kaum hatte sie diesen Satz ausgesprochen, mussten beide so herzhaft lachen, das Trudi die Augen feucht wurden. In diesem kurzem Augenblick strahlte sie etwas sehr Unschuldiges aus. Sie steckte sich eine neue Zigarette an und blies den Rauch gedankenverloren an die Decke. Dann überlegte sie kurz und steckte Gisbert das am Sonntagmorgen Monsieur Ede zu Roswitha wollte. Die hatte aber schon früher Feierabend gemacht und er war mächtig sauer gewesen. Sein Spannmann wäre dann noch bei ihr gewesen. Ein komischer Typ, sah aus wie ein Neandertaler in Armaniklamotten. Ziemlich übler Bursche dieser Franzose. Hat lange gedauert bis ich ihn wieder runter hatte. Und feilschen wollte der Sausack auch noch. Aber nicht mit Trudi! Gisbert zog das Foto aus seiner Brieftasche : „War es der?" „Das ist der Arsch, zischte sie böse!" „Hatte der Typ auch einen Namen?" M. Ede rief ihn zweimal „Pourquoi" oder so! „Danke Trudi, du hast mir sehr geholfen. Womit kann ich dir eine Freude machen? " „Nimm mich doch einmal fest in deine Arme und drück mich!" Das ließ sich dann Gisbert nicht zweimal sagen und für einen kurzen Augenblick sog er ihr Chanel N°5 ein und genoss die wohltuende Wärme ihrer weiblichen Fülle. Gerade war er versucht doch noch ein wenig fester zu zu drücken, da hörte er Roswithas Stimme: Truuudi? Sie steckte ihren Kopf durch die Tür und beim Anblick von Gisberts breiten Rücken keifte sie: „Spannst du mir meine Freier aus?" Dann gibt's aber lang Haue. Gisbert drehte sich um und alle drei mussten herzhaft lachen. „ Wo kommst du denn her? Ich freu mich, aber ich muss doch gleich arbeiten. "Roswitha machte ein bedrücktes Gesicht, denn sie würde lieber mit Gisbert Essen gehen. „Was ist mit Henry?" „Ach der arme Kerl ruft sich seit 14 Tagen seine Federn aus und will nicht mehr richtig fressen. Ich muss mir einfach mehr Zeit für ihn nehmen!"

"Aber wie? Als ich anfing war ich noch so jung und wir konnten pro Nacht schon mal zwei bis dreimal eine Falle schieben. Das läuft nicht mehr! Machst du das heute, hauen sie dir sofort was aufs Maul. Heute musst du für deine Kohle richtig ackern. Ich würde so gerne aussteigen, aber von meinem Geld ist mir nichts mehr geblieben. Alles weg. Du kennst das ja, die Rolex mit Brilli´s, chice Pelze und die dicken Autos. Erst der Porsche, dann der Ferrari und zum Schluss der Lamborghini. Und Taschengeld zum Zocken brauchte der Lude ja auch. Außer Henry ist mir nichts geblieben. Zum Glück hat Henry keinen Führerschein." Roswitha steckte sich eine Zigarette an und blickte nachdenklich dem Rauch nach. Für einen kurzen Augenblick sah sie verbittert und vom Leben enttäuscht aus. Sie fing sich schnell und wischte ihre Enttäuschung mit einem: „Aber bis jetzt is es immer noch jut jejangen," vom Tisch. Das Leben an der Klappe hatte sie hart gemacht. „Und wie wär' es mit einem Escort Service für die Reichen und die Schönen?" fragte Gisbert nach. „Ach, Gottchen da musst du erst einmal ne Menge Kohle reinstecken. Du brauchst hübsche junge Mädchen, am besten Studentinnen, die Philosophie, Kunst oder Architektur studieren. Das mögen die Freier, dann zahlen sie auch wie blöde. Aber ohne Moos nix los." "Also Butter bei die Fische! Wieviel bräuchtest du als Startkapital?" „Ich schätze so 35000 Euro, aber ich müsste mich noch mal schlau machen!" „Ich verspreche nichts, aber ich hör mich mal um." „Ach bevor ich es vergesse, heute Nacht war M. Ede mit einem Spannmann da. Ein gewisser Pourquoi. Soll aussehen wie ein Neandertaler." „Nee nie gesehen, nie von gehört!" „Aber das gibt Ärger!" „ Ich muss los! Grüß mir Henry, er soll das mit dem Federnrupfen sein lassen, sonst bring ich ihm keine Nüsse mehr mit." Gisbert schlug seinen Mantelkragen hoch und machte sich auf den Weg zum Silbersack. Vielleicht traf er ja noch Parterre. Als er den Silbersack betrat konnte er vor lauter Qualm nichts sehen. Hier gab es kein Rauchverbot. Wahrscheinlich war Gisbert der einzige Nichtraucher weit und breit. Aus der Musikanlage dröhnten Achim Reichels beste Lieder. Nach den letzten Tönen der Fliegenden Pferde folgte "Der Spieler." Obwohl mehr als die Hälfte der Anwesenden voll steif waren, textsicher waren sie zu mindestens beim Refrain - Komm rüber Spieler, Spieler komm rüber - dann grölten immer alle kräftig mit. Plötzlich, wie aus dem Nichts tauchte plötzlich Parterre auf. Er grinste glücklich und war schon ziemlich dun. „Moin Herr Kommissar spendieren sie ein Gedeck?" „Wenn du nen Tipp für mich hast. War in den letzten Tagen ein Neandertaler auf dem Kiez?" „Aber Herr Kommissar, sind die nich ausgestorben?" „Dann gibt`s auch kein Gedeck!" Warten sie mal, da war einer mit ner Krawatte, am Sonntagmorgen, der sah komisch aus, aber ich dachte die Neandertaler tragen Felle. Dann grölte er wieder: „Kugel komm rüber, Spieler komm rüber dieses Spiel hast du frei". „Du kriegst dein Gedeck und dann gehst du aber nach Hause, versprochen?" „Parterre grölte diesmal in Richtung Bedienung: „Gedeck komm rüber," dabei reckte er seine Faust in die Höhe, stierte Gisbert mit glasigen Augen an und schwankte hin und her. Dann fiel er um. Einer schrie: „Parterre is Parterre gegangen" und schon zählte der ganze Silbersack Parterre an: Eins, zwei, drei, vier, fünf, sechs, sieben, aaaacht. Siiieger durch technischen K.o: Das Gedeck! Alle grölten und lachten durcheinander und aus den Boxen dröhnte Parterre zu Ehren: Das Lied von Boxer Kutte . Wieder sangen alle mit ... „Boxer gehen oft in die Knie, blaue Augen zahlen drauf, Meister kommen, Meister gehen, aber Parterre steht wieder auf, Boxer gehen oft in die Knie, blaue Augen zahlen drauf, diesmal bleibt Parterre liegen, dieser Kampf ist aus!" So einen Abgang hatte sich Parterre wirklich verdient! Gisbert war überhaupt nicht zum Feiern zu mute, aber im Stillen wünschte er sich doch von Zeit zu Zeit so ein schlichtes Gemüt, wie die Silbersackhorde. Enttäuschungen wurden einfach mit Bier und Schnaps weggespült. Am nächsten Morgen hatte man zwar einen gewaltigen Brummschädel, spuckte aber trotzdem kräftig in die Hände und das Leben ging weiter. Bis zum nächsten mal. Jetzt war es doch spät geworden und viel war nicht dabei rumgekommen. Immerhin wußte er jetzt, das M. Ede in der Tatnacht wohl nicht allein gewesen war.

Aber wer war der geheimnisvolle Cromagnonmann? Gleich Morgen früh würde Domagalla als erstes Dr. Gründlich anrufen um mehr in Erfahrung zu bringen. Auf dem Kiez brodelte das Nachtleben mit allem was dazu gehörte. Abgesehen von einigen kleineren Rangeleien blieb alles friedlich. Gisbert war kaputt. Gut das er Parterre getroffen hatte, so konnte er es sich ersparen noch in die Ritze zu gehen oder anderswo nach ihm zu suchen. Er zog die Schultern noch ein wenig höher und machte sich auf den Weg zum Seemannsheim am Michel. Ein Kiosk mit Nachtdienst ist wie eine Apotheke mit Notdienst. Gisbert kaufte sich eine feurige Tüte Junkfood und drei große Flaschen Beck´s. Das war "Grübelstoff"! Den brauchte er jetzt unbedingt, denn es gab soviel Ungereimtes in diesem Fall, das seine unsichtbare Pinnwand im Kopf ziemlich in Unordnung geraten war. Erstaunlicherweise war das Seemannheim nicht ganz ausgelastet. So genoss man noch zu später Stunde das seltene Privileg sich ein Zimmer auszusuchen. Gisbert ging auf sein Zimmer und bedienterein mechanisch die Fernbedienung des Fernsehers. Es liefen die Nachrichten. Kaum hatte er seine Schuhe ausgezogen, die erste Flasche Bier geöffnet und die

Chipstüte aufgerissen da starrte er wie gebannt auf den Flachbildschirm. Frau Daubner verlas: "Gestern Abend gegen zwölf Uhr wurde im alten Kohlenschiffhafen unterhalb von Toller Ort der französische Staatsbürger Gaston Rivery erschossen aufgefunden. Die Polizei ermittelt in alle Richtungen. Und nun zum Sport"... Gisbert atmete tief durch und stellte erst einmal seine Bierflasche wieder auf den Boden. Zu der Mordnachricht zeigte das ARD ein Foto des Getöteten. Es war der Cromagnonmann. Mit Krawatte! Das Kuriose daran war, das auf der dunkelblauen Krawatte ein gallischer Hahn prangte, der den Schnabel weit aufriss und offenbar den Lauten machte. Entweder Monsieur Gaston war zu Lebzeiten ein fanatischer Nationalist oder er wollte allen zeigen, was er für ein toller Gockel war. Ein Problem weniger und morgen wüsste er mehr. Das mit dem Grübeln verschob Gisbert und widmete sich seinem Bier und seinen Chips. Dazu gab es als Sahnehäubchen im Spätprogramm: Russ Meyers "Die Satansweiber von Tittfield"...

Pünktlich am nächsten Morgen klingelte das Zimmertelefon und eine raue Stimme bemühte sich um einen freundlichen Ton. „Herr Domagalla, sie wollten geweckt werden!" „Jau, danke!" Gisbert legte wieder auf, machte sich frisch und legte 5 € für das Zimmermädchen auf den Nachtisch.

Der Frühstücksraum war mäßig besucht und Gisbert entschied sich spontan für schwarzen Kaffee und Rührei mit Speck, denn auch dieser Tag würde wieder viel Kraft kosten. Nach dem Frühstück rief er Dr. Gründlich an und berichtete ihm die Ereignisse vor Ort. Der versprach ihm sich über die Vita von Gaston Rivery schlau zu machen um dann Bericht zu erstatten. Gisbert dachte sich, es wäre doch einen Versuch wert Fifi zu besuchen. Schaden konnte es nicht bis Santa Fu war es ja nur ein Katzensprung. Wieder nahm er die Linie 118. In Santa Fu angekommen war das Personal nicht das wie bei seinem letztem Besuch. Es war ein mürrischer Empfang. Das Personal dieser Schicht war sehr jung , unfreundlich und misstrauisch. Domagalla zückte seinen Ausweis und nannte den Grund seines Besuches. Als Fifis Name fiel, runzelte der schnöselige Jungwachtmeister seine Stirn, griff zum Telefon und vergewisserte sich ob Fifi im Zellenbereich war. Dann nickte er genervt und öffnete die Tür. Nach drei Minuten kam ein verschlafen wirkender Kollege und brachte Gisbert wortlos zur Zelle Nr.175. Zu Gisbert´s Erstaunen las Fifi ein Buch: "Schweißen für Dummies." „Moin Fifi, willst du wieder Scheiße bauen? Du weißt doch, noch einmal und du fährst für immer ein." „Moin Moin sie schon wieder? Nee, ich hab ´ne Stelle als Schweißer in Rostock. Die schweißen da Geldschränke zusammen". Gisbert schüttelte sich vor Lachen. „Na, denn man los, ich bleib auch nicht lange. Was macht die Perle?" „Schafft an und streicht die Wohnung." „Was gibt ´s Neues von Utze?" „Der hat gestern beim Pokern beschissen, da hat ihm der Schwatte, peng, den Kiefer gebrochen. Große Klappe und bescheißen, das läuft hier nicht. Aber gestern war ein Franzose bei Massut und hat ihm eine dicke, goldene Uhr mitgebracht. Keine Brilli´s dran, aber in dem Teil soll sogar ein Mond drin sein. Massut protzt mit dem Wecker wie ein Weltmeister!" Das roch doch stark nach einer Portugieser Grande Complication. „Hast du den Franzosen auch gesehen?" „Nee, aber alle reden von ihm. War so´n Posemann, sah aber aus wie ein Neandertaler." „Bingo! Das wollte ich hören! Ich sprech mal mit dem Richter Fifi! Vielleicht darfst du schon bald deiner Perle streichen helfen. Und geh mal zum Zahnarzt, deine Braut soll dich doch in Rostock gut einführen." Fifi die Ratte kicherte albern und entblößte voll seine übergroßen Schneidezähne. Gisbert drückte die Schelle und verabschiedete sich von Fifi mit der nochmaligen Ermahnung endlich sauber zu bleiben. Sonst fährst du für immer ein." „Herr Kommissar, haben sie mal nen Heiermann für mich? Ich habe ihnen doch geholfen! Morgen ist großes Knastrauchen und ich bin voll abgebrannt." „Fifi, Heiermänner sind doch tot, aber ich gebe dir einen Zehner, du alte Ratte , dann darfst du dich locker zweimal zudröhnen".

Dem Justizwachtmeister war wohl heute nicht nach plaudern zu mute. Schweigend brachte er Gisbert zum Ausgang und rang sich doch noch ein „Schönen Tag auch noch Herr Kommissar" ab.
Der Fahrplan an der Bushaltestelle war mit Eddingstiften beschmiert und nur mit Mühe konnte Gisbert entziffern, das er noch zehn Minuten bis zum Eintreffen des Busses Zeit hatte.

Der "Heiermann" hatte sich in seinem Kopf eingenistet. Die gute alte Deutsche Mark! Da wurde das 5 Markstück noch mit einem Spitznamen geadelt! 2 Mark wurde liebevoll der "Zwickel" genannt. Es gab den Schein, den Grünen, den Blauen, das Pfund, den Braunen. Die Krönung war der Riese. Eine Nacht mit Roswitha kostete damals einen Riesen. Wenn man so einen Riesen der Dame seines Herzens einen Riesen hinblätterte, dann fühlte sich auch der Freier bestimmt riesig! Heute hat das Geld keinen Namen mehr! Wer kein Gesicht hat, verdient auch keinen Namen. Der Bus kam. „Innenstadt?" 3,60 €. Alles klang sehr kalt. So funktionell, so seelenlos. Gisbert bezahlte, setzte sich nach hinten und schloss die Augen. Es fing an zu regnen. Die Regentropfen klatschten an die Fensterscheiben und verzerrten die vorbeiziehende Landschaft in ein unscharfes, verschwommenes grünes Band. Gisbert stieg am Jungfernstieg aus und besuchte die Jahreszeiten Terrassen. Die waren immer gut beheizt und gemütlich ruhig. Nach dem kleinen Erfolg , den er einzig allein Fifi der Rattezu verdanken hatte, musste er sich unbedingt belohnen.

Ein Blick auf die Speise - und Getränkekarte machte Appetit genug. Gisbert Domagalla entschied sich für einen Original Elsässer Flammkuchen mit Speck und Zwiebeln. Dazu einen Neuseeländischen Rose´ 2012 Pinot Noir. Die Bedienung, eine zierliche Asiatin machte einen nervösen Eindruck, war aber freundlich und verschwand so lautlos wie sie gekommen war. Der Lunch war köstlich und auch der Rose´ war seinen Preis wert. Gisbert schielte auf die Rechnung rundete die 19,50 auf und legte 25 € hin. Gerade wollte er aufstehen, da klingelte sein Telefon. Es war Dr. Gründlich. „Chef kann ich zurückrufen?" „Aber hastig, ich muss in zehn Minuten los!" Sofort machte sich Gisbert auf den Weg. Am Wasser bei den Schwänen fand er ein ruhiges Plätzchen, rief in Düsseldorf an und erzählte in knappen Worten was sich alles in den letzten Tagen ereignet hatte. Dr. Gründlich hatte auch Nachrichten gesehen und sich schlau gemacht. Gaston Rivery war ein ehemaliger Fremdenlegionär. Er war bei einer Spezialeinheit, die für ihr rigoroses brutales Vorgehen zu zweifelhaftem Ruhm gekommen war. 2003 quittierte er den Dienst, stieg bei der Marseiller Mafia ein und arbeitete als Auftragskiller. Man konnte ihm aber nicht einen Mord nachweisen. Gelernt ist gelernt! Weil er die dumme Angewohnheit hatte, jede Frage mit einem warum - französisch pourquoi - zu kontern, nannten man ihn "Pourquoi." Das war auch im Milieu sein Deckname. Seine Khakiuniform trug er nur noch am Nationalfeiertag, wenn er Orden behangen mit seinen alten Kameraden mit stolz geschwellter Brust die Champs-Elysées runtermaschierte. Dieses Jahr müssen sie wohl ohne ihn auskommen! „Pourquoi?" fragte Gisbert. „Lassen sie das Domagalla", aber dann musste sein Chef aber doch lachen. "Übrigens morgen um 11 Uhr ist Herrn Bohnes Beerdigung. Sehen sie sich dort mal um. Schaden kann es auf keinen Fall! Anschließend kommen sie wieder ins Hauptquartier." „Mach ich, wenn nichts dazwischen kommt!" Gisbert überlegte wann oder ob er überhaupt schon einmal soviele Schwäne gesehen hatte. Sie sahen so selbstbewusst und ausgeglichen aus. Vielleicht auch , weil sie sich ihrer Stärke bewusst waren. Mit einem Flügelschlag konnten sie einem den Oberschenkel brechen. Die großen weißen Vögel brachten Gisbert wieder auf andere Gedanken. Es war noch Zeit genug bis zur Rückfahrt nach Bremen. Die Kunsthalle lag in Sichtweite des Bahnhofes und es war schon länger her, das er sich moderne Kunst angesehen hatte. Was lag da näher, als sich auf den Weg zu machen. Nach all dem Kraftaufwand sich gegen die dunklen Mächte zu stemmen, freute sich Domagalla auf die bunte, kreative Vielfalt eines so renommierten Hauses. Dieser Besuch zahlte sich wirklich aus. Für circa zwei Stunden tauchte der Kommissar in die Flut der Bilderwelten und Objekte ab. Was ihn aber doch sehr überraschte war, das ein ihm vorher unbekannter Künstler es ihm besonders angetan hatte. Es war Jürgen Klauke, ein Kölner Foto-

künstler. Die gezeigten S/W Arbeiten waren Röntgenbilder des Künstlers durchleuchtet wie in einem Kofferschacht eines Flughafenröntgengerätes. Zum Teil im Selbstversuch seiner Person oder die Darstellung von gefährlichen Gegenständen wie Waffen oder Ähnliches.
Diese befremdenden Einblicke, eine Botschaft der sich der Betrachter nicht entziehen konnte, hatte auch eine beklemmende, bedrohliche, fast unheimliche surreale Aussage. Gisbert war so beeindruckt das er sich im Stillen wünschte er hätte so ein Gerät, einen Scanner der immer dann wie ein Geigerzähler anschlägt, sobald sich bei irgend jemanden nur ein Anflug von krimineller Energie zeigte. Gisbert schüttelt unbewusst den Kopf. In den Kreisen wo er verkehrte würde es dann wahrscheinlich pausenlos piep piep piep machen. Doch wohl keine so gute Idee! Ein kurzer Blick auf seine Blacky sagte ihm, das es Zeit würde sich in Richtung Bahnhof zu bewegen. Der Metronom nach Bremen stand schon auf Gleis 14. Es war auch kein großes Problem einen Sitzplatz in Fahrtrichtung auf dem Oberdeck zu bekommen weil der große Ansturm des Berufsverkehrs noch ausstand. Die Mehrzahl der Fahrgäste stieg in Diepholz schon wieder aus. Gisbert überlegte was er denn zu Bohnes Beerdigung anziehen sollte. Extra schwarze Klamotten kaufen? Nein, wenn er sich ein wenig im Hintergrund aufhielt, fiel das auch bestimmt nicht so auf. Immerhin waren Lederjacke und Hose schwarz. Über einen Schlips ließe sich ja noch einmal nachdenken. Dann lehnte er sich zurück und schlief bis zur Endstation Bremen durch. Verwundert wachte Gisbert auf und registrierte das der Zug schon längst im Bremer Hauptbahnhof hielt. Er rappelte sich schwerfällig auf und kaufte sich in der Bahnhofshalle am Nordseeim-

biss ein Fischbrötchen. Gerade hatte er sich beim Italiener einen Espresso bestellt, da klingelte sein Handy. Frau von Riemenschneider war in heller Aufregung: „Herr Domagalla, ich sollte sie doch anrufen, wenn ich etwas Neues weiß. Wann kommen sie wieder nach Bremen?" „Ich bin in Bremen!" Können sie nicht zu mir kommen? Am Telefon möchte ich nicht darüber reden. Ich wohne in der Adlerstraße 13." „Ich bin in 20 Minuten da, einverstanden?" Gisbert bestellte sich noch einen Espresso, steckte sich diesmal den beigelegten Keks in die Tasche, rief zur Bedienung „Il conto, per farvore!" zahlte und verließ die Bahnhofshalle. Die Taxifahrer waren dankbar für jeden Fahrgast. Zur Adlerstraße war es alles andere als eine Weltreise, aber immer noch besser als rumstehen. Frau von Riemenschneider sah mitgenommen aus. Der Tod ihres Chefs hatte ihr sehr zugesetzt. Ihre Wohnung schien komplett im Chippendale Stil eingerichtet. Alles war penibel dekoriert. Hier wohnte kein Mann! Sie hatte ein paar Handschnittchen zubereitet und servierte dazu köstlichen "Bohne Kaffee". Auf Gisbert´s Frage, ob er die Schuhe ausziehen solle, schüttelte sie den Kopf und antwortete leise: „Meine Perle kommt Morgen." Eine Augenblick war es still, dann brach es aus ihr heraus: „Stellen sie sich vor Herr Domagalla, jemand hat dem Chef die Uhr gestohlen und dabei ist es doch ein Unikat. Ich habe sie für ihn selbst einmal zur Inspektion zu Wempe gebracht. Es war ein Erbstück von seinem Großvater, Gott hab ihn selig! Auf dem Boden der Uhr ist eine dampfende Kaffeebohne umringt von einem Lorbeerkranz und die Jubiläumszahl 125 ist eingraviert. Die kann doch keiner kaufen!" Obwohl Gisbert wußte, das es jede Menge skrupellose Hehler und Sammler gab, die ihre Kunden ausschließlich aus dem kriminellen Milieu bedienten oder die heiße Ware gleich auf dem chinesischen Markt verkauften, verschwieg er es ihr. „Frau von Riemenschneider, ich kann ihnen nichts versprechen, aber glauben sie mir, ich versuche das gute Stück wieder dahin zubringen, wo es hingehört: In das Firmenmuseum der Bremer Kaffeerösterei Bohne!" Frau von Riemenschneider nickte erleichtert und wischte sich mit einem blütenweißen Spitzentaschentuch ihre Tränen weg. Dann fing sie sich wieder und ermahnte Gisbert sanft: „Herr Kommissar nun essen sie doch mal was!" Währenddessen fuhr sie fort: Wir haben gestern so eine Art Verfügung in Herrn Bohnes Schreibtisch gefunden. Als ob er etwas geahnt hätte: Für seinen letzten Gang wünscht er sich zum Schluss das Lied "Der Spieler" und seine Pokerfreunde sollen ihm ein gutes Blatt ins offene Grab werfen! Verstehen sie das?" „Ja, ich glaube schon. Er hat wohl ab und zu zur Entspannung ein bisschen Karten gespielt." „Meinen sie Pokern?" „Muss wohl so sein, aber das machen so viele. Ist gerade modern. Gisbert war froh, das keine weiteren Fragen folgten und er sich den leckeren Schnittchen widmen konnte. Der Kaffee schmeckte so köstlich wie er roch! Schließlich verabschiedete er sich gut gesättigt von seiner Gastgeberin und versprach ihr hoch und heilig morgen mittag zur Beerdigung zu kommen. Es war kühl geworden und Domagalla war froh das ein zufällig vorbeikommendes Taxi anhielt und ihn zum Parkhotel brachte. Er bekam noch ein günstiges Zimmer und das Wichtigste: Die Minibar war gut bestückt. Im Fernsehen lief auf Sport1 volles Programm Wrestling und Gisbert wunderte sich das Typen wie der Undertaker immer noch aktiv waren. Wie kamen die bloß morgens aus dem Bett? Das Reservoir an Kämpfern in den beiden US-Verbänden erschien ihm unerschöpflich. Das ewige Spiel von Gut und Böse als kapitaler Publikumsmagnet. Obwohl er um den Show Charakter wusste, war er doch voller Bewunderung über die rhetorische, schauspielerische und akrobatische Leistung der Akteure.

***

Der nächste Morgen war leicht nebelverhangen. Die Radiowetterfee versprach allerdings, das die Sonne gegen Mittag noch durchkäme. Ein bisschen Sonnenschein würde Bohnes Beerdigung in ein würdevolleres Licht tauchen. Die Beisetzung fand um 12 Uhr auf dem Ev. Horner Friedhof „Im Schatten der Linde" statt. Diese altehrwürdige Linde war wohl 900 Jahren alt und wahrscheinlich Bremens ältester Baum. Die Horner Heerstraße war rechts und links zugeparkt mit sündhaft teuren Automobilen zumeist in dunklen dezenten Farben. Das leise Stimmengewirr verstummte schlagartig, als die von vier Rappen gezogene gläserne Kutsche auf den Friedhof einbog. In dem Moment brach die Sonne durch und ließ das Fell der Pferde feierlich glänzen. Sechs Sargträger im Gehrock und Dreispitz trugen Bohnes Eichensarg in die Kirche "Zum heiligen Kreuz". Die Trauergemeinde war längst in dem klassizistischen Gotteshaus verschwunden. Die Männer, die nicht an dem Trauergottesdienst teilnahmen, waren Kollegen von der Bremer Dienststelle. Einer von ihnen suchte sich einen geeignete Stelle, von der er alle Trauergäste fotografieren konnte. Gisbert sprach ihn an und bat ihn ihm das Bildmaterial später zur Verfügung zu stellen. Dann packte er andächtig das frische Kartenspiel aus, das er sich an der Rezeption des Parkhotels besorgt hatte. Langsam stellte er sich einen Royal Flush zusammen und steckte ihn in die Tasche. Das jetzt kastrierte Kartenspiel entsorgte er in einem Mülleimer. Da Kommissar Domagalla kein Bremer war, hatte er auf den ersten Blick kein bekanntes Gesicht erkannt. Außer denen, die man vom Sport und aus der Politik her kannte. Plötzlich knirschte hinter ihm der Kiesweg. Dann hörte er auch schon Koljas tiefe Stimme: „Alter Schwede, du auch traurig?" „Ja, wir werden immer weniger und die Besten gehen immer zu erst!" Kolja grinste: „Alberich, die Karawane zieht weiter." „Mit wem an der Spitze?" „Das wird sich zeigen!" Kolja war nicht allein gekommen. In seinem Schlepptau befanden sich Rita, Keci und der geheimnisvolle Envar Hotic aus Tirana . Im Gegensatz zu Gisbert waren alle Vier in tadellosem Trauerzwirn angereist. Rita trug einen vergoldeten Kranz über der Schulter von der eine schwarz, rot, goldenden Schleife herunterhing, deren Beschriftung Gisbert nicht erkennen konnte. Aus den Augenwinkeln sah er, wie der Kollege mit seiner Leica versuchte unauffällig Fotos zu machen. Mit ihren sündhaft teueren schwarzen Anzügen und ihren dunklen Sonnenbrillen sahen die drei Pokerbrüder und ihr Spannmann aus wie eine Mischung aus CIA Agenten und gut etablierten Luden.

Obwohl es ein milder Tag war schwitzten sie wie die Schweine. All diese Auffälligkeiten rückten sie doch deutlich in die Verwandtschaft zum horizontalen Gewerbe. Für Gisbert war es jetzt sehr wichtig, das er sich möglichst von Frau von Riemenschneider fern hielt. Es wäre für ihn der absolute Supergau, wenn sie ihn plötzlich im Beisein von Kolja und seinen Spießgesellen mit Herrn

Kommissar ansprechen würde. Alles durfte passieren. Alles, nur nicht das! Die Glocken läuteten das Ende der Andacht ein und Bohne wurde aus der Kirche zu seinem neuen Grundstück getragen. Die Trauergemeinde folgte stumm dem Sarg. Gut das Bohne sich keine Seebestattung gewünscht hatte, sonst hätte man einen ziemlich dicken Pott chartern müssen, so zahlreich war die Anzahl derer, die Abschied von ihm nehmen wollten. Der Pastor sprach noch einige tröstende Sätze und dann wurde der schwere Eichensarg langsam in die Grube gelassen. Einer nach dem anderen warf eine Schüppe Erde oder die mitgebrachten Blumen auf den Sarg. Als Gisbert Domagalla an der Reihe war, zog er seinen Royal Flush aus der Jacke. Wie in Zeitlupe fielen die Karten lautlos in die Grube. Einzig allein der König blieb mit dem Gesicht nach oben liegen. Die, die es mitbekamen fingen sofort an zu tuscheln. Nachdem alle durch waren, schallte Achim Reichels „Der Spieler" über den Friedhof.

Irritiert blickten sich alle an und außer Frau von Riemenschneider, der Wiesbadener Pokerrunde und Gisbert blickt keiner so richtig durch. Diesmal sang keiner mit! Kaum war der letzte Ton verklungen, da ging man auch schon mehr oder weniger zur Tagesordnung über. Alle strebten ihren Fahrzeugen entgegen um sich wieder in der Innenstadt zum Leichenschmaus zu treffen. Gisbert ging erst jetzt in die Kirche um still für sich von Bohne Abschied zu nehmen. Das mit dem „Fell versaufen, wie es im Pott hieß" war ihm zu gefährlich. Aber ein wenig trauerte Gisbert dem Leichenschmaus schon nach. Er war sich sicher, das es da reichlich leckere Speisen gab. In seinem Rücken hörte Kecis krächzende Stimme: „Alberich wir wollen los, willst du mit, oder bist du gläubig geworden?" „Super! Ich dachte ihr seid schon weg! Aber ich muss im Steintorviertel aussteigen, ich will noch einen verstecken." „Ist da auch ein Puff ?" fragte Rita. „Nee, aber 'ne geile Studentin mit dicken Titten, wenn du verstehst was ich meine!" „Möchtest du ein Tütchen Burma ?" „Nee, du weißt doch Kolja, ich darf das nicht mehr!" „Dann könntest du aber länger die Glocken läuten lassen." „Willst du mich umbringen?" Alle grölten brüllend los! Sie hielten im Steintorviertel an, ließen Gisbert aussteigen, Kolja öffnete noch seine Seitenscheibe und rief Gisbert hinterher: „Wir müssen wieder spielen, ich ruf dich an!" Gisbert hob den Daumen hoch, und nickte bejahend mit dem Kopf. Das einzig enttäuschende war, das er kein einziges Wort mit Envar Hotic gewechselt hatte. Von diesem Typen würde er zwar keinen Gebrauchtwagen kaufen, aber sein Bauchgefühl signalisierte ihm, das er eine absolute Schlüsselfigur in diesem kriminellen Spiel war. Hoffentlich hatte der Bremer Kollege vom Erkennungsdienst brauchbare Fotos von denen geschossen, auf die es ankam. Natürlich kannte Kommissar Domagalla keine Studentin mit extrem weiblichen Attributen im Bremer Steintorviertel, aber es war der einzig legale Weg, die Wiesbadener loszuwerden. Alles andere würde sich schon ergeben. Im Kunsthallencafe fand er ein freien Platz, wo er in Ruhe Dr. Gründlich auf den neusten Stand bringen konnte. „Ja gut, wenn das so ist , dann setzten sie sich in den nächsten Flieger und wir gehen zum Italiener ihrer Wahl. Ich bezahl auch! Schaffen sie das bis 17 Uhr?" "Ja, ich mach mich sofort auf den Weg!" Am Flughafen blieb vor dem Einchecken noch genügend Zeit Frau von Riemenschneider anzurufen. Er entschuldigte sein schnelles Verschwinden mit einer dringenden dienstlichen Angelegenheit und versprach sich bald wieder zu melden. Sie hatte gesehen wie Gisbert die Spielkarten in das offene Grab warf und bedankte sich noch einmal für diese freundschaftliche Geste. Im Hintergrund lärmte die Trauergesellschaft. Nie im Leben würde sich Gisbert mit der Fliegerei anfreunden. Aber ab und zu musste man sich überwinden und Dinge tun, die einem zu wider waren. Als der Vogel abhob krallten sich seine Fingernägel wie immer in die Armlehnen. Nach der unfreiwilligen Verkrampfungsattacke, fiel ihm auf, das er alleine die Lehne nicht so zerkratzt haben konnte. Zufrieden lehnte er sich zurück und schloss erschöpft die Augen. Diesmal war das Glück ganz auf seiner Seite: Keine Turbulenzen, der Vogel landete pünktlich. Welch eine grandiose Zeitersparnis, welche eine horrende Umweltverschmutzung. Dem fliegenden Omnibus entstiegen gerade mal 13 Fluggäste. Bloß gut das heute kein Freitag war. Domagalla wählte seinen Chef an und meldete sich mit den Worten: „ Der Vogel ist gelandet!" Dr. Grünlich lachte kurz und war auch sofort mit der Pizzeria "Don Alfredo" als Treffpunkt einverstanden.

Alfredo hatte gerade geöffnet, machte aber wie immer einen hektischen Eindruck. Zum Glück schien er heute keinen Kummer mit seiner Espressomaschine zu haben. Gisbert bestellte sich vorab einen doppelten Espresso und einen Grappa. Dr. Gründlich betrat das Lokal, setzte sich und fragte mit einem süffisantem Lächeln: „Tutto bene?" „Si, si dottore!" Dann ließen sie die Albernheiten mit dem Protzen ihrer rudimentären italienischen Sprachkenntnisse und bedienten sich wieder ihrer Muttersprache. „Zahlen Sie?" „Sagte ich doch vorhin!" „Ich habe in Bremen den Leichenschmaus sausen lassen. Soll echt lecker gewesen sein, alles vom Feinsten! Ich hab jetzt Hunger! Darf ich zu langen?" „Ja, ja bestellen sie nur!" Dann platzte es aus seinem Vorgesetzten: „Stellen sie sich vor Domagalla. Die hohen Herren haben mich zum neuen Ministerialrat ernannt. Ich bin jetzt endgültig ihr oberster Chef. Jetzt entscheiden wir beide was Richtig und was Falsch ist! Wie finden sie das? „Tutto bene dottore"! Die Männer lachten, bestellten eine gute Flasche Rose´, stießen auf die Zukunft an und vertieften sich in die Speisekarte. Gisbert bestellte sich eine große Portion Frutti di Mare in Tomatenknoblauchsauce. Dr. Gründlich entschied sich für eine kleine Portion Gamberetti. Er hatte heute abend für sich und seine Frau zur Feier des Tages einen Tisch im La Chat Noir bestellt. „Sie hat noch keinen blassen Schimmer! Da wird sie aber große Augen machen die Gute. Ich bin mir sogar sicher das sie gleich wissen will, wie hoch die neue Besoldungsgruppe ist. Ha Ha! Und morgen geht sie auf die Kö shoppen. Ha Ha! Man gönnt sich ja sonst nichts! Ha ha!" Dr. Gründlich machte einen sehr aufgeräumten Eindruck. Seit Dr. Schaafzahn nicht mehr die Fäden in der Hand hatte, war er viel umgänglicher geworden. Das Bissige war einer latenten Entspannung gewichen. So jetzt muss ich aber los. „Il conto prego", rief er in Richtung Alfredo, der heute wohl Kummer mit seinem Notebook hatte, denn er jammerte mantramäßig immer leise „Mamma mia" vor sich hin.

„Si, si dottore." Dann brachte er die Rechnung, fragte höflich: „Hatte gesmecket?" „Bene, molto bene", antworteten Gisbert und sein Chef wie aus einem Munde. Dr. Gründlich zahlte mit seiner Karte uns sie verließen das Lokal. Ach übrigens Domagalla, kommen sie morgen zur Dienststelle und bringen sie ihre Pistole mit! Die neue

Walther P 99 ist da! „Also, schönen Abend noch." „Danke, ihnen auch." Dr. Gründlich stieg in seinen Dienstwagen und die roten Rücklichter verschwanden in der Dunkelheit. Das Essen, der Wein und das Treffen waren gut gewesen. Was fängt man mit solch einem angebrochenen Abend an? Gisbert entschied sich für einen Kinobesuch. Bis zum Cinema in der Schneider-Wibbel-Gasse war es nicht weit. Heute abend gab es eine Sondervorstellung: Es war ein S/W Film mit Steve Martin: „Tote tragen keine Karos". Zwar hätte er noch viel lieber das englischsprachige Original gesehen, aber auch die deutsche Synchronisation war vom Allerfeinsten. Der geniale Kunstgriff das Wort "Reinemachefrau" als tragendes Element in die Handlung zu verankern schwirrte noch tagelang in seinem Kopf herum. Was er dann mit einem Schmunzeln und einem leichten Kopfschütteln quittierte. Auch an diesem Abend spürte Gisbert Domagalla wieder das er freizeittechnisch am Rande der Gesellschaft lebte. Ein Außenseiter, der selbst wie viele seiner Kollegen ein großes Opfer für die Gesellschaft brachte, aber im Grunde wenig von ihr zurückbekam.

Zum Glück hatte der Türke um die Ecke noch auf. Wie immer dudelte im Satellitenfernsehen ein Kanal mit einer türkischen Live Show. Gisbert hatte das Gefühl, das zu jeder Tages- und Nachtzeit im Türk TV getanzt und gesungen wurde. Was für ein glückliches Volk. Zum Glück war noch ein Six-Pack Beck´s im Regal. Als er den Kiosk verließ schaltete Mechmed Itztürk auf Süper Lig um und machte Feierabend. Gegen das runde Leder hatten selbst die schönsten Sänger- und Tänzerinnen keine Chance. Als Gisbert seine Tür aufschloss, steckte Frau Oberste-Berghaus ihren Kopf aus ihrer Wohnung. Im Hintergrund erklang La Traviata. „Guten Abend Herr Domagalla, ich habe vor drei Tagen ein Päckchen für sie angenommen. Es fängt schon an zu stinken." „Wie unangenehm! Was kann das nur sein? Ich habe doch nichts bestellt." „Hoffentlich kein Haustier! Das wäre doch schade!" Hinter ihr stand Falstaff, ihr dickbauchiger Dackel und schaute knurrend zwischen ihren Beinen durch. „Möchten sie ein Bier Gnädigste? Warum nicht? Ich teile mir die Flasche mit Falstaff, oder finden sie das nicht richtig?" „Doch, doch von mir aus! Wenn´s hilft!"

„Danke und schönen Abend noch." Gisbert ging in die Küche riss das Six-Pack auf, stellte das Bier in den Kühlschrank und nahm den ersten Schluck. Dann fingerte er ein Messer aus der Schublade und öffnete vorsichtig das Päckchen. Eingewickelt war es in einfaches, braunes Packpapier, verschnürt mit einer Hanfkordel und ausreichend frankiert. Irgendjemand hatte es versäumt die Briefmarken abzustempeln. Oder war es etwa gar nicht aufgegeben worden? Als er den Inhalt des Päckchens freigelegt hatte, lag vor ihm ein fauliger, stinkender Fisch. So leicht war Domagalla normalerweise nicht aus der Ruhe zu bringen, aber in diesem Moment stockte ihm der Atem. „Ekelhaft presste er zwischen den Lippen hervor." Dann steckte er den Fisch in einen Gefrierbeutel und verschloss ihn sorgfältig. Das Päckchen samt Paketpapier und Kordel stopfte er samt Gefrierbeutel in einen Müllsack und band ihn zu. Welcher Scheißkerl schickt mir solch eine Warnung? War es M. Ede? Kolja? Keci? Oder vielleicht die Albaner. Es konnte jeder sein. Wer auch immer, jetzt wurde es ungemütlich! Nichts war wie vorher ...

Langsam beruhigte sich Gisbert wieder. Bei all der Aufregung hätte er beinahe vergessen Angie zu reinigen. Morgen musste er sie schweren Herzens abgeben. Vorschrift war Vorschrift. Noch einmal nahm er sie und zerlegte sie sorgfältig in ihre Bestandteile. Wie immer bei dieser Prozedur unterhielt er sich mit Angie, so wie andere Zeitgenossen sich mit ihren Stofftieren unterhielten. Heute ging ihm alles nicht so leicht von der Hand wie gewohnt. Er wurde ungeduldig, schob es Angie in die Schuhe und versuchte sie bzw. sich zu beruhigen: Nöle nicht rum, du kriegst ja dein Öl. Danach setzte er sie wieder zusammen und hielt sie noch einmal gegen das Licht. Dann wickelte er sie für die Nacht in das schwarze Samttuch und öffnete die letzte Flasche Beck´s. Diese Nacht schlief Gisbert unruhig.

Am nächsten Morgen stand er früh auf. Der Termin im Präsidium war zwar erst um 10 Uhr, aber es war noch etwas Wichtiges zu erledigen. Die leuchtend rote "Puderdose" aus Bohnes Schreibtisch würde er Dr.Gründlich nicht geben. Gut das er sie gestern abend nicht erwähnt hatte. Ihm war schon bewusst, das er eine strafbare Handlung beging, aber das war es ihm wert. Bei der nächsten günstigen Gelegenheit würde er Kommissar Gisbert Domagalla einem dieser Gangster die Dose unterschieben und den Kollegen vom Rauschgiftdezernat einen entscheidenden Tipp geben. Dafür würde derjenige lang genug einfahren. Dann würde man weitersehen wer alles aus seinen Löchern gekrochen käme.

Sicherlich war sein Plan voll link, aber alttestamentarisch gesprochen: "Auge und Auge, Zahn um Zahn!" Jetzt fühlte Gisbert sich besser, steckte Angie zum letzten Mal in sein Holster und schloss hinter sich zu. Frühstücken konnte er auch im Präsidium. Vielleicht kochte der neue Pächter doch einen besseren Kaffee als sein Vorgänger, den alle nur "Muckefuck" nannten.

Im Präsidium herrschte schon rege Betriebsamkeit. Die Kollegin an der Einlassschleuse begrüßte mit einem freundlichem Kopfnicken währenddessen sie weiter telefonierte und die Tür öffnete. Aus alter Gewohnheit ging Gisbert wie immer in den zweiten Stock steuerte Zimmer 214 an. Dr. Gründlich`s Tür war verschlossen. Das Namensschild an seinem Dienstzimmer war abgeschraubt. Richtig! Jetzt residierte sein Chef ja 3 Etagen höher. Drei Etagen waren konditionsmäßig am frühen Morgen schon eine Herausforderung. Gisbert ließ sich darauf nicht ein und wählte die bequemere Variante: Der Fahrstuhl brachte ihn in Sekundenschnelle in den fünften Stock und am Ende des Flurs war Zimmer 533: Dr. Gründlich´s neues Domizil. Heute morgen machte sein Chef keinen so aufgeräumten Eindruck wie gestern Abend in der Pizzeria. Vielleicht hatte er einen zu schweren Wein für sich und seine Gattin ausgesucht. Morgen Domagalla! Schön das sie da sind. Das Geld haben sie ja noch und wir warten noch ein paar Tage bis es mit dem Zocken weitergeht. Ihr Kolja sprach ja davon. Wir brauchen unbedingt einen Erfolg, sonst sehe ich schwarz. Solange halte ich ihnen den Rücken frei. Jetzt gehen sie in den Keller und holen sich ihr neues Baby! Das Telefon klingelte und eine flüchtige Handbewegung seines Chefs in Richtung Tür bedeutete Gisbert, das das Gespräch zu Ende war. Der Kollege Tilkowski in der Waffenkammer telefonierte angeregt mit seiner Frau. Mit dem Handy am Ohr legte er die neue Walther und die Quittung für die Übergabe auf den Tresen. Gisbert unterschrieb und legte Angie daneben. Anscheinend konnte Tilkowski sein Familienproblem nicht so lösen wie er es sich wünschte. Seine Stimme wurde lauter, er unterbrach sein Gespräch und bat Gisbert seine alte Walther ins Regal zu den andern zu legen. Dann drosch er wieder ungeniert verbal auf seine Frau am anderen Ende der Leitung ein. Gisbert dachte sich: „Du arme Sau!" Er ging zum Schein in den Waffenraum, steckte Angie aber wieder in sein Holster, grüßte Tilkowski flüchtig und fuhr mit dem Fahrstuhl in die Cafeteria. Der Kaffee war wirklich vorzüglich! Ein Pott Kaffee, zwei Salami- und ein Käsebrötchen vertrieben den Hunger und gaben ihm das Gefühl wieder fit zu sein. Genau genommen hatte Gisbert jetzt das dritte Mal gegen die Dienstvorschriften verstoßen. Vergehen A: Unterschlagung einer Dose Kokain B: Nichtanzeige eines Pakets mit einer tödlichen Drohung C: Diebstahl einer Dienstwaffe. Diese drei Straftaten konnten ihn den Kopf kosten, das heißt: Seinen Job und nicht zuletzt seine Beamtenpension. Dessen war er sich bewusst, aber er sah im Moment keinen anderen Weg seinen Auftrag zu einem guten Ende zu bringen. Er war inzwischen soweit, das er Keinem mehr traute. Er musste unbedingt schnellstens rauskriegen, wer ihm den Fisch zugeschickt hatte. Sonst war es schnell möglich paranoid zu werden und alles würde aus dem Ruder laufen. Das durfte auf keinen Fall passieren! Wieder Zuhause holte sich Gisbert aus dem Keller eine Stahlfeile. Dabei warf er noch schnell einen flüchtigen Blick auf sein altes Peugeot Rennrad. Es hing dort seit Jahren an der Wand und die vielen Spinngwebe gaben dem Ganzen eine Hauch von Christo und Jean Claude. Anscheinend war Frau Oberste Berghaus heute Morgen nicht zuhause. Unbehelligt von seiner Nachbarin und ihrem Dackel, schaffte es Kommissar Domagalla in seine Wohnung. Er legte beide Pistolen auf den Küchentisch und betrachtete sie stumm.

Dann nahm er sich Angie vor, bat sie um Entschuldigung und feilte sorgfältig die Seriennummer heraus. Danach nahm er sich die Neue vor: „Keine Angst Baby, ich tue dir nichts! Wie soll ich dich nur nennen?" Denn er hatte auch nicht vor mit der neuen Waffe zu schießen. Da fiel ihm plötzlich eine Kindheitserinnerung ein. Immer wenn seine Schwester etwas Verbotenes tat, rügte sie die Mutter mit dem Wort "Frollein", jetzt ist aber Schluss mit Lustig. Auch seine Lehrerin, Frau von Dudenfrei, nannten alle, ob Groß oder Klein nur "Frollein" obwohl sie nichts Verbotenes tat. Eines Sonntagnachmittags, Onkel Klaus Rüdiger war zu Besuch, fasste sich Gisbert ein Herz und fragte seinen Onkel: „ Sach ma Onkel, was ist ein "Frollein" ? „Tja, Gisbert, ein "Frollein" ist `ne Frau, die noch keinen Geschlechtsverkehr hatte! Verstehse? Gisbert nickte, obwohl er nichts verstanden hatte. Nun wusste er, wie seine neue Walther heißen würde: "Frollein!" Wenn das Onkel Klaus Rüdiger wüsste!

Gisbert überlegte das unter den gegebenen Umständen es vielleicht besser wäre keine öffentlichen Verkehrsmittel mehr zu benutzen. Jetzt war wohl der Zeitpunkt gekommen nach all den Jahren wieder auf einen fahrbaren Untersatz umzusteigen. Es erschien ihm von der Flexibilität und im Sinne der eigenen Sicherheit sinnvoller in einem Auto zu sitzen, als in einem Zugabteil, wo die eventuellen Fluchtmöglichkeiten naturgemäß beschränkt waren. Außerdem müsste es unbedingt ein Zweisitzer sein. Einen Beifahrer konnte man immer besser im Blick behalten, als wenn noch zwei bis drei Typen im Fond saßen von denen man nicht wusste, was sie vorhatten.

Für Gisbert gab es nur ein Sportwagen: Porsche 911 Turbo. Er hatte vor Jahren Undercover als "Porsche Paul" einen 11er gefahren. Pures Adrenalin, wenn die linke Fahrbahn frei war. Und wenn nicht, wurde sie freigemacht. Heute wurde es einem leicht gemacht an so ein Geschoss zu kommen: Leasing hieß das Zauberwort! Aber es war wohl besser dies nicht in Düsseldorf zu tun. Man konnte ja nie wissen wer plötzlich neben einem stand. Um sich schlau zu machen, dafür war das Internet wirklich gut. Klick, klick und schon wußte Gisbert, das in der Porschestr. 1 in Wuppertal das stand was er haben wollte. Porschestraße 1, was für eine klangvolle Adresse!

***

Ein vorläufig letztes Mal fuhr Kommissar Domagalla mit der Bahn. Bis Wuppertal war es ja nur ein Katzensprung. Aber schon jetzt checkte Gisbert die Reisenden misstrauischer und sorgfältiger ab als sonst. Aber ihm erschien keiner verdächtig. Mit dem Taxi fuhr er zum Porschezentrum und schon kurz nachdem er den Showroom betreten hatte, strömte ihm dieser herrliche Geruch von Gummi entgegen. Der Verkäufer sah kurz zu ihm herüber und ließ ihn sich erst einmal in Ruhe umschauen. Vor einem giftgrünen 911er blieb Gisbert stehen und beugte sich herab um in den Innenraum zu schauen. Als er sich wieder aufrichtete stand Herr Gasmeier smart lächelnd vor ihm: „Gasmeier, der soll es sein?" Herr Gasmeier war schon seit dreizehn Jahren Topverkäufer. Es war, als könnte er in seine Kunden hineinsehen und in ihnen ihre Begehrlichkeiten wie in einem Buch lesen. Sie fachsimpelten über alle möglichen technischen Dinge, verteufelten gemeinsam die Aera der Spiegeleischeinwerfer und Herr Gasmeier warf beschwichtigend ein das zwischen den heutigen Modellen und denen aus Gisbert´s Porschezeit

Welten lägen, aber die Faszination von damals immer noch die gleiche ist und das es auch immer so bleiben würde! Gisbert nickte wohlwollend. Wie wäre es mit einer Probefahrt? Auf dem Hof steht das gleiche Modell, allerdings in Schwarz. Gisbert zwängte sich in den Schalensitz. Das Zündschloß war immer noch links nur er selbst war bei weitem nicht mehr so schlank wie vor 15 Jahren. Fasziniert schaute Gisbert auf den mittig, typisch für alle Porsche, angebrachten Drehzahlmesser. Entschlossen drehte er den Schlüssel um und es machte Grumm, Grumm. Langsam fuhr er vom Hof. Kaum aufs Gas gedrückt bellte die Auspuffanlage böse los. Jetzt bloß keine Punkte riskieren, aber das sagt sich so einfach. Soviel Power: Von 0 auf 100 in 4,8 Sekunden. Höchstgeschwindigkeit: 289 Km/h. Gott sei dank war die Landstraße frei und die Vernunft nicht mit eingestiegen. Was für ein Ritt! Der helle Wahnsinn! Nach einer emotionalen halben Stunde bog Gisbert schweißgebadet wieder in die Porschestraße ein. Herr Gasmeier öffnete die Tür, griente und gab ein: „War cool, nich?" von sich. Gisbert saß in der Schale fest. Mit finsterer Miene versuchte er auszusteigen. Es gelang ihm erst nach zwei Anläufen. Nein dieser Porsche war nicht für Gisbert Domagalla gemacht. Rein gewichtstechnisch gesehen. Das war was für Typen die schon um sechs Uhr früh hellwach mit knallbunten Joggingschuhen durch die Gegend rannten und wahrscheinlich auch abends kein Bier mehr tranken. So war Gisbert nie gewesen und so wollte er auch nicht werden. Tja, Herr Gasmeier: „Ein irres Auto! Bin wirklich begeistert, aber sie sehen ja selbst: Die Summe der Sünden der Jahre und immer noch zu faul dagegen anzukämpfen! Es passt leider nicht! Herr Gasmeier nickte verständnisvoll und unternahm noch einen letzten Versuch Gisbert wieder in die Porschefamilie zurückzuholen: „Darf ich ihnen noch den neuen Panamera zeigen?" Gisbert schüttelte den Kopf: „Danke aber es soll unbedingt ein Zweisitzer sein!"

Gisbert war selbst ein wenig enttäuscht. Wie gerne hätte er den 11er mitgenommen. Er zuckte kurz mit den Schultern, rief sich ein Taxi und ließ sich auf Anraten des Fahrers zur Mercedes-Benz Vertretung in der Varresbeckerstraße fahren. Wieder atmete er tief durch, als er die großzügige Ausstellungshalle betrat. Auch hier atmete man zuerst den Gummigeruch der Reifen ein. Und dann stand er das erste Mal vor einem Mercedes - AMG GT. Das Auto haute ihn fast von den Socken! Dieser Sportwagen war wie eine Skulptur. Dominant war die lange Motorhaube unter der ein V8 lauerte. Das Cockpit saß weit hinten und all das wurde abgerundet von einem breiten, kraftvollen Heck. Komisch, Gisbert musste beim Anblick des wuchtigen Hecks sofort an Trudi denken ...

Weiter kam er mit seinen Gedanken nicht, der Verkaufsleiter kam auf ihn zu. Gisbert kniff die Augen zusammen und dann machte es Klick. Vor ihm stand Dagobert Bollmann, sein ehemaliger Klassenkamerad aus alten Duisburger Schultagen. Sie begrüßten sich so wie alte Kumpels die sich lange nicht gesehen hatten. Gisbert stank nach seinem heißen Porscheritt immer noch schrecklich nach Schweiß. Dagobert im feinen Zwirn stank wie immer mächtig nach Zigaretten. Aber beide „Stinker" verstanden sich sofort wieder auf Anhieb. „Na du altes Stinktier!" „Selber altes Stinktier!" Dann umarmten und klopften sie sich gegenseitig auf die Schultern. Was folgte war das unvermeidbare „Weiß du noch?" Die beiden Männer vergaßen für Minuten den eigentlichen

Grund ihres Wiedersehens und sie erinnerten sich lachend an ihre Schülerstreiche.

Weil zum Gehalt eines Kommissars ein solch sündhaft teures Auto einfach nicht passte, log Gisbert seinen alten Schulfreund notgedrungen an und gab sich als Edelsteinhändler aus. Düsseldorfer Adresse, die Nähe zur Kö, da waren Klunker nicht allzu verdächtig. Aber wohl fühlte sich Gisbert bei der Lügerei nicht. Erst jetzt kam er dazu einen Blick auf das Cockpit zu werfen. Es trug eindeutig die AMG DNA in sich. Und auch die Sitze erschienen ihm großzügiger geschnitten als im Porsche. Alles vom Feinsten! Das ganze hatte absoluten Manufakturcharakter. .... Dagobert schlug eine Probefahrt vor. Gisbert enterte das Cockpit und fühlte sich sofort wohl in den Performance Sitzen mit perfektem Seitenhalt. Als sie dann aus der Halle rollten blubberte der große V8 scheinbar zufrieden vor sich hin. Nach dem Drücken des Startknopfes drehte man auf Auspuff und zuletzt auf Race. Es klang wie Gewittergrollen. Der AMG-GT stand auf superdicken Schluffen, aufgezogen auf 19/20 Leichtmetallfelgen. Der Motor grollte bei jedem Ausschlag des Drehzahlmessers ein wenig boshafter. Auf der A46 angekommen trat Gisbert voller Erwartung das Gaspedal kräftig durch und das V8 Monster entfachte ein Geräuschinferno, das ihm in dieser Qualität noch nie zu Ohren gekommen war. Der Motor fauchte wie ein wildes Biest! Gisbert gab volle Pulle Gummi. Dagobert legte besänftigend seine Hand auf Gisberts Arm und ermahnte ihn freundschaftlich: „Komm runter Alter!" Alles lief perfekt! Keine Frage, das war der Sportwagen der einem Mann Glücksgefühle ohne Ende bescherte. Wieder im Autohaus angekommen, einigten sie sich bei einem guten Kaffee und leckeren Keksen auf einen Leasingvertrag der einem erfolgreichen "Düsseldorfer Edelsteinhändler" kein Kopfzerbrechen bereiten würde. Mit ein bisschen Zubehör betrug die Leasingrate schlappe 2.800 € netto. Beide Männer waren zufrieden! Besonders Gisbert, denn sein neuer GT war in Feueropal lackiert. Schon jetzt war er gespannt was seine "Pokerfreunde" zu seiner neuen Errungenschaft sagen würden. Sicherlich war all das ein Ritt auf der Rasierklinge, aber: „Wer nicht gewagt, der nicht gewinnt!" Jetzt musste er aber bei der nächsten Pokerrunde unbedingt richtig Schmalz machen, sonst wäre er aber so was von im Arsch, wie es sich selbst Omma Bausemann selig nicht hätte vorstellen können. Aber wer hörte schon jemals auf Omma Bausemann. Als er vom Hof fuhr rauschte ein Porsche an ihm vorbei. Gisbert grinste, öffnete die Seitenscheiben und ließ sein neues Baby von der Leine... Wie bestellt klingelte an der nächsten Ampel sein Handy. „Alles klar alter Schwede, wo steckst du?"

Es war Kolja. „Alter Bolschewiki, bin in Wuppertal, Kohle eintreiben. Musste so´m Arsch die Finger brechen. Wollte mir meine Kohle nicht geben. War richtig viel Schmalz!" „Huuu, Alberich du bist ja ein richtig böser Junge!" „Nur wenn´s Not tut! Kennst mich doch! Was liegt an Alter?" „Ich wollte dich einladen. Freitag in Hagen in der Christian-Rohlfs-Straße. Es ist die weiße Villa! Wenn du den Berg raufkommst die auf der rechten Seite. Ziemlich zugebunkert die Hütte, du kannst sie nicht verfehlen!" „Wann?" „23 Uhr! Gibt auch voll die leckeren Sachen vom Italiener. Der Code ist diesmal: Das Kaninchen hat Durchfall, aber kein Klopapier!" „Sehr witzig Ha, Ha! Alles palletti! Bis Freitag!" „Wir sehen uns!" Dann war das Handy wieder stumm. Was zum Teufel hatten die bloß vor? Sie waren auf Bohnes Beerdigung und kannten ihn doch nur unter seinem Nickname Idi Amin. Dann kam dieser stinkige Fisch ins Spiel. In all den Jahren hatte Kommissar Domagalla seine Fälle mit fairen Mitteln gelöst, aber wer ihm Stinkefische ins Haus schickte, der hatte kein Pardon verdient. In den nächsten zwei Tagen war noch viel zu tun. Das neue Coupé brauchte jetzt ein legitimes Nummernschild, Zeitzünder und das Sprengstoffpäckchen waren zu besorgen und das Koks aus der leuchtend roten Dose in Bohnes Schreibtisch musste unbedingt professionell neu verpackt werden. Die Kollegen in Hagen mussten unbedingt informiert werden! Sie durften nicht zu früh und nicht zu spät am Tatort eintreffen. All das war sorgfältig zu koordinieren und miteinander abzustimmen. Es durfte absolut nichts schiefgehen! Am Freitag nachmittag war alles erledigt und das Abenteuer Christian-Rohlfs-Straße in Hagen konnte beginnen ....

Obwohl Gisbert jetzt ein riesiges Potenzial unter der langen Haube mit den zwei Powerdomes hatte, ließ er es heute ruhig angehen. Es war nicht gut sich schweißnass an den Pokertisch zu setzen. Er hatte sich schlau gemacht und stellte seinen roten Boliden auf dem Wilhelmsplatz ab. Warum vor den Jungs einen auf dicke Hose machen? Sollten sie doch ruhig glauben, er wäre wie immer mit der Bahn angereist! Vom Wilhelmsplatz waren es ein paar Meter die Langestraße entlang. Dann bog er rechts in die Moltkestraße ein und keuchte diese für ihn so ungewöhnlich steile Straße hinauf. Oben auf der Buscheystraße angekommen blieb er schwer atmend stehen. Jetzt stand er nichts ahnend zwischen zwei geschichtsträchtigen Häusern. In der Buscheystraße 56 fand seinerzeit in einer Wohngemeinschaft die Entstehung der Gruppe Extrabreit statt. Gleich gegenüber hatte damals ein exzentrischer Lichtbildner über Jahre hinweg sein Studio. Seine legendären Partys waren mehr als berüchtigt. Damals war Hagen noch ein Schmelztiegel für Künstler, die anders seien wollten als andere. Die ihren eigenen individuellen Weg suchten. Schon an der nächsten Kreuzung ging es wieder rechts den nächsten steilen Berg hoch in die Christian- Rohlfs-Straße. Die von Kolja beschriebene weiße Villa konnte man wirklich nicht verfehlen. Sie sah aus wie eine unsympathische Festung. Wer sich so einbunkerte hatte wahrscheinlich viel Angst und wenig Freunde. Vor dem Eingang standen im Dunkeln einige PS starke Dickschiffe. Wenn Kameras eingeschaltet waren, dann war es der Audi A8, der nicht in ihrem Blickwinkel Stand. Der Zeitzünder stand auf 00.13 Uhr MEZ. Gisbert klemmte das kleine Paket Plastiksprengstoff unter den Audi und löste vorsichtig den Mechanismus aus. Dann klingelte er und surrend öffnete sich die Tür. Groß und breit stand La Porta vor ihm. "Na Alter, schön dich zu sehen!" „Das Kaninchen hat Durchfall, aber kein Klopapier." Er machte die vorgeschriebene Leibesvisite, klopfte Gisbert ab, nahm ihm Angie ab, grinste breit und zog eine Rolex Daytona aus der Tasche. „Willste die? Von 600 auf 200. Is en echt geiles Fake! Voll das Schnäppchen." Gisbert war sauer! „Hömma Alter, ich schieb dir deine Rolex gleich in deinen dämlichen Affenarsch. Entweder meine Daytona ist echt oder mein Arm bleibt nackelig. Verstehste das du Einzeller?" Dann schob er La Porta energisch beiseite und machte sich auf den Weg in die erste Etage. Ein kaltes lebloses Haus. Alles war auf Posing gebürstet. Nur wer einen schlechten Geschmack hatte, konnte sich hier wohlfühlen. Kolja hatte Gisbert die ganze Zeit beobachtet. Dann rief er zu ihm rüber: „Alberich alter Junge! Na, ist das ein Haus?" Gisbert zuckte mit den Schultern, murmelte etwas von „Geht so, ich könnte hier nicht leben!" „Wie meinste das?" „Na ja alles so weiß, kalt und überall die vielen Teppiche an den Wänden. Was soll das?" "Der Bunker gehört Onkel Badshebazi. Ein stinkreicher persischer Teppichhändler aus Hamburg. Hat die Hütte beim Zocken geschnappt und das an den Wänden ist Kultur! Knüpfkultur! Die Dinger sind Millionen wert. Is also ein Museum. Verstehse du Kunstbanause?" Gisbert nickte stumm. Kolja grinste, haute ihm krachend seine goldberingte Pranke auf die Schulter und fuhr fort: „Das irre daran ist ja, das hier kein Schwanz wohnt. Einmal im Jahr kommt der König der Teppichknüpfer nach Hagen, Ali sein Fahrer baut ihm dann voll die fette Shisha und wenn Onkelchen sich die Rübe zugeknallt hat, geilt er sich an seinen Teppichen auf. Verstehst du?" „Keine Weiber?" „Keine Weiber!" „Versteh ich nicht!" „Ich auch nich! Komm wir gehen zu den anderen." Die saßen schon am Tisch und scharrten schon mit den Hufen. Bohnes Stuhl blieb anstandshalber diesmal leer. Bokassa war nicht da. Der Zoll hatte ihn vor drei Wochen mit einem Beutel Rohdiamanten aus dem Kongo abkassiert. Jetzt saß er in Stammheim und sah schwarz. Für den Schwatten war Envar Hotic eingesprungen. Neben ihm stand ein großer krokodillederner Diplomatenkoffer mit Zahlenschlössern. Wie es aussah war er wohl sehr liquide. Ein ganz neues Gesicht am Tisch war der Neffe von Onkel Badshebazi. Er nannte sich sinnigerweise Ayatollah Pretty Boy. Auffallend an ihm waren seine schlanken Hände und sein blauschwarzer Haar- und Bartwuchs. Mit seiner goldenen Sonnenbrille sah er eher wie ein Drogendealer aus und nicht wie ein seriöser Teppichhändler. Normalerweise führte er die Mailänder Filiale seines Onkels. Natürlich waren Rita, Keci und Uzzi auch da. Ein bildhübsches Mädchen stöckelte im Bunnykostüm, wie ein Nummerngirl im Boxring herein und reichte allen offenherzig die obligatorische Schneeschale. Alle schnieften sich gierig das Hirn zu. Gisbert entschuldigte sich kurz, täuschte einen Toilettengang vor und verschwand kurz. An der Garderobe hing Kecis speckige Lederjacke. Schnell zog Gisbert das in seiner Unterhose deponierte Kokspäckchen heraus und steckte es hastig in die linke äußere Brusttasche der Lederjacke. Bewusst hatte er seinen Hosenstall offen gelassen. Als er sich gerade wieder hinsetzen wollte, grölten alle Mann los und zeigten lachend mit den Fingern auf ihn. Aus seiner offenen Hose hing der weiße Zipfel seines Oberhemdes. Gisbert stellte sich dämlich und raunzte ärgerlich: „Lasst doch das Zeug aus dem Balg!" Dann tat er ganz unschuldig, schaute an sich herunter, machte einen auf Verlegen, murmelte „Entschuldigung" zog den Reißverschluss wieder hoch und nahm wieder Platz. Die Karten wurden verteilt und Gisbert Domagalla war frisch im Kopf wie nie zu vor. Er ging jedem unnötigen Risiko aus dem Wege, machte das aber so geschickt, das er nicht als Schisshase da stand. Er verlor und gewann. Immer waren es relativ vertretbare Einsätze. Dann kam das dreizehnte Spiel ... Whow! Gisbert hatte 4 Könige und eine 9 in der Hand. Hotic stieg früh aus. Alle anderen gingen mit. Jetzt oder nie dachte sich Gisbert und riskierte alles. Der Pott war gut gestopft. Nach und nach mussten all die Hosen runter lassen. Übrig blieb nur der Ayatollah. Die ganze Zeit hatte er einen eiskalten starren Gesichtsausdruck zum Besten gegeben, jetzt entglitt ihm das Eiskalte und er grinste dämonisch. Siegesgewiss legte er eine 7 und vier Buben auf den grünen Samt. Gisbert verharrte kurz, zog die Schultern hoch und ließ sie wieder fallen und blickte seinerseits seinem Gegenüber starr in die nachtschwarzen Brillengläser. Dann legte er die 9 und langsam der Reihe nach seine vier Könige auf den Tisch. Der Ayatollah fluchte Porca Miseria und schob ein Vaffanculo hinterher. Dann war es für Sekunden still. Kolja wollte den Neffen des Gastgebers für den Augenblick aus der Schusslinie nehmen und eröffnete früher als geplant das kalte Buffet. Schnell änderte sich die angespannte Stimmung. Die Männer redeten über das worüber sie am liebsten faselten: Kohle, Drogen und langbeinige Hühner. Das Nummerngirl kam und reichte den Dumpfbacken wieder die goldene Schale. Envar Hotic fragte Kolja hinter vorgehaltener Hand was Alberich denn für eine Schwuchtel wäre. Kolja klärte ihn auf, das Alberich früher ein großes Rüsseltier gewesen wäre, aber jetzt hätte er voll Pumpenaua und dürfte nicht mehr schniefen. Envar Hotic nickte scheinbar verständnisvoll und wendete sich dem Nummerngirl zu, die ihn aber prompt abblitzen ließ. Nervös blickte Kommissar Domagalla kurz auf seine Blacky. Es waren nur noch drei Minuten bis zum Big Bäng. Diesmal war richtig viel Schmalz im Topf gewesen. Sollte er die gerade gewonnenen 69.000 € cash bei Dr. Gründlich abliefern? Aber diese Gedankenspiele waren müßig, denn die Kohle gehörte doch dem Steuerzahler. Oder sollte er doch einen Teil des Geldes für Roswitha abzweigen? Gisbert schaute kurz zum Ayatollah rüber. Der Bengel war noch immer kreidebleich, zog sich mit zittrigen Händen schon die dritte Linie rein und machte eher den Eindruck als würde ihm in seinem Zustand eine Handvoll Antidepressiva mehr helfen als das weiße Pulver. In diesem Moment gab es draußen einen gewaltigen Knall es wurde für einen Moment taghell. Wie aus dem Nichts hatte Kolja plötzlich eine SIG-Sauer 9 mm Luger mit vergoldeten Bedienelementen in seiner Pranke. Alle rannten auf die Straße. Gisbert keuchte hinterher. Nur Pretty Boy und das Nummerngirl wagten sich nicht nach draußen. Da kämpfte La Porta schon tapfer mit einem Feuerlöscher gegen das flammende Inferno.

Fassungslos starrten die Zocker auf den lichterloh brennenden Wagen. Es war Keci´s Audi. Alles fluchte durcheinander. Jetzt brannte auch noch Pretty Boys Lamborghini. Und schon kamen zwei Streifenwagen mit quietschenden Reifen um die Ecke. Ihnen folgte ein Golf mit zwei Zivilfahndern. Hinter den Vorhängen der gegenüberliegenden Häuser beobachteten die verstörten Nachbarn die nächtliche Szenerie. Aus dem Tal hörte man auch schon die Feuerwehr. Keci war fix und alle, stieß pausenlos schlimme türkische Flüche in den Nachthimmel und beklagte lauthals den Verlust seines Audis. Kolja hielt immer noch wie versteinert seine Kanone in der Hand. Gisbert stieß ihm heftig in die Seite und zischte: "Da rein!" Er hielt die Klappe vom Zeitungskasten hoch und blitzschnell verschwand die Luger. Der Wachtmeister fragte routinemäßig nach dem Halter und den Fahrzeugpapieren. Keci griff wie gewohnt völlig aufgelöst nichts ahnend in die Brusttasche seiner Lederjacke und hielt dem verdutzten Polizisten das Päckchen Koks unter die Nase. „Was haben wir denn da?" Keci starrte dämlich wie eine anatolische Bergziege auf das Päckchen, das ihm der Beamte unter die Nase hielt. Dann klickten auch schon die

Handschellen. Kolja stürzte sich wutschnaubend auf den verwirrten Keci, schlug auf ihn ein und schrie immer wieder: „Du verdammter Hurensohn bringst mir Drogen in mein Haus, ich bring dich um!" Das sah alles sehr überzeugend aus. Die Zivilfahnder versuchten Kolja zu beruhigen und brachten Keci in Sicherheit. Die Feuerwehr verhinderte ein Übergreifen der Flammen auf die anderen Fahrzeuge. Der Audi allerdings war nicht mehr zu retten. Der Lamborghini Gallardo dahinter war nur halb verbrannt. Nach einer dreiviertel Stunde war der Spuk vorbei. Alle Personalien waren aufgenommen, aber die Stimmung war zum Teufel. Als sie sich wieder am Buffet versammelten fehlte einer: Ayatollah Pretty Boy. Es lief gut für Kommissar Domagalla! Jetzt begann das große Rätselraten: Welchem Schweinehund hatten sie den ganzen Scheiß zu verdanken. Wer war der Maulwurf? Sie schossen sich sofort auf Onkel Badshebazis Neffen ein. Warum hatte sich der Pechvogel nur verpisst? Die Kohle verzockt, der Lambo halb verbrannt und jetzt auch noch die wütende Meute an den Hacken. Schlimmer konnte es nicht kommen. La Porta brachte seinem Chef die Luger wieder. Seine Haare waren leicht angesengt, aber sonst ging es ihm gut. Alle bestaunten neugierig die SIG-Sauer Sonderanfertigung. Alle Bedienungselemente und die Griffschalen waren aus purem Gold. Dieses Unikat war Kolja´s ganzer Stolz. Er genoss die bewunderten Blicke und die Lobeshymnen seiner Gäste, aber zum Zocken war keiner mehr so richtig aufgelegt. Dafür betrieben sie eifrig Ursachenforschung. Trotz des ersten Verdachts stocherten sie weiter im Nebel. Irgendwie trauten sie diesem persischen Rotzlöffel so eine Tat nicht zu. Nein, das war Profiarbeit. Waren es etwa die selben Schweine, von denen sie schon in Wiesbaden gefickt wurden? Wenn ja, wer gab ihnen die Tipps? Wir kriegen sie Männer und dann gnade ihnen Gott, grollte Kolja und wies La Porta an, schon einmal die Kettensäge zu ölen. Jeder im Raum wußte was das zu bedeuten hatte. Für heute war Ende Gelände. Gisbert ging zurück zum Spieltisch, sammelte seine Kohle ein und nahm noch zwei Flaschen Perrier für unterwegs mit.

Kolja kam auf ihn zu fasste ihn fast zärtlich an die Schultern, schaute ihm tief in die Augen... „Spasiba, alter Junge! Das vergesse ich dir nie! Auf Kolja kannst du dich verlassen. Ruf an Alberich, wenn du Ärger hast. Pass auf dich auf! Dann drückte er Gisbert an sich und tätschelte ihm mit seinen riesigen Pranken die Wangen. La Porta gab ihm Angie mit der Bemerkung zurück: „Wo hasse die denn her? Die ist ja gefeilt!" „Meinst du ich will einfahren? So blöde bin ich nich!" La Porta lachte! Wenn er auch sonst ziemlich reduziert in seiner Hirnleistung war, das hatte er geschnallt. Und das war gut so! Am Tisch richtig Schmalz abgesahnt, Keci aus dem Verkehr gezogen, voll Koljas Vertrauen gewonnen und La Porta würde Kolja brühwarm erzählen, das Alberich eine Walther mit ausgefeilter Seriennummer hat. Das waren alles vertrauensbildende Maßnahmen um in das Innere der Verbrechersyndikats einzutauchen. Besser konnte es nicht laufen. Berg runter ging es viel leichter, als bergauf. Kommissar Domagalla konnte der Berg- und Hügellandschaft des Sauerlandes echt nichts positives abgewinnen. Auf dem Wilhelmsplatz angekommen sah er wie eine dunkle Gestalt auf die Frontscheibe einer Sparkassenfiliale mit großen roten Buchstaben das Wort "Blutsauger" schrieb. Gisbert ließ den Dunkelmann in Ruhe zu Ende sprayen. Dann steckte er seine Finger wie einst Otto Rehhagel in den

Mund und ein schriller Pfiff beendete das Attentat auf die Kapitalistenzweigstelle. Der Kapuzenmann verschwand lautlos im Dunkeln. Die Spraydose kullerte laut scheppernd über das spiegelblanke Kopfsteinpflaster. Dann war wieder Ruhe. Gisbert öffnete noch einige Schritte entfernt das Coupé und die Lichter flackerten kurz. Erleichtert ließ er sich in den Sitz fallen und der Geruch von feinstem Leders strömte in seine Nase. Was für eine erfrischende Wohltat nach all dem lästigen Qualm in der Spielhölle. Gisbert nahm sich Zeit. Er gönnte dem AMG 4.0-Liter Biturbo Aggregat eine gesunde Warmlaufphase. Was der Motor ihm mit einem dezenten Grummeln dankte. Bevor er endlich losfuhr wollte Gisbert schnell noch seinen Durst stillen. Verdammte Dackelkacke fluchte der sonst so besonnene Kommissar. Was sollte er bloß mit zwei Flaschen Wasser, wenn er keinen Öffner hatte. Da hatten es die Raucher mit ihren Einwegfeuerzeugen einfacher. Und das mit den Zähnen war sowieso nie sein Ding gewesen. Warum eigentlich nicht, schoss es ihm durch den Kopf. Er nestelte Angie aus dem Holster, wirkte beruhigend auf sie ein und siehe da: „Kronkorken öffne dich!" „Danke Angie", murmelte er bevor sich seine Lippen über den grünen Flaschenhals stülpten. Erfrischt trat er sanft auf's Gas, rollte langsam vom Wilhelmsplatz und bog links in die Augustastraße ein. Dieses Wehringhausen kam ihm wie ausgestorben vor. In Hamburg steppte jetzt der Bär und hier waren alle Fenster dunkel. Wenn ich gut durchkomme, liege ich auch spätestens in einer Stunde in Bett. Aber vorher gebe ich richtig Gummi. Die Höchstgeschwindigkeit war vom Werk mit 304 km/h angegeben. Endlich auf der Bahn schaltete Gisbert nach 20 Kilometern den Race Modus ein und das Dingen ging los wie die Feuerwehr. Der Motor brüllte auf wie ein waidwundes Tier und ab ging die Post.

Der Drehzahlmesser tanzte und zitterte! Es war ein Höllenritt. Bei 275 km/h nahm er den Fuß vom Gas. Es war wie im 911er. Nur etwas kultivierter. Unter den Armen war er wieder klatschnass. Dafür hatte er keine Rückenschmerzen. Nach 45 Minuten stand er vor seiner Haustür 15 Minuten später lag er frischgeduscht im Bett und holte nach was ihm so fehlte: Schlaf! In dieser Nacht träumte Kommissar Domagalla Kolja wäre ihm trotz aller Vorsicht auf die Schliche gekommen und nun lag er festgeschnallt auf einem Gynäkologenstuhl. Kolja fuchtelte mit einer schmutzigen Gartenschere vor seiner Nase herum, stieß böse russische Flüche aus und drohte wenn er nicht auspacke, ihm sein bestes Stück abzuschneiden. Hinter ihm stand La Porta mit einer frisch geölten Stiehl Kettensäge und feuerte seinen Chef an. Wobei er immer wieder die Kettensäge anschmiss, sie kurz aufheulen ließ und wie von Sinnen schrie: „Arme oder Beine? Wann darf ich loslegen?" Dann lachte er wie irre und schmiss wieder die Kettensäge an. Kolja schrie zurück, beschimpfte La Porta er solle das Maul halten! Dann beugte er sich tief zu Gisbert herunter und fragte ihn hämisch grinsend: „Na du Mistkerl, kennst du das Märchen vom Daumenlutscher?" „Nee, du Arschgesicht, ich kenn nur das Märchen vom dödeligen Schwanzlutscher!" Der russische Bär schnaubte vor Wut, schnippte wild mit der Gartenschere und sang mit seinem tiefen Bass: „Schnipp, schnipp, schnapp jetzt schneid ich dir den Dödel ab"... Da schellte es! Schweißgebadet wachte Gisbert auf. Was für ein schrecklicher Albtraum! Vorsichtig schaute er zwischen seine Beine. Alles dran! Gott sei dank! Schlagartig wurde sein Puls wieder ruhiger. Mühsam rappelte er sich auf, schleppte sich zur Tür und blinzelte durch den Spion. Es waren wie immer Frau Oberste - Berghaus und Falstaff. Er öffnete, wünschte einen Guten Morgen, weiter kam er nicht. „Herr Domagalla haben sie vielleicht etwas Kaffee für mich?" Falstaff knurrte schon ungeduldig. „Ich muss sie enttäuschen Gnädigste, ich war noch nicht Einkaufen. War ziemlich spät heute morgen, tut mir leid! Aber warten sie, schwarzen Tee hätte ich noch. Frau Oberste - Berghaus rümpfte ein wenig die Nase und entgegnete: „Danke, aber meinen Tee nehme ich erst nachmittags, schönen Tag auch noch." Dann schlurfte sie wieder in ihre Wohnung. Falstaff dackelte hinterher. Es hatte wohl keinen Sinn noch einmal ins Bett zu gehen. Eine heiße Dusche und frische Klamotten waren jetzt angesagt. Frühstück gab´s dann später in der Altstadt.

Sein neues Auto hatte Gisbert in einer kleinen Nebenstraße geparkt. Da stand es ziemlich anonym und die Nachbarn konnten sich nicht das Maul zerreißen. Je mehr sich Gisbert der Altstadt näherte, um so ungemütlicher wurde die Atmosphäre. Es kam ihm vor, als wäre er auf der Reeperbahn. Als er näher kam blickte er durch: Düsseldorf spielte 2. Ligafußball gegen St.Pauli. Überall knallten Böller und erschallten die Fangesänge. Nicht das Kommissar Domagalla irgend etwas gegen Fußball hätte! Ganz im Gegenteil! Aber nach dieser Nacht, dem schrecklichen Albtraum und dem Geklingel seiner Nachbarin hätte er es gerne etwas ruhiger gehabt. Er machte auf dem Absatz kehrt und tat das was er normalerweise verabscheute: Er kaufte sich zwei belegte Brötchen und einen Coffee to go. Für Gisbert war diese Unsitte der Anfang vom Untergang der Kaffeekultur. Was waren das bloß für

Zeitgenossen? Die Ohren verstöpselt mit Kopfhörern, scheinbar geistesabwesend auf ihre Smartphones starrend, latschten sie offenbar isoliert von ihrer Umwelt durch die Gegend. Dabei brachten sie auch noch das Kunststück fertig, gleichzeitig zu telefonieren, zu rauchen, zu essen und Kaffee zu trinken. Irgendwie schämte sich Gisbert. Er hatte zwar keine Stöpsel in den Ohren, rauchte nicht, telefonierte nicht, aber sonst sah er so aus wie die, die er sonst so abgrundtief verachtete. Er beruhigte sich erst wieder langsam, als er seine Brötchen verputzt und den schlappen Kaffee runtergespült hatte. Er verspürte nicht die geringste Lust Dr. Gründlich anzurufen. Das hatte Zeit bis Montag. Wozu er Lust verspürte, war seinem neuen Baby richtig die Sporen zu geben. Nach einem kleinen Abstecher in seine Wohnung, wo er einen Satz frische Wäsche einpackte, machte er sich auf nach Hamburg. Vorsichtshalber steckte Angie wie gewohnt in seinem Holster. Es war ein sonniger Tag der zum Grillen einlud. Gisbert Domagalla kam das gelegen! So machte auch 2015 das Autofahren noch Spaß. Die Bahn war relativ leer und die, die im Wege standen wurden mit Hilfe der Lichthupe aus dem Weg geräumt. Ab und zu konnte rüpelhaftes Benehmen durchaus hilfreich sein! Im Autoradio spielten sie Rockmusik aus den 80 und 90 zigern. "Hurra hurra die Schule brennt!" Wem ging da nicht das Herz auf. Wochenlang schulfrei, das wäre doch mal was! Trotz Bleifuß und rowdyhaftem Fahrverhalten, in Flensburg wurde er an diesem Nachmittag nicht aktenkundig. Für Gisbert lief diesmal alles glatt. In etwas mehr als drei Stunden erreichte er Hamburg und nach einer weiteren Viertelstunde rollte er mit seiner roten Offenbarung auf St.Pauli ein. Der ganze Kiez war in Aufruhr: St.Pauli hatte einen Auswärtssieg eingefahren: 3:1 gegen Fortuna Düsseldorf. Hier war es noch lauter als in Düsseldorf, aber heute hatte das Laute eine ganz andere Qualität: Hier war es wie Musike. Jetzt wo die Kiezkicker gewonnen hatten, konnte die Party beginnen ...... Olee   Oleee   Olee   Oleee ....

***

Gisbert parkte genau vor der Davidwache, sagte den Kollegen Bescheid und war sich sicher, das sie auch seinen Daimler auf dem Schirm hatten. Wieder musste er schwindeln um keinen Neid zu schüren und sich vor unliebsamen Fragen zu schützen. Dann machte er sich auf in die Herbertstraße. Als er durch die Trennwand kam, sah er sofort das die Gardinen in Roswithas Fenster zugezogen waren und auch kein Licht brannte. Sofort beschlich ihn ein unangenehmes Gefühl. Was war los? Bei Trudi brannte zwar Licht, aber die Vorhänge waren zugezogen. Sie hatte wohl einen Gast.
 Hoffentlich dauerte es nicht zu lange. Gisbert wurde von Minute zu Minute nervöser. Da ging endlich die Tür auf und Trudi´s Freier verließ das Haus. Im selben Moment zog Trudi wieder die Vorhänge auf. Mit ein paar Schritten war Gisbert an ihrem Fenster. Kaum hatte sie ihn erkannt winkte sie ihn zu sich rein. „Wo ist Roswitha? Trudi, hat sie dich angerufen?" „Nein, ich warte ja auch schon seit einer Stunde auf sie. Es ist so ungewöhnlich. Sonst ist sie immer pünktlich! Hoffentlich ist ihr nichts passiert! Sie war die letzten Tage so merkwürdig still! Ans Telefon geht sie auch nicht!" „Hast du ihren Schlüssel?" "Ja ich füttere Henry ab und zu!" Dann kramte sie hastig in ihrer Hand-

tasche und gab Gisbert den Schlüssel. „Ruf mich bitte an, ich muss noch anschaffen." „Mach ich, bis gleich." und dann rannte er los. Das Herz schlug ihm bis zum Hals, als er an der Davidwache ankam. Er bedankte sich bei den Kollegen die im Eingang standen und gierig an ihren Zigaretten zogen. So schnell wie er konnte fuhr er zu Roswithas Wohnung. Er gab sich keine Mühe einen Parkplatz zu suchen, sondern parkte einfach in der zweiten Reihe. Beim dritten Versuch fand er endlich den Schlüssel für die Haustür. Vorsichtshalber schellte er noch einmal, bevor er aufschloss. In der Küche und im Wohnzimmer brannte Licht. Es war merkwürdig still! Auch Henry war nicht zu hören. Gisbert rief zweimal Roswithas Namen, zog Angie aus dem Holster, entsicherte sie und betrat vorsichtig das Wohnzimmer. Auf dem Teppichboden lag Roswitha, leblos inmitten von verstreutem Vogelfutter. Kreidebleich mit zittrigen Händen kniete Gisbert neben der Leblosen nieder und tastete nach ihrer Halsschlagader. Es war wie er es vermutete. Roswitha war tot. Äußerliche Verletzungen konnte er spontan nicht festzustellen, alles andere musste sich der Gerichtsmediziner ansehen. Tief erschüttert stand Gisbert auf, kraulte Henry am Hals und versorgte ihn mit dem, was sein Frauchen nun nicht mehr für ihn tun konnte. Der Tod seiner Schulfreundin setzte ihm sehr zu. All die Jahre hatte er im Dienst zum Teil übel zugerichtete Leichen gesehen. Aber der Anblick eines toten Menschen, den man mochte war etwas anderes, als der dienstliche Blick auf tote schmierige, kriminelle Schweinebacken. Henry rührte sein Futter nicht an, sprach nicht ein Wort und machte einen sehr verstörten Eindruck. Es wurde Zeit die Kollegen anzurufen. Erst jetzt viel Gisbert auf, das Roswitha ein Kostüm an hatte. So chic angezogen hatte er sie noch nie gesehen! Die gemeinsame Schulzeit war längst verblasst und in den letzen Jahren nach ihrem zufälligen Wiedersehen kannte er sie nur im schwarzen Body mit hohen, schwarzen Lackstiefeln, roten High Heels oder in ihrem rotgoldenen Bademantel. Aber wie sie so da lag mit in ihrem Pepitakostüm mit den goldenen Knöpfen hätte sie auch gut eine von den gut betuchten Reedergattinnen sein können, die sich allein dem süßen Nichtstun hingaben. Sie war bis zum Schluss eine schöne Frau gewesen, die von ihrer Arbeit keinen, zumindest äußeren Schaden, genommen hatte. Es klingelte, die Kollegen waren da. „Was machen wir mit dem Papagei?" fragte Hauptkommissar Lindemann? „Henry nehme ich mit! Er hat sonst niemanden und wenn er jetzt alleine bleibt, ruft er sich alle Federn einzeln aus!" „Verstehe", erwiderte Kollege Lindemann und konzentrierte sich weiter auf die Spurensuche. Auch nach zwei Stunden war Kommissar Domagalla immer noch kreidebleich. Nur das leichte Zittern seiner Hände hatte nachgelassen. Das was er gesehen hatte ließ auch einen so harten Hund wie ihn nicht kalt. Dabei war er doch nach Hamburg gekommen um Roswitha unter ihre Arme zu greifen. Er wollte ihr 25.000 € von seinem Gewinn aus dem Schmalztopf in Hagen als zinsloses Darlehen für ihren Edelpuff mit exklusiven Escort Service für Hamburgs High Society zur Verfügung zu stellen. Und nun dieses jähe Ende. Mitten aus dem Leben gerissen.

Gisbert redete Henry gut zu, trug ihn in seinem Käfig zusammen mit einer Plastiktüte Vogelfutter und allerlei Papageienleckerli zu seinem Auto. Dort befestigte er Henrys Käfig mit dem Sicherheitsgurt und fragte Henry aufmunternd „Bist du richtig angeschnallt?" „Mach en Kopf zu!" war seine Antwort. Immerhin: Henry hatte wieder gesprochen! Während er losfuhr dachte er daran wie er es Trudi beibringen sollte. Wieder fuhr er zu den Kollegen in der Davidstraße, bat sie wieder auf sein Auto zu achten und sich ein bisschen um Henry zu kümmern. Eine Handvoll Leckerli ließ er in der Wache mit dem Versprechen ihn später wieder abzuholen. Schließlich konnte er den armen Vogel ja nicht allein auf dem Beifahrersitz lassen. Jeder Blödmann würde wie bekloppt an die Scheibe klopfen und Henry ganz verrückt machen. Er war ja schon verstört genug! Den schweren Gang in die Herbertstraße nutzte Gisbert Domagalla um sich zu sammeln. Er würde versuchen seine Gefühlen nicht zu verstecken. Nichts anderes hatte Roswitha verdient. Als er um die Ecke bog sah er Licht in Trudis Fenster. Sie saß auf ihrem Stuhl und strickte einen Winterpulli für Josef ihren Teddybären. Es kam ihm wie eine Ewigkeit vor bis er endlich vor ihrem Fenster stand. Trudi sah ihm sofort an, das irgendetwas nicht stimmte. Sie sprang auf, zog die Gardinen zu und schloss ihm auf. Da liefen Gisbert auch schon die ersten Tränen über sein Gesicht. „Sie ist tot, sie ist tot", brach es aus ihm heraus. „Oh mein Gott", stammelte Trudi! Dann lagen sie sich in den Armen und ließen ihren Tränen freien Lauf. Tante Käthe, die früher selbst im Fenster saß, die mit ihren 72 Jahren den jungen Frauen als Wirtschafterin Freundin und Kummerkasten in einer Person war, wollte nach dem Rechten sehen und zog sich sofort wieder zurück als sie Trudi und den Kommissar sah. Den wahren Grund ihrer Traurigkeit erfuhr sie erst zwei Tage später aus dem Hamburger Abendblatt. Plötzlich schluchzte Trudi: "Komm Gisbert lass uns gehen, ich zieh mich nur schnell um". Dann verschwand sie für ein paar

Minuten und als sie wieder vor ihm stand, sah sie, bis auf ihre verweinten Augen, aus wie all die viele jungen Mädchen, die um diese Zeit zum Tanzen gingen. Schweigend überquerten sie das Kopfsteinpflaster der Herbertstraße und gingen in Richtung Davidwache. Wäre es nicht so ein trauriger Tag gewesen, dann wäre Trudi bestimmt auf Gisbert´s roten Porschekiller abgefahren, aber so stieg sie wortlos ein und starrte ins Leere. Gisbert holte Henry aus der Wache, was der Vogel ihm mit einem "Küsschen" dankte. Als Gisbert Trudi den Vogelkäfig auf den Schoß setzte, stammelte sie unter Tränen: „Armer Henry, jetzt bleibst du bei mir! Das habe ich Rosi fest versprochen!" „Komm, ich fahr dich nachhause, wo wohnst Du?" „In Eimsbüttel, Mansteinstraße." Schweigend fuhren sie langsam los. All die bunten Neonlichter von St.Pauli bei Nacht schafften es nicht die düsteren Wolken ihrer Traurigkeit für einen kurzen Augenblick zu erhellen. Da ist es! Sie hielten an und hörten Henry zu der an seinen Füßen rumknabberte. Du, Gisbert, ich kann jetzt nicht alleine sein! Komm bitte noch mit nach oben. Gisbert nickte, stieg aus und nahm Trudi den Käfig ab. Ihre Wohnung war modern mit weißen Möbeln und einigen kleinen und großformatigen Fotoarbeiten eingerichtet. Farbige Sofadecken und Vorhänge verliehen Flur und Wohnzimmer dennoch Wärme. Trudi verschwand in der Küche und setzte einen Kaffee auf. Was ihn am meisten überraschte waren die vielen Bonsai Bäume, die auf dem Sideboard, der Fensterbank und auf den Glasregalen an den Wänden wie in einem Bonsai Museum standen. Kein Baum glich dem anderen. Gisbert hielt immer noch den Käfig mit dem bedauernswerten Henry in seiner Hand. So behutsam wie er konnte setzte er den Käfig auf einen Beistelltisch in der Hoffnung das Henry nach all den Aufregungen endlich seinen Schlaf finden würde. Trudi schaute um die Ecke und fragte: „Mit Milch und Zucker?" „Nein, schwarz", antwortete er und schaute fasziniert auf die kleinwüchsigen japanischen Baumgebilde. Trudi schenkte den Kaffee ein. Dann sagte sie leise: „Was sollen wir jetzt bloß machen?" Sie konnten sich diese Frage nicht beantworten. Es war alles so plötzlich über sie hereingebrochen, das es ihnen sogar schwer fiel für ihre Trauer und Bestürzung Worte zu finden. Irgendwann sagte Trudi dann: „Komm Gisbert gehen wir schlafen." Scheinbar legte Trudi privat keinen großen Wert auf Herrenbesuch. Ihr Bett war ein etwas großzügig geschnittenes Einzelbett. Sie drückte sich fest an ihn und weinte sich in den Schlaf. Gisbert war hundemüde und trotz seiner inneren Leere genoss er es Trudis warmen üppigen Körper zu spüren.

Als er am nächsten Morgen erwachte, strömte belebender Kaffeegeruch in seine Nase. Henry und Trudi waren schon wach und hatten ihn schlafen lassen. Der Papagei machte immer noch einen verstörten Eindruck. Er wollte einfach nicht sprechen und auch die Körner und die Leckerli rührte er nicht an. Hoffentlich fing der arme Kerl nicht an sich seine Federn auszurupfen. Auch ihnen war heute Morgen nach einem Frühstück nicht zu Mute. Gisbert telefonierte mit der Gerichtsmedizin und bekam sofort einen Termin um 11 Uhr mit Prof. Ochsenknechter. Sie redeten Henry noch eine Weile gut zu, kraulte ihm Bauch und Nacken, aber es half alles nichts: Henry blieb todtraurig. Sie versprachen ihm bald wieder zukommen und machten sich auf den Weg. Professor Ochsenknechter wartete schon ungeduldig. Die Zeit drängte! Er hatte sich zum Rudern auf der Alster verabredet. Und ein Achter ohne Schlagmann ist wie ein Bolide ohne Benzin oder wie er immer selbst zusagen pflegte: „Wie Erdbeertorte ohne Sahne." Trotz seines Zeitdrucks erklärte er Roswithas Freunden gewissenhaft die Umstände ihres Todes: „Ich hoffe es tröstet sie ein wenig, die Verstorbene starb eines natürlichen Todes. Sie hatte ein zu großes Herz". Gisbert und Trudi nickten stumm. Sie müssen sich das so vorstellen: „Durch ein Herz mit normalem Volumen werden immer 6 Liter Blut duchgepumpt. Bei einem zu großen Herzen sind es nur 4 1/2 Liter. Und irgendwann kann es dann plötzlich zu Komplikationen kommen. Außerdem ist die Pulsfrequenz bei solchen Patienten viel niedriger. Es tut mit mir leid. Ich werde den Leichnam jetzt freigeben. Seien sie mir nicht böse, aber ich muss jetzt unbedingt los, meine Crew scharrt schon mit den Ruderblättern." Er reichte ihnen die Hand sprach noch einmal sein Beileid aus und verschwand mit wehenden Rockschößen in den langen, weißgekachelten Flur. „Weißt du was mich ein wenig tröstet Gisbert? Das sie zu hause bei ihrem Henry gestorben ist. Es ist zwar traurig, das ihr keiner helfen konnte, aber viel schlimmer wäre es doch gewesen, wenn es bei der Arbeit passiert wäre." „Ja, wahrscheinlich hast du recht und jetzt soll sie auch zur Ruhe kommen! Was hältst du davon, wenn wir ihr ein Grundstück auf dem Olsdorfer Friedhof kaufen? „Du meinst wir beerdigen sie da?" „Ja, warum nicht? Das würde ihr bestimmt gefallen. Da kann sie sich ja immer mit Domenica zum sabbeln treffen." Es würde wohl noch ein wenig Zeit in Anspruch nehmen bis alle Formalitäten erledigt waren, aber ein Ausweis vom LKA war in deutschen Amtsstuben Vitamin B vom Feinsten. Unterwegs machten sie noch Halt in einem Einkaufscenter, versorgten sich mit Lebensmitteln und Getränken. In einer Zoohandlung fanden sie noch für Henry einen kleinen, grünen Plastikpapagei. Mit dem konnte er vielleicht reden oder wenn nötig ihn auch verdreschen. Hauptsache er käme auf andere Gedanken. Beim dritten Versuch erwischte Gisbert auch Pastor Himmelmann. Sie verabredeten sich um 15 Uhr bei Trudi, hielten noch einmal bei einer Bäckerei an, kauften ein wenig Gebäck und machten sich auf den Heimweg. Als sie die Wohnung betraten pfiff Henry kurz. Sie füllten den Kühlschrank auf, Trudi nahm Henry aus dem Käfig und ging mit ihm ins Badezimmer. Das war für Gisbert die Gelegenheit den Plastikkollegen auf die Stange zu montieren. Gab man Henrys neuem Kumpel einen kräftigen Schubs, dann überschlug er sich mehrmals, bis er sich schließlich wieder einpendelte. Es war eine gelungene Überraschung: Henry kam zurück in seinen Käfig und beäugte vorsichtig seinen neuen Mitbewohner. Es war eine Mischung aus Neugierde und Unverständnis. Was hatte der da in seinem Käfig zu suchen? Er versuchte es mit „Moin" und einem „Flotten Dreier Baby?" Dabei wurde der stumme Blödmann gecheckt, bis er die Faxen dicke hatte. Dann versetzte er dem Spielverderber einen kräftigen Schnabelhieb, so das der sich mehrmals überschlug um dann wieder aufrecht vor Henry zu stehen. Dessen kleines Kämpferherz erwachte nun erst recht! Jetzt gab es aber für den scheinbar unbesiegbaren Eindringling langen Hafer ohne Ende. Hoffentlich nahm dieser ungleiche Kampf ein vorzeitiges Ende bevor der Pastor kam. Punkt 15 Uhr schellte es. Pastor Himmelmann erschien pünktlich zum Trauergespräch. Henry hatte seinen Kampf offenbar gewonnen und saß erschöpft auf seiner Stange. Pastor Himmelmann führte das Gespräch sehr einfühlsam und bei der Frage nach dem Beruf der Verstorbenen antwortete Trudi wahrheitsgemäß: „Sie war eine Dienerin der Liebe." Der Pastor runzelte die Stirn und antwortete: „Wir sind alle Kinder Gottes!" Damit war für ihn der Fall erledigt. Er erkundigte sich noch nach einigen wesentlichen charakterlichen Eigenschaften und ob sie noch Träume hatte? Schließlich fand er, das Roswitha zu Lebzeiten ein wirklich großes Herz hatte und alles andere als ein schlechter Mensch war. Wie recht er doch hatte! Schließlich schlug er ein stilles Begräbnis ohne Andacht in der Friedhofskapelle vor. Bei der Wahl zwischen Erd - oder Feuerbestattung entschieden sie sich sofort für Letzteres. Roswitha mochte keine Würmer! Als Kaffeekanne und Keksteller leer waren brach Pastor Himmelmann auf und bat für Freitag um 14 Uhr zur Beerdigung um unbedingte Pünktlichkeit. Dann hetzte er weiter zu seinem nächsten Termin. Gott sei Dank war Henry die ganze Zeit friedlich geblieben. Die Gesellschaft seines neuen Plastikkumpels schien ihm doch trotz erster Anlaufschwierigkeiten gut zu tun. Trudi war froh das Gisbert sich die Zeit nahm ihr zur Seite zustehen, sich um die wichtigen Dinge kümmerte und bei ihr blieb, bis alles vorbei war. Gisbert telefonierte mit Dr. Gründlich, erklärte ihm was vorgefallen war und bat um eine Woche Urlaub. Am Ende des Gesprächs war er froh, das sein Chef aus welchen Gründen auch immer, vergessen hatte nach dem Pokerabend in Hagen zu fragen.

Um Trudi und sich etwas abzulenken stellte er für die nächsten drei Tage ein kleines Freizeitprogramm zusammen. Für Morgen war ein Besuch bei Hagenbeck geplant. Tiere taten der menschlichen Seele immer gut, so lange man nicht darüber nachdachte, das all diese Geschöpfe nicht da lebten wo sie ursprünglich zu hause waren. Aber die Mehrzahl der Tiere kannten ihre Heimat nicht. Sie waren, ob sie es wollten oder nicht, waschechte Hamburger. Der Zoobesuch war genau das Richtige für die bedrückte Stimmung. Das Wetter kam ihnen auch entgegen. Auch die Tiere genossen die warmen Sonnenstrahlen. Trudi konnte sich gar nicht mehr an ihren letzten Zoobesuch erinnern. Schweigsam hakte sie sich bei Gisbert ein und ab und zu zeigte sie zu einem Gehege hinüber und sagte zu ihm: „Schau mal!" Dann wechselten sie einige Worte über die Tiere und schwiegen weiter. Als sie bei den Papageien vorbei kamen, fragte Trudi ob man Henry hier nicht abgeben könnte. Schließlich hätte er hier doch dann alles was ein einsamer Vogel brauchte: Viele neue Freunde, ärztliche Versorgung, gute Verpflegung und vielleicht würde er hier ja auch eine Freundin finden. Gisbert fand diese Idee nicht so gut, denn Henry war, wenn auch unfreiwillig ein absoluter Einzelgänger und hätte im Papageienhaus ganz schlechte Karten! „Nein Trudi, Henry muss bei dir bleiben! Dich kennt er und wenn er erst einmal den Verlust verkraftet hat, dann ist es für ihn so wie bei Rosi." „Ja, ja darüber habe ich gar nicht nachgedacht. Ein paar Tage bleibe ich noch zu hause bevor ich wieder arbeiten muss". Irgendwann taten ihnen die Füße weh. Hagenbeck ist so riesig groß das bestimmt nur die wenigsten der Besucher an einem Tag sich alles Gebotene ansehen können. Sie schafften es aber noch sich das Tropen Aquarium anzusehen. Das war so phantastisch, das es einem im wahrsten Sinn des Wortes, die Sprache verschlug. Ohne Schnorchel und Taucherbrille konnte der Besucher in die Unterwasserwelt eintauchen und sich in einem riesigen künstlichen See Krokodile anschauen. Lange blieb Trudi bei den Krokodilen stehen: „Die sind ja wie wir Mädels im Koberfenster! Sie warten ruhig ab und wenn einer näher kommt, schnappen die zu und lassen nicht mehr los! Ist doch so, nicht?" „Ja du hast recht! Die Krokodile sind aber nicht so schön wie Du! Und außerdem frisst du ja deine Beute nicht auf. Die dürfen ja dann auch wieder nachhause zu Mutti gehen!"

„Du bist ja wirklich ein ganz Lieber! Jetzt weiß ich, warum Rosi immer so von dir geschwärmt hat! Eigentlich kann ich Bullen gar nicht leiden. Aber bei dir ist das was ganz anders!" Dann schwieg sie wieder. Dieser Besuch bei Hagenbeck hatte sie auf andere Gedanken gebracht. Trudi schlug Gisbert´s Einladung zum Essen aus und entschloss sich spontan selbst zu kochen. Nichts Großartiges wie sie betonte! „Ich bin ein wenig aus der Übung, aber das kriegen wir schon hin." Sie bat Gisbert beim Türken anzuhalten und verschwand in Fathis Gemüseparadies. Kaum war eine freie Parklücke gefunden, klingelte sein Handy. Dr. Gründlichs Stimme klang sehr aufgeregt. „Domagalla, stellen sie sich vor: Die türkische Ziege hat sich aufgehängt!" „Herr Doktor, sie meinen doch nicht Keci den U-Haft Türken?" „Er sitzt nicht! Er hängt! Und wissen sie was? Die Hagener Schwachköpfe haben kein Wort aus ihm rausbekommen! Nicht ein Sterbenswörtchen! Es ist zum Kotzen! Aber er hatte eine Visitenkarte von einem Puff in Bogota in der Tasche! Der selbe Laden in dem auch Dr. Schaafzahn war. Wie finden Sie das?" „Das passt! Wir nähern uns dem Herzen des Wespennests. Sonst hätte die Ziege nicht so mächtig die Hosen voll gehabt haben. Aber unterm Strich ist es wieder einer mehr, der der Menschheit nicht mehr den Sauerstoff klaut." „Domagalla, so kenn ich sie ja gar nicht. Aber er hätte doch was sagen können." „Dann wäre er auch tot gewesen und sie hätten sich vielleicht noch an seiner Sippe gerächt. Die spielen nach anderen Regeln! Bei uns heißt es doch: "Jeder Tag auf der Erde, ist besser als unter der Erde." Vielleicht glauben die auch an die Jungfrauen im Paradies. Aber jetzt wissen wir, das die Pokerfreunde mit von der Partie waren. Vielleicht geht es ja überhaupt nicht um die Karten! Aber wir sind ja auch nicht doof wie Brot, nicht wahr Chef?" „Ihr Wort in Gottes Gehör! Domagalla melden sie sich, sobald sie was hören!" „O.K. Chef, tschüs!" Es klopfte an der Scheibe. Mit zwei großen vollgestopften Tüten im Arm ließ sich Trudi in den Schalensitz fallen. „Uff", stöhnte sie und versuchte krampfhaft ihre Einkäufe zu verstauen. „Na was gibt`s denn Leckeres?" fragte Gisbert neugierig." „Abwarten! Du wirst schon sehen, vielleicht auch riechen." „Haben wir auch was zu trinken?" Trudi nickte. Kaum waren sie zuhause angekommen verschwand Trudi in ihrer Küche. Zwischendurch deckte sie den Tisch. Henry freute sich, das Gisbert nicht in den Fernseher glotze sondern ihm Gesellschaft leistete. Jetzt saß er zufrieden auf seiner Schulter und knabberte zärtlich an seinem Ohrläppchen. Dabei unterhielten sich die beiden und überboten sich gegenseitig an dusseligen Sprüchen. Es dauerte wohl eine gute Stunde bis das Essen auf dem Tisch stand. Henry maulte auch gar nicht als er wieder in seinem Käfig zurück musste. Eine Handvoll Nüsse hatten ihn überzeugt. Es roch köstlich! Trudi servierte stolz eine gemischte Pilzpfanne, grüne Bandnudeln, einen Tomatensalat mit roten Zwiebeln und eine frische Ananas zum Nachtisch. Der Merlot de Tritino und die Musik von Billie Holiday gaben dem Abendessen etwas Besonderes. Besonders war auch, das Trudi für Drei gedeckt hatte. Es war ihr sehr wichtig das Roswithas Platz an diesem Abend nicht leer blieb. Leckerer hätte ein Essen auswärts auch nicht sein können. Sie sprachen kaum, aßen, tranken und lauschten dem Gesang dieser außergewöhnlichen Sängerin. Nach dem Essen gönnte sich Trudi einen Entspannungsjoint und Gisbert fragte sie das, was er sie schon die ganzen Tage fragen wollte: „Sag mal, was machen eigentlich all die kleinen Japanbäumchen in deiner Wohnung?" „Die Bonsais? Ach weißt du, das ist meine große Liebe! Die enttäuschen einen nicht! Du hegst und pflegst sie, kümmerst dich um sie und sie wachsen ganz langsam. Ist das nicht faszinierend? Für mich ist das Liebe pur! Sie geben dir immer etwas zurück! Verstehst du das?" „Ich glaube schon, aber ich glaube dazu hätte ich keine Geduld." „Weißt du Gisbert, ein paar Jährchen muss ich noch anschaffen, dann mach ich einen Bonsai Laden auf, wo junge Künstler für lulu ihre Arbeiten ausstellen können. Aber im Augenblick habe ich keine Kraft mehr mich ins Fenster zu setzten. So ohne meine Rosi! Eigentlich sind wir in der Herbertstraße fast eine richtige Familie. Jeder passt auf jeden auf. Aber nun fehlt da was!" Dann liefen die Tränen, denn der Tod ihrer liebsten Freundin hatte sie schwer erschüttert.

Es dauerte eine Weile bis sie sich wieder beruhigt hatte. Gisbert lobte noch einmal das gelungene Abendessen und ermutigte Trudi ruhig auch mal für sich selbst zu kochen. „Dann pass ich aber nicht mehr in mein Fenster und wenn du mich besuchst musst du auf dem Teppich schlafen. Nach dem Abwasch hatte sie noch eine Überraschung für Gisbert: Drei eisgekühlte Flaschen Beck´s. Und dann erzählte Trudi wie sie vor Jahren die Liebe zu ihren Bonsai Bäumen entdeckte. Herr Yamamoto war nicht irgendeiner von Trudis Gästen. Ryushi Yamamoto war ein lebendes Kunstwerk. Sein Körper war von oben bis unten tätowiert. Nur sein Hals und seine Hände waren ungestochen. Aber das Verrückteste an ihm war sein bestes Stück. Das ganze Teil war von vorne bis hinten mit züngelnden Flammen tätowiert. Und jedes Mal wenn er mich nahm schrie der Kerl „Banzai, Banzai" was so was wie ein Schlachtruf für einen aggressiv vorgetragenen Frontalangriff war. Ich musste dann jedes Mal mit einem gestöhnten „Banzai" antworten. Mein „Banzai" bedeutet aber in Japan, das es 10.000 Jahre Freude und Glück bringen soll. Der Typ kam immer Freitags in seiner Mittagspause, zahlte irre gut für sein „Banzai" Gebrülle und am Monatsende brachte er mir so ein kleines Bäumchen mit. Vielleicht machen Männer das in Japan, wenn sie in den Puff gehen. Leider hat ihm das mit meinem „Banzai" Gestöhne nicht so richtig geholfen. An einem Freitag, nach seiner Mittagspause ist Herr Yamamoto unters Auto gekommen. Ich hab ihn nie wiedergesehen. Rosi hatte sogar mal einen Gast, der sie heiraten wollte ...

Das war irgend so ein Zeitungsfritze aus Frankfurt dem musste sie jedes Mal auf hessisch so ein Gedicht aufsagen sonst kam der nicht in die Gänge. Wie ging das nur noch? Ah, ich hab´s: "Uff am Türmsche sitzt a Würmsche, hat a Schirmsche unterm Ärmsche. Kommt a Stürmsche weht das Würmsche mit samt de Schirmsche vom Türmsche. Armes Würmsche ... "Das ist doch voll pervers! Stell dir vor da käme einer der wollte von mir die Glocke hören. Den würd' ich rausschmeißen. Scheiß auf die Kohle!" Aber der Kerl wollte Rosi ganz groß rausbringen. Es gibt doch so eine Anzeigenserie „Dahinter steckt immer ein kluger Kopf!" Er hat Rosi umgeben von halb nackten

Sklaven in ihrem Dominakostüm mit Maske und Gerte auf einem Barhocker sitzend diese Zeitung lesend fotografiert. Sein Chef hat ihn sofort rausgeschmissen. Aber Rosi hat das irre viel Spaß gemacht." Der Typ hat dann noch eine Zeitung für Analphabeten rausgebracht. Nur mit Bildern. Danach kam er nie wieder. Gisbert schüttelte ungläubig den Kopf. „In deiner Welt gibt es ja noch verrücktere Typen, als in meiner." „Ja, Rosi war was ganz Besonderes! Wusstest du, das sie Kurzgeschichten schrieb? Eine hat sie mir mal geschenkt. Möchtest du das ich sie dir vorlese ?" "Gerne, dann kommen wir endlich mal auf andere Gedanken! Mir hat sie nie davon erzählt." „Ich glaube es war ihr auch nicht so wichtig. Sie wollte es nicht an die große Glocke hängen. Ich lese ja nicht viel, aber ihre Geschichte und die, die sie mir vorgelesen hat haben mir sehr gefallen. Es waren meistens Geschichten aus dem Milieu, aber nie so richtig ekelig, wie es manchmal in Wirklichkeit ist. Sie hatte viel Humor, nur in der letzten Zeit war sie komplett anders. Sie war nicht mehr so fröhlich wie sonst. Irgendwie stiller. Sie hat sich auch öfters freigenommen und ist nach Travemünde gefahren. So ein bis zwei Tage. Dann hab ich mich immer um Henry gekümmert. Nun hab ich den auch noch an den Hacken. Spürt man eigentlich wenn es mit einem zu Ende geht?" „Weiß nicht." „Aber über ihren Kummer hat sie selten gesprochen. Das hat sie nur Henry erzählt. Henry hält immer den Schnabel! Der petzt nicht!" Gisbert ging in die Küche, holte sich die zweite Fasche Bier und setzte sich wieder zu Trudi, die inzwischen Rosis Geschichte gefunden hatte und sich selbst leise vorlas. „Ich bin ja so gespannt wie dir ihre Geschichte gefällt! Allein der Titel ist schon irre!" *Blaues Blut Rote Striemen Grüne Scheine*" Gisbert konnte sich ein Grinsen nicht verkneifen und hätte sich beinah an seinem Bier verschluckt. „Komm, nun fang auch schon an, ich platz ja gleich vor Neugierde." Trudi lächelte Gisbert an und fragte ihn: „Darf ich dabei eine rauchen?" „Ja, von mir aus, aber jetzt fang doch auch an! Trudi nahm einen tiefen Zug und begann zu lesen ....

Blaues Blut Rote Striemen Grüne Scheine

Liselotte von Spottwitz hatte zwei herausragende Eigenschaften: Blaues Blut und eine ausgeprägte Vorliebe für frische, knisternde, grüne Scheine. Schon als kleines Kind hatte Lotte immer wieder sonntags von ihrem Großvater einen dieser damals noch blauen Scheinen zugesteckt bekommen. Als Belohnung dafür, das sie ihm mit glockenheller Stimme sein "Maikäfer flieg" vorgesungen hatte.

Lieselotte von Spottwitz war blutjunger uralter pommerscher Landadel der ersten Stunde. Sie besaßen Güter in Hagenow und ein Schloss in Muddelnow, das sie allerdings nur im Sommer bewohnten. Die von Spottwitzens hatte es seinerzeit nach ihrer unfreiwilligen Ausreise aus Hagenow ins sauerländische Wollhagen verschlagen. Durch den Lastenausgleich einerseits und die Aktion "Rettet den deutschen Junker" ließen sie es sich auch in der neuen Heimat gut gehen. Getreu ihrem alten Familienmotto: In der größten Not isst man Spickgans ohne Brot! Dazu gehörte noch ein würziger, eher trockener Weißwein, der den Genuss indessen abrundete.

Klein Lotte wurde mit Wollmewasser getauft, erlernte spielend vier Fremdsprachen, Klavier spielen, das Reiten auf Gut Ischeland und war schon in jungen Jahren eine Meisterin im Zubereiten von Spickgänsen. Eigentlich ging es ihnen besser denn je ...

Bis zum letzten Herbst, als Lotte ihre alten Herrschaften

schweren Herzens zu Grabe tragen musste.
Nach dem darauffolgenden unvermeidlichen Kassensturz stand sie vor einem Scherbenhaufen! Denn die abenteuerliche Buchhaltung des alten Rittmeisters spottete jeder Beschreibung. Es war ein einziger Kuddelmuddel. Lieselotte von Spottwitz war ruiniert!
Mit vier Fremdsprachen und einem abgebrochenem Studium der Phalluskulturen im alten Pompeji an einer Universität im Erzbistum Paderborn im Gepäck, war in Wollhagen kein Staat zu machen. Geschweige denn, in alter Spottwitzer Tradition zu überleben. Lotte stand auf der Straße!
Es gab nur zwei Möglichkeiten schnell an Geld zu kommen: Bei Aldi an der Kasse zu arbeiten oder sich schnell ein Zimmer zu mieten. Lotte entschied sich für das Zimmer!
Sie war knappe 22, klug, gebildet und mehr als attraktiv. Lotte kannte sich bestens aus mit Phallen aller Größen und Epochen und ritt wie der Teufel. Ihr hüftlanges kastanienrotes Haar gab ihr die perfekte Aura der Laszivität. Ihre atemberaubend langen Beine erhoben ihren wohlgeformten Körper zu einer lebendigen Statue, die mit kaltem Marmor nicht das geringste zu tun hatte.
Aber was war das schon alles im Vergleich zu ihren adeligen Brüsten. Zwei wundervolle feste dicke Titten, die enorm viel Wärme ausstrahlten und immer in Bewegung waren. Diese Frau hatte wirklich ein eigenes Zimmer verdient!
Lotte besann sich auf ihre gesunde preußische Erziehung! Augen zu und Disziplin wahren. So hatten sich die von Spottwitzens schon immer durchgeschlagen …
Sie schlüpfte selbstbewusst in ihre neue Rolle, streichelte zärtlich ihre alte Reitpeitsche, begab sich auf die Datenautobahn und zog nach Düsseldorf, um auf der Königsallee ihr Geld zu machen.

Von ihrem letzten Notgroschen bezog sie ein stilvolles Appartement, kaufte reichlich guten Tee, schaltete eine Anzeige im Internet und begab sich in die Anonymität der Landeshauptstadt. Aus Lieselotte von Spottwitz wurde im Handumdrehen Lotte von Strengheim.
Der ohnehin reichlich verdorbenen Führungselite in den Chefetagen der Reichen und Einflussreichen stockte der Atem. Denn was sie da flimmerfrei und verlockend auf den Monitoren ihrer Laptops und Smartphones lasen war absolut neu. Das war wirklich sensationell!!!
Blaublütiges Lacklederluder, dickbusig und streng, empfängt den betuchten Herrn mit gepflegten Händen, zum zwanglosen Teetrinken. Keine Hausbesuche!!!
Das machte mächtig Eindruck in den Glaspalästen und Kanzleien an Rhein und Ruhr. Denn die das lasen hatten alle durch die Bank sehr gepflegte Hände, deren Aufgabe offenbar einzig allein darin bestand Geld zu zählen oder es anderen vorzuzählen.
Lotte von Strengheims Telefon stand nicht mehr still. Aus notorischen Alt- und Pilstrinkern wurden schlagartig fanatische Teetrinker. Lotte hatte sich gut eingeführt.
Ihre teesüchtigen Gäste waren ausschließlich Finanzjongleure, Theaterkritiker, Promiköche, Modeärzte, Politiker aller Parteien, Stararchitekten, Werbestrategen, hohe Geistliche, ein alternder Modeschöpfer und ein durch eine Erbschaft reich gewordener Fußpfleger aus Oberkassel. Sie alle hatten nur einen sehnlichsten Wunsch: Lotte zu Füßen zu liegen, ihre Peitsche kennenzulernen und Tee zu trinken.
Nur der neureiche Fußpfleger nicht. Er war ein hoffnungsloser Fußfetischist und wähnte sich überaus glücklich, wenn er sabbernd und knabbernd an Lottes großen Zehen herumlut-

schen durfte, wie ein Verdurstender am rettenden Strohhalm, wobei er sich pausenlos selbst befriedigte. Lotte störte das nicht! Der Lutscher zahlte irre gut und sie fand endlich Zeit für ihre Buchführung.

Schwieriger wurde es dann schon, wenn der Meister des zwölfflammigen Gasherdes, Starkoch Maitre Igor, ein leidenschaftlicher Gummistiefelträger eingeflogen kam. Den Liebling aller Talkshows musste sie jedesmal zuallererst frisch wickeln, die Weichteile pudern, ihn in sein Laufställchen setzen ein Räppelchen und Duplosteine in die verschwitzten Hände drücken, damit er aufhörte zu kreischen. War klein Igor wieder lieb, gab es zur Belohnung Lottes Ammennummer. Der vergötterte 5 Sternekoch durfte dann hemmungslos an Lottes dicken Titten lutschen. Rutschte der Saugende dabei ab und biss beim Nachfassen zu heftig in die rosaroten Tittennuckel, folgten sofort einige heftige Popoklätsche auf den Windelarsch. Das erregte Maitre Igor derart, das Lotte wieder die Windeln wechseln musste. Zur Belohnung bekam der ungezogene Junge das, wofür er eigentlich bezahlt hatte: Eine deftige Tracht Prügel mit der nassen Weidengerte. Zum Abschied wurde der striemige Kinderpopo noch liebevoll mit Bübchensalbe eingerieben und alle waren zufrieden. Wenn der kleine Pullermann dabei auch noch eine halbwegs anständige Erektion zustande brachte, gab es obendrein noch einen Fruchtzwerg gratis.

Gottlob war Lotte von Kindesbeinen an mit Peitschen und Gerten groß geworden. Sie sah in jedem ihrer devoten Gäste ihren alten Wallach Hermann, der sie durch sein störrisches Verhalten schon früh das Züchtigen lehrte.

Es war eigentlich immer das gleiche Spiel. Sie kamen, tranken Tee, redeten viel von Pferdestärken, Aktienpaketen, Geld sowieso, Polo und ihre dusseligen Lohnsklaven. Sie winselten

und bettelten um gnadenlose Züchtigung und andere diverse Dienstleistungen. Um wenig später, sichtlich erleichtert, geschäftig in die nächste Sitzung zu eilen, obwohl sie kaum mehr gehen konnten.
Lotte von Strengheim war unnachsichtig, preußisch gründlich und knallhart. Ihre Teestunden waren das gesellschaftliche Ereignis an Rhein und Ruhr. Hier kochte der Pott wirklich.
Einen Gast hatte sie allerdings, der all die anderen Perversen, wie Lotte ihre gut betuchten Gäste kopfschüttelnd im Stillen nannte, deutlich in den Schatten stellte ...
Hein Petersen aus Poppenbüttel! Hein war ein Leichtmatrose, U-Bootfahrer und kannte das Meer logischerweise mehr von unten. Ein Kerl wie ein Baum, mit Händen groß wie Kohlenschaufeln und einem Rohr wie ein Torpedo. Zugegeben Hein stank immer nach Kautabak, Dieselöl und Rum.
Dafür hatte er himmelblaue, ehrliche Augen und hielt SM - Gummiklinik für eine hanseatische Kreuzfahrtreederei für abenteuerlustige Rentner.
Hein kam zwar nur alle drei Monate, aber wenn er kam, dann kam er gewaltig. Hein hatte nie viel Geld. Er bezahlte immer mit selbstgebastelten Buddelschiffen. Dieser Glücksritter der Weltmeere hatte nur einen Tick: Er träumte davon, ein echter Kap Hoorner zu sein! Koste es, was es wolle! Für ihn war Lotte das tosende Meer, die frischeste Brise, der blasende Sturm und ihre dicken Titten die Inseln von Samoa. Lotte stieg immer erst bei Windstärke 12 ein, denn Heins Sturmbarometer reichte locker bis 69 und mehr. Sie blies ihm nach allen Regeln der Kunst die heißesten Monsunwinde um die Ohren, erzeugte ein Seebeben nach dem anderen und steigerte sich allmählich bis hin zum Orkan. Dabei fluchte Hein wie ein alter Seebär und seine himmelblauen Augen strahlten wie die Leucht-

feuer von Sylt und Kap Arkona zusammen. Er machte sich so steif wie er nur konnte und trotze seinem wie wild blasenden Hoch Lotte. Von einer riesigen, spritzenden Druckwelle um ein Haar über Bord gespült, erwischte er gerade noch im letzten Augenblick Lottes dicke Dinger, schoss seinen letzten Aal ab und grub sich zitternd vor Erregung auf Samoa ein. Wie fast immer verlor er fast die Besinnung, verfluchte alle Klabautermänner vor Kap Hoorn, dankte dem Herrn für die Erschaffung der Samoainseln und schlief selig ein. Nach sieben schlagkräftigen Jahren auf der Königsallee verabschiedete sich Lotte von Strengheim ohne erkennbare psychische Schäden in den wohlverdienten Ruhestand. Sie brach mit dem, was sie beliebt gemacht hatte und hängte ihre berühmte Peitsche an den Nagel der Vergangenheit. Sie kehrte Düsseldorf die begehrte Rückseite zu, begab sich in den Schoß der Bürgerlichkeit und zog unbekannterweise nach Berchtesgaden. Dort vor Ort eröffnete sie unter ihrem Mädchennamen, Lieselotte von Spottwitz, das erste und einzige Buddelschiffmuseum in Oberbayern.

P.S. Hein Petersen allein blieb Lotte treu! In regelmäßigen, druckvollen Intervallen heuerte Hein bei Lotte an und das noch kleine Museum wuchs pö a pö heran. Und war er endlich wieder da, der letzte Stammgast der 7 Weltmeere, dann machte Lotte ihrem Hein eine echte pommersche Spickgans mit reichlich frischem Brot, viel Beck's und noch mehr Rum. Und zum Nachtisch gab es wie immer: Die Reise um Kap Hoorn ......

***

Sekundenlang herrschte Stille. Dann schaute Trudi von ihrem Blatt hoch und schaute Gisbert erwartungsvoll an.

Gisbert grinste und klatschte in die Hände. „Das ist doch große Klasse, mir hat die Geschichte gefallen. Sind die Anderen auch so gut?" „Ich finde sie alle gut, aber es dreht sich nicht immer alles über Freier und Rotlichtmärchen. Sie schreibt auch über Spaziergänge am Meer oder über das Elsternpaar das im Baum vor ihrem Fenster ein Nest baute. Ich glaube sie hat das bürgerliche Leben mehr geliebt, als sie zugegeben hat. Aber wenn du erst einmal so richtig an der Kohle geschnuppert hast, dann ist es wirklich schwer aufzuhören. Ich kenne keine, die den Beruf aus Spaß und sexueller Erfüllung macht. Entweder sie haben einen Luden für den sie ackern müssen, oder sie träumen von einer Boutique. Und dann rinnt dir die Kohle nur so durch die Finger und irgendwann hockst du alt, grau und ohne Zähne beim Sozialamt. Und den Pelz und deine Rolex hast du längst für Kleines an die Sonne getan." Gisbert schwieg und knetete seine Hände! „Trudi, das klingt ja alles sehr ernüchternd! Gibt es keine Alternativen?" „Nee, so naiv bin ich schon lange nicht mehr. Da müsste schon ein Prinz auf einem weißen Schimmel vor der Klappe stehen. Und die mit dreihundert PS aufwärts wollen nur noch ein Pferd mehr im Stall, das die Spielschulden bezahlt. Manchmal habe ich die Schnauze gestrichen voll. Dann möchte ich für kein Geld der Welt mehr im Fenster sitzen. Aber was soll ich machen. Meinst du eine Nutte aus der Herbertstraße würden sie bei Douglas einstellen? Nee, mein Lieber da müsste schon ein mittleres Erdbeben passieren, bevor sich die Spielregeln ändern." Gisbert fühlte sich in diesem Augenblick nicht wohl in seiner Haut. Alles was er jetzt an Argumenten dagegen setzten wollte, wäre inhaltslos. Trudi hatte Recht! „Komm lass uns schlafen gehen, es ist spät geworden.

Vielleicht gibt es ja doch noch einen Weg, das sich die Dinge mit Gottes Hilfe noch zum Guten wenden." „Hör mir ja auf mit Gott, entrüstete sich Trudi. Wenn es ihn wirklich gibt, dann wohnt er bestimmt nicht auf St. Pauli." Als sie aus dem Badezimmer kam lag Gisbert schon im Bett und schnarchte leise vor sich hin. Es dauerte lange bis sie einschlafen konnte. Zu viele Gedanken gingen ihr durch den Kopf. Henry´s Geplapper weckte sie am nächsten Morgen. Gisbert war früh aufgestanden, hatte Kaffee gekocht und frische Brötchen geholt. Mit einem aufmunternden Moin begrüßte er Trudi, reichte ihr einen Becher Bohnes bester Bohne und ermahnte sie endlich aus den Federn zu kommen. „Um 11 Uhr ist doch die Beerdigung! Lass uns frühstücken, ich mag es nicht an solch einem Tag zu hetzen!" „Du hast ja recht, aber können wir, wenn ich mich beeile, noch bei Rosi vorbei fahren? Ich muss unbedingt Henry´s Schlafdecke holen. Die scheint ihm doch sehr zu fehlen!" „Ja von mir aus, aber dann komm auch in die Puschen. Eine knappe Stunde später konnten sie endlich losfahren. In ihrem schwarzen Kleid und ungeschminkt sah Trudi noch trauriger aus. Bei Rosi angekommen hielt Gisbert in der zweiten Reihe während Trudi hastig im Hausflur verschwand. Fünf Minuten später tauchte sie wieder mit der Papageiendecke unter`m Arm und einem Briefumschlag in der Hand wieder auf. Nach Luft ringend ließ sie sich in den Sitz fallen und drückte Gisbert den Briefumschlag in die Hand. „Da! Der lag unter Henry´s Decke. Dürfen wir den öffnen?" „Dürfen wir!" Gisbert öffnete mit seinem Kugelschreiber den Briefumschlag und starrte stumm auf den Briefbogen. Es war Rosis Testament: Alleinige Erbin war Trudi. Alles was Rosi zu Lebzeiten besessen hatte, einschließlich ihrem geliebten Henry vermachte sie ihrer besten Freundin. Verbunden mit der Bitte, das sie sich für sie um eine stilvolle Seebestattung kümmern solle. „Ach du Scheiße!" „Rosi wir haben dir doch schon ein Grundstück gekauft, das sollst du gleich feierlich beziehen." „Daraus wird wohl nichts, seufzte Gisbert. Wie aber bringen wir das Pastor Himmelmann bei?" Zum Glück waren sie früh genug am Friedhof und trafen den Pastor im Gespräch mit dem Friedhofsgärtner. Etwas ungläubig blickte Pastor die beiden Überbringer der Hiobsbotschaft an und ihm entfuhr auch ein: „ Ach du Scheiße!" Was er sofort mit einem "Entschuldigen sie bitte" aus der Welt schaffen wollte. „Und nun?" fragte er etwas verunsichert, wobei er seinen Kopf leicht schräg hielt. „Wir machen alles wie geplant, nur unter die Erde kommt sie nicht!" „O.K. wenn sie meinen, dann geht's gleich los!" Überraschenderweise kam Tante Käthe und in ihrem Schlepptau ein paar Kolleginnen aus der Herbertstraße. Sie hatten ihr kleines Schwarzes angezogen und stöckelten leise plappernd durch den weißen Kies. Es tat gut das Rosi ihren letzten Gang nicht allein gehen musste. Allein das Orgelspiel konnte einem schon die Tränen in die Augen treiben. Pastor Himmelmann hatte die Worte seiner Trauerrede sorgsam gewählt. Er sprach über das Leben auf dem Kiez und versuchte die soziale Verantwortung der Prostitution ein Stück weit ins positive Licht zu rücken. Denn schließlich wäre die Welt voller einsamer Männer und denen täte ein Augenblick Wärme gut! Alle nickten stumm.

Dann setzte wieder die Orgel ein und mit einem kaum hörbaren Quietschen der Hydraulik versank der schlichte weiße Sarg langsam in der Bodenöffnung. Es wurde ein tränenreicher Abschied. Der Tod einer der Ihren ließ keine von ihnen kalt. In dem Moment als Gisbert aufstand um Trudi in seine Arme zu nehmen sah er wie in der letzten Reihe eine dunkle Gestalt hastig dem Ausgang zustrebte und verschwand. Wer war der geheimnisvolle Unbekannte? Es ging einfach zu schnell um die Person zu erkennen, aber Gisbert Domagalla war fest davon überzeugt, das es Monsieur Ede war. Aber warum sollte er hier sein. Und von wem wußte er von Rosis Trauerfeier? Kurz überlegte Gisbert, ob er ihn verfolgen sollte, aber er verwarf diesen Gedanken sofort. Denn wenn es wirklich der Franzose gewesen war, dann hatte Monsieur genug Vorsprung um sich aus dem Staub zu machen. Jetzt konnte er nur noch hoffen, das Dr. Gründlich es endlich schaffte die wichtigsten Informationen zu der Personalie Monsieur Ede von den Kollegen aus Paris zu bekommen. Oder war etwa diese Schweinebacke bei Interpol auch ein unbeschriebenes Blatt? Langsam beruhigten sich die Mädels wieder. Ans Anschaffen war heute nicht zu denken. Auch die Einladung zum Kaffeetrinken wollten sie nicht annehmen. Sie fühlten sich hundeelend und wollten nur noch schnell nach Hause. Pastor Himmelmann kam noch einmal zurück. Er telefoniere mit Käpt´n Lüdewitz. Übermorgen um 12 Uhr hieß es: „Leinen los!" In der deutschen Bucht würde sie dann endlich zur Ruhe kommen. Gisbert und Trudi gingen noch einmal schweigend zu Rosis verwaisten Grabstelle. Sie hatten das Gefühl, als starrte sie das ausgehobene Loch klagend an. Mit leiser Stimme flüsterte Trudi: „So also enden wir alle. Wir kommen aus einem Loch und verschwinden wieder in einem Loch." Dann tat sie etwas, womit Gisbert nicht gerechnet hätte. Sie betete ein fehlerfreies „Vater unser, der du bist im Himmel ..." Auch Gisbert faltete seine Hände und hörte ihr zu. Nach einer stillen Pause fragte er vorsichtig: „Glaubst du doch an Gott?" „Nein, eigentlich nicht! Aber wenn es ihn gibt, dann muss er hier wohnen. Hör doch nur wie die Vögel singen, es ist so friedlich hier. Ich kenn doch nur den Puff und die Kerle mit ihren blöden Sprüchen. Aber der Pastor hatte doch Recht! So manche Mutti wäre doch oft schlecht dran, wenn wir nicht da wären. Meinst du wir kommen auch in den Himmel?" „Bestimmt sogar! Auch im Himmel braucht Gott Sozialarbeiter. Da kannst du ganz sicher sein!" Trudi hakte sich ganz fest bei Gisbert ein und seufzte: „Komm lass uns gehen, ich bin traurig!"

***

Zu hause angekommen beschäftigten sie sich noch ein wenig mit Henry. Obwohl der Vogel noch nicht wieder der Alte war, ging es ihm scheinbar doch etwas besser. Er fraß wieder mehr und schlug auch die mitgebrachten Leckerli nicht mehr aus. Aber das Wichtigste war: Er plapperte wieder ab und zu vor sich hin. Das war ein gutes Zeichen.

Gerade wollte Trudi anfangen zu kochen, da klingelte Gisbert's Handy. Er schaute auf das Display in der Hoffnung das Dr. Gründlich sich endlich meldete. Aber die Nummer war ihm unbekannt. „Ja, Domagalla." „Moin Herr Kommissar, hier ist Frau von Riemenschneider ich habe da vielleicht was für Sie, aber das kann ich nicht am Telefon loswerden. Können sie nicht nach Bremen kommen? Es ist so ungeheuerlich, das ich es gar nicht glauben mag. Das Handy war auf mithören gestellt. Gisbert schaute Trudi fragend an. Sie nickte sofort und Gisbert fragte Frau von Riemenschneider: „Sagen wir in zwei Stunden?" „Einverstanden, aber in meiner Wohnung! Da wird hoffentlich nicht abgehört!" „Nein bestimmt nicht! Ich fahr jetzt gleich los!" „Willst du mitfahren?" Trudi schüttelte den Kopf und meinte sie bleibe lieber bei Henry. „In spätestens vier Stunden bin ich wieder da. Versprochen!" Dann machte er sich auf den Weg. Die Bahn war trocken, der Verkehr hielt sich in Grenzen und die linke Spur war meistens frei. War sie nicht frei, dann machte Gisbert Druck. Ab und zu war so ein Dienstausweis Gold wert! Schneller als geplant, stand Gisbert vor Frau von Riemenschneiders Haustür. Als sie ihm auf sein klingeln hin öffnete, sah sie erleichtert aus. „Schön das sie schon da sind. Kaffee oder Tee?" „Nein danke, lieber ein Wasser." „Herr Kommissar mir ist da was zu Ohren gekommen, was sehr merkwürdig ist! Sie wissen ja, jetzt wo der Chef tot ist, jagd ein Gerücht das andere. Normalerweise höre ich da gar nicht hin, aber was mir unser Lagermeister gestern im Vertrauen erzählte muss ich ihnen erzählen. Herr Ficken hat mehrmals beobachtet wie ein großer dünner Mann abends nach Feierabend mit dem Chef ins Kaffeedepot ging und sich da drei Säcke aus der letzten Lieferung ins Auto lud. Was will jemand mit drei Säcken roher Kaffeebohnen? Dabei unterhielten sie sich in einer fremden Sprache. Herr Ficken ist sich sicher es war Französisch! Herr Bohne sprach doch fließend vier Sprachen. Besonders gut Französisch." Dabei kamen ihr wieder die Tränen und sie schluchzte in ihr blütenweißes Spitzentaschentuch. Gisbert fand in diesem Moment keine Worte des Trostes. Langsam beruhigte sich Frau von Riemenschneider wieder und ihr fiel noch ein, das der Franzose einen neuen schwarzen Mercedes fuhr. Mit einem gelben Nummernschild. „Das sind sehr wichtige Neuigkeiten für unsere Arbeit. Das haben sie gut gemacht und sagen sie Herrn Ficken, das er Morgen früh sofort ins Präsidium gehen und seine Aussage bei den Kollegen machen soll. Das ist wichtig! Sagen sie ihm das. Am besten sie gehen zusammen hin. Wir wollen doch alle das wir die bestrafen, die ihrem Chef das angetan haben." Wieder flossen die Tränen. Diesmal konnte Kommissar Domagalla nicht anders, er nahm die schluchzende Frau von Riemenschneider in seine Arme und ließ sie erst wieder los, nachdem sie sich beruhigt hatte. „Gibt es Videoüberwachung in den Lagerhallen?" „Ja, mit Sicherheit!" „Dann suchen sie die Bänder raus und geben sie gleich morgen früh dem Kommissar!" Frau von Riemenschneider nickte stumm und versprach Gisbert´s Anweisungen zu folgen. Auf dem Rückweg war reger Betrieb auf der Bahn. An ein schnelles Fortkommen war wegen der zwischenzeitlichen Staus nicht zu denken. Diesmal brauchte er eine geschlagene halbe Stunde mehr bis er wieder vor Trudis Haustür stand.

Als er die Wohnung betrat hörte er schon im Flur Henry´s leises Geplapper, das nur von Trudis Schnarchen übertroffen wurde. Gisbert macht sich eine Flasche auf, nahm einen kräftigen Schluck aus der Pulle und ließ sich in in den Sessel fallen. Es war ein schönes Gefühl nach hause zu kommen und das jemand da war. Das tat ihm gut! Kaum hatte er sich einen Augenblick entspannt, da klingelte sein Telefon. Das Display zeigte an, es war Dr. Gründlich. Etwas widerwillig meldete sich Gisbert und ließ sich zu der bissigen Bemerkung hinreißen, das er Urlaub habe und nicht im Dienst wäre. Dr. Gründlich murmelte: "Ja, ja, aber ich habe das, worauf sie schon so lange

warten! Sie werden staunen! Die Kollegen aus Paris haben mir das Dossier über diesen Monsieur Ede, den geheimnisvollen Franzosen geschickt. Er ist in Algier geboren, war ein exzellenter Schüler, wurde hochdekorierter Polizist und Chef der „Brigade de repression du proxenetisme" in Paris. „Was ist das?" „Tja mein Lieber, das ist die Einheit zur Bekämpfung der Zuhälterei." „Oha!" „In dieser Funktion hatte M. Ede immer nur mit Jungens zu tun, die einen auf dicke Hose machten, ihre dicken Geldscheinrollen mit Gummibändern zusammenhielten und ihren Hühnern immer sofort was aufs Maul hauten, wenn sie nicht genug anschafften. Dagegen war Monsieurs Gehalt eher ein mickeriges Taschengeld. Er musste seinen gebrauchten Peugeot in Raten abstottern und die, die er jagte fuhren Ferraris und Lambos vom Allerfeinsten. Da kam er irgendwann ins Grübeln, wurde schwach und wechselte die Seiten. Was sagen sie nun?" „Und was ist mit Drogen?" „Nicht auffällig geworden, aber ich trau der Ratte alles zu. Er kennt ja alle Tricks. Sie haben ihm ja alles beigebracht! Übrigens er hat keinen festen Wohnsitz und ist nur schwer zu Fassen." „Hat er Schwächen?" „Ja, er trägt sehr teure gestreifte Anzüge. Wie heißen die Dinger noch. So welche wie Kanzler "Gib mir mal ne Flasche Bier …" sie immer trug." „Brioni?" „Richtig, Domagalla und er hat immer zwei Kanonen dabei. Eine im Schultergurt und eine unten am Knöchel! Seien sie vorsichtig mein Lieber!"
„Mach ich Chef ! Dann bis die Tage." Diese Nachrichten, waren ein Grund mehr, der Aufforderung des Altkanzlers zu folgen und sich noch ein grünes Fläschchen aufzumachen. Es blieb nicht bei der einen Flasche.

***

Am nächsten Morgen fand Trudi Gisbert schnarchend im Sessel liegen. Auf dem Couchtisch stand eine ganze Batterie 0,5 Beck´s Bier Flaschen. Kopfschüttelnd kochte Trudi den Morgenkaffee. Henry war auch schon aufgewacht und obwohl er im Wohnzimmer war rief er immer so etwas wie: „Da hast du den Salat, da hast du den Salat." Gisbert schreckte hoch und rieb sich verwundert die Augen. „War ich nicht im Bett?" "Nee, du bist im Sessel eingepennt! Bin ich denn so hässlich?" "Nee, nee, aber es war alles soviel die Tage. Ich glaube wir haben gestern einen großen Schritt gemacht. Ich muss mir was überlegen, wie ich den Sausack kriege! Aber erst müssen wir Rosis letzten Willen erfüllen. Morgen bringen wir es hinter uns. Wirst du seekrank?" „Nicht das ich wüsste, aber man weiß ja nie, was für ein Seegang morgen ist. Nach dem Frühstück wurde Henry versorgt und ein wenig mit ihm geschmust. Der Papagei genoss diese Augenblicke. Es half ihm wohl über den Verlust von Rosi hinwegzukommen. Aber mit Trude zu schmusen war bestimmt nicht die schlechteste Medizin. Nach dem Frühstück ging es Gisbert sofort wieder besser und er beschloss den Vormittag allein zu verbringen. Trudi kam das heute Morgen gerade recht, denn es war mal wieder an der Zeit sich intensiv dem Hausputz zu widmen. Sie sagte gedankenverloren: „So ein Saustall." Und schon tönte es aus dem Wohnzimmer: „Saustall, Saustall" „Mach´n Kopf zu alte Nervensäge" rief sie Henry zu. Der plapperte unbeeindruckt weiter „Saustall, Saustall."

Gisbert machte sich auf den Weg. Es kam ihm schon komisch vor, so ohne Trudi an seiner Seite. Doch morgen war Roswithas Seebestattung und danach war sein Urlaub zu Ende. Er wollte sich unbedingt für Trudis Gastfreundschaft bedanken und schwankte zwischen zwei Geschenkideen. So ganz nebenbei hatte er mitbekommen wofür Trudi sich begeistern konnte: Für Bernstein und ihre geliebten kleinwüchsigen, japanischen Bäumchen. Auf einer Visitenkarte an der Kühlschranktür hatte Gisbert die Adresse eines Blumenladens gelesen, der sich auf die Kunst der Bonsai Kultur spezialisiert hatte. Es war ganz in der Nähe vom Jungfernstieg. Das Geschäft lag etwas versteckt in einem Hinterhof und war noch geschlossen. Wahrscheinlich mussten kleine Bäume länger schlafen. Es war erst ab 12 Uhr geöffnet. Gisbert schaute auf seine Blacky. Es war noch Zeit genug einen kleinen Abstecher zu dem An- und Verkauf des 68 igers zu machen. Vielleicht hatte er ja außer seinem Uhrenangebot auch ausgefallenen Bernsteinschmuck im Angebot. Gisbert stieg die drei Stufen hinab und öffnete die Tür. Es roch angenehm nach rotem Libanon und der Strubbelige sah wieder so strunkelig auf dem Kopf aus wie Omma Pöpken unter den Armen. Aber so voll wie er war, er erkannte Gisbert sofort. „Was macht die Swatch? Alles paletti?" Dabei strahlte er übers ganze Gesicht. „Läuft wie ein Döppken!" „Gibt´s auch Bernsteinschmuck? Vielleicht mit interessanten Insekteneinschlüssen?" „Nee, hab ich nicht, aber ich hab was anderes Interessantes. Er griff unter die Ladentheke, holte ein Tablett hervor und zog mit einem Ruck das blaue Samttuch zur Seite. Gisbert´s Herz schlug plötzlich rasend schnell! Er konnte es nicht glauben, vor ihm lag seine geliebte Daytona. Er hat sein Schätzchen sofort an der Macke auf der Tachymeterskala zwischen der 75 und 80 iger Gravur erkannt. Schweigend nahm er die Blacky vom Armgelenk und legte nach einer gefühlten Ewigkeit wieder seine Rolex an. Fast zärtlich schloss er die Faltschließe, die fast nicht hörbar mit einem leichten Schnapp einrastete. Was war das für ein unbeschreibliches Gefühl. Gänsehaut pur! „Und?" schaute ihn der Strubbelige an. „Passt! Wieviel?" „Fünf Mille cash! „Schore?" „Nein keine Schore!" „Kollege, du hast mich angelogen! Ich schreib dir jetzt mal die Watch N° dieser Daytona aus dem Kopf auf und wenn sie stimmt, dann tauschen wir die Uhren. Du bekommst die Blacky wieder und ich behalte die Rolex!" Dann schrieb Gisbert Domagalla genüsslich die Nummer auf einen Zettel und reichte sie dem Ungläubigen. Der verlor mit einem Schlag seine gesunde Gesichtsfarbe und wurde leichenblass. Mit hängenden Schultern murmelte er o.k. und griff hastig nach der Blacky, als Gisbert ihm auch noch seinen Dienstausweis unter die Nase hielt. „Und lass das mit dem Kiffen nach, dann haste auch mehr Durchblick! Glaub mir, ich weiß wovon ich rede!" Gisbert griff über den Tresen, schnappte sich den verstörten Kiffkopp und fragte ihn drohend: „Wer war das?" „Ein Franzose, der hieß glaube ich Pourquoi. So nannte ihn sein Spannmann! Ein öliger Typ mit einem Geiergesicht. Keine angenehmen Leute. Jetzt kann ich meinen Laden zu machen. Was soll ich nur machen?" Hör auf zu kiffen, dann hast du in drei Jahren die Kohle wieder drin!"

Glücklich wie lange nicht mehr, verließ er den Laden und machte sich auf den Weg zum Bonsai Shop. Der hatte inzwischen geöffnet und wen wundert es, eine Japanerin stilecht im Kimono tippelte auf ihn zu und verbeugte sich. Bevor sie etwas sagen konnte zeigte Gisbert auf ein Bäumchen das ihm spontan gefiel. „Der da, der gefällt mir!" „Sehr wohl der Herr, eine gute Wahl!" "Soll ich die Muschelzypresse einpacken?" "Ja gerne, es ist ein Geschenk!" 250 Euro sind zwar viel Geld für so einen grünen Zwerg, dachte er bei sich, aber Trudis Gastfreundschaft war ihm das wert! Und außerdem hatte er seine Daytona wieder. Gab es etwas Schöneres? Gisbert blieb stehen, schaute auf seine Rolex und dachte sich im Stillen: Was ist das alles im Gegensatz zu einem richtigen Zuhause. Du kommst nach hause, schaust nach oben, das Licht brennt und auf dem Herd brutschelt schon das Essen. Du schließt die Tür auf und jemand sagt dir: Schön das du da bist! Das alles hatte er die letzten Tage mit Rosi erfahren dürfen. Sie waren zwar kein Paar, aber es hatte sich die Tage über so angefühlt und Übermorgen erwarteten ihn Frau Oberste - Berghaus und Falstaff.

***

Mit dem eingepackten Bäumchen auf dem Arm machte sich Gisbert wieder auf den Heimweg. Doch nach einigen hundert Metern winkte er sich ein Taxi heran und ließ sich auf die Rückbank fallen. Bei Trudi angekommen schloss er vorsichtig die Wohnungstür auf und ertappte sich dabei, das er an seinen nachbarlichen Albtraum von Frau Oberste - Berghaus und ihren krummbeinigen, fettleibigen Dackel Falstaff denken musste, der sein Leben lang mit Verdi beschallt wurde und wahrscheinlich allein aus diesem Grunde zu einem kleinen, boshaften Bastard geworden war. Trudi war nicht da, aber dafür sah die Wohnung wie geleckt aus. Gisbert stellte sein Präsent auf das Sideboard, bediente sich des Biervorrats und schaltete den Fernseher an. Auf NTV zeigten sie Nachrichten im

Viertelstundentakt und was sie zeigten wäre allein Grund aus der Kirche auszutreten: Überall nur Kriege, Mord und Totschlag und die Gier nach mehr Profit auf Kosten der Schwächsten der Schwachen. Wo war Gott? Was ging bloß in diesen Menschen vor die ihre eigenen Kinder abgöttisch liebten, aber überhaupt keine Skrupel hatten schon unschuldige Schulkinder zu Drogenabhängigen zu machen. Sich in Containern versteckten und per Joystick ganze Großfamilien auslöschten. Doch er kam nicht dazu weiter darüber nachzudenken. In der Tür stand Trudi. „Das ist für Dich, dafür das du mich die ganze Zeit beschützt hast und mir nicht an die Wäsche gegangen bist." Vorsichtig öffnete Gisbert das Präsent und zum Vorschein kam eine Bonsai Mädchenkiefer. „Wow", entfuhr es ihm. Er verbeugte sich kurz und schob ein „Domo origato" hinterher. Völlig überrascht entfuhr es Trudi: „Woher hast du das denn? Das hat Herr Yamamoto immer hinterher zu mir gesagt. Es heißt soviel wie vielen herzlichen Dank" „Ja, ja ich hab auch etwas für dich, es steht auf dem Sideboard!" Trudi riss mit einem Ruck das Geschenkpapier auseinander und stieß ein „Du bist verrückt" aus! Dann fiel sie ihm um den Hals und drückte ihn ganz doll. Du bist wirklich ein ganz, ganz Lieber. Schade, das ich diesen Beruf habe, ich würde dich auf der Stelle heiraten. „Nun mal langsam mit die jungen Pferde!" Dabei versuchte er erfolgreich die ostpreußische Mundart von Großvater Domagalla zu kopieren. Er machte ihr noch ein Kompliment für ihre hausfraulichen Fähigkeiten und ernannte sie feierlich zur "Cleaning woman" des Jahres. Trudi war gerührt. Sie hatte eingekauft. Heute Abend gab es zum Abschied etwas asiatisches: Zarte Hühnchenbrust, Bambussprossen und Reis mit einer extra scharfen

Curry Sauce. Gisbert schaute auf seine Mädchenkiefer und überlegte. „Du Trudi, ich kann mich ja gar nicht um den Baum kümmern." „Und Frau Oberste Berghaus?" „Bitte erwähne diesen Namen nicht! Ich bin schon traumatisiert genug!" „Ich hab es nur gut gemeint!" „Stell dir bloß vor sie putzt, stellt meinen Baum auf den Fußboden und das hinterlistige Dackelviech pisst den Baum an. Ich könnt es nicht ertragen! Beim besten Willen nicht." „Ach, was bist du heute ordinär, aber du hast ja recht. Er braucht viel Pflege und man muss auch mal mit ihm eine Runde sanken." In diesem Moment macht sich Henry bemerkbar: "Piss den Baum an, piss den Baum an" ... Gisbert und Trudi schauten sich an und prusteten los. Es sah so aus, als wenn Henry wirklich auf dem Wege der Besserung war. Gut das der Vogel nicht wußte das morgen Roswithas letzte Seereise war. Na gut dann bleibt der "Asylant" erst mal bei mir und dann sehen wir weiter. Dann verschwand sie in der Küche und bereitete das Abendessen vor. Gisbert überlegte kurz, ob es wohl sinnvoll wäre noch einmal mit Dr. Gründlich Kontakt aufzunehmen. Schnell verwarf er diesen Gedanken wieder. Dafür lag er Sekunden später schlafend im Sessel. Wie lange er geschlafen hatte konnte er beim besten Willen nicht sagen. Er wachte erst wieder auf, als ihm die köstlichen Gerüche der asiatischen Küche in die Nase stiegen. Trudi hatte Viktor Lazlos "Sweet, Soft & Lazy" aufgelegt. „Oder hättest du lieber "Falstaff" gehört?" stichelte sie ein wenig. Gisbert rollte mit den Augen und fuchtelte mit seinen Stäbchen vor ihrem Gesicht herum. Dazu stieß er mit hochrotem Kopf boshaft klingende Kung Fu Laute aus, die Bruce Lee alle Ehre gemacht hätten. Gisbert war so komisch, das Trudi sich beinah an einem Reisbällchen verschluckt hätte. Mit einem guten Schluck Rose wurde der gemeine Störenfried hastig runtergespült. Gisbert konnte sich beim besten Willen nicht erinnern, wann er das letzte Mal so lecker gegessen hatte. Die CD wechselte gerade auf "Champagne and Wine", da zeigte Trudi mit ihrem Stäbchen auf seine Rolex. „Neu? Ich wußte ja gar nicht das du eine Partie hast. Spendables Mädchen. Da kann ich mit meinem Bäumchen ja nicht mithalten. Aber ein paar chice Brilli´s hätten schon dabei sein dürfen!" Gisbert schüttelte energisch mit dem Kopf und dann erzählte er ihr die ganze Geschichte von seiner Daytona. Von seinem Gesparten, von Oma Else, von Habibi, dem Überfall in Wiesbaden und dem glücklichen Ende an diesem Vormittag. Nie mehr im Leben würde er seine Rolex wieder hergeben. Nur über seine Leiche, das hatte er sich geschworen. Es war spät geworden, das gute Essen, der Wein und das Bier hatten müde gemacht. Und mit einem: „Spülen können wir auch morgen," legten sie sich hin und sparten ihre Körner für die Beerdigung auf.

***

Schon am frühen Morgen wurden sie lautstark geweckt. „Piss den Baum an! Piss den Baum an!" rief Gisbert aus dem Wohnzimmer, aber Gisbert lag doch noch im Bett. Sie hatten gestern Abend vergessen den Vogelkäfig zuzudecken. Es war Henry, der quietschvergnügt, nahezu perfekt Gisberts Stimme imitierte und seinerseits munter durch die Gegend plapperte. An Schlafen war nicht mehr zu denken. Appetit zu frühstücken hatten sie auch nicht! Allein einen großen Becher Kaffee schwarz bekamen sie runter. Mit ihren Gedanken waren sie schon an Bord. Bis dahin waren es noch drei Stunden. Schweigend machte sich Domagalla daran seine "Angie" auseinander zunehmen. Ein bisschen frisches Öl würde dem „alten Mädchen" sicherlich gut tun. Henry hatte sich inzwischen beruhigt und knabberte zufrieden an seinen Füßen rum. Ab und zu hackte er überfallartig auf seinem dösigen Plastikkumpel rum und verzog sich danach gut zufrieden in seine Lieblingsecke. Es schien dem Guten schon ein wenig besser zugehen. Das keine ausgerupften Federn mehr im Käfig lagen, war ein mehr als gutes Zeichen. „Hast du den Kranz bestellt?" „Ja, ist alles fertig, auch Henry steht mit auf der Schleife. War doch richtig so?" „Schön das du auch an ihren geliebten Henry gedacht hast. Du bist ein Schatz!" Nachdem "Angie" frisch geölt und wieder zusammen gesetzt war, wurde es auch langsam Zeit sich auf den Weg zu machen. Bei Blumen Binder konnte man bequem auf den Hof fahren und somit entfiel das lästige Parkplatz suchen. Den Kranz zierten sieben Sonnenblumen und auf der Schleife stand:

> „Wenn das Licht erlischt,
> bleibt die Trauer ...
> wenn die Trauer vergeht,
> bleibt die Erinnerung
> an das Licht.

Deine Freunde Trudi, Gisbert und Henry

Gisbert legte den Kranz vorsichtig in den Kofferraum und stieg wieder ein. Langsam ohne Hast rollte das Coupé vom Hof und sie fuhren schweigend zum Hafen. Die "Pidder Lüng" war ein alter umgebauter Krabbenkutter.

Käptn Lüdewitz, ein waschechter Kap Hoorner, hatte in jungen Jahren dreizehn Mal die gefürchtete Meerespassage gemeistert. Zum Dank für soviel Glück in seinem langen Seemannsleben arbeitete er seit Jahren ehrenamtlich bei der Seebestattung. Er sah immer noch schnieke aus in seiner blauen Uniform mit den goldenen Knöpfen. Nur die speckige fünfundfünfzig Jahre alte Kapitänsmütze passte irgendwie nicht dazu. Sehr zum Leidwesen seiner Frau. Aber der Käpt´n schrieb ihr magische Kräfte zu, denn immerhin hatte sie ihn auf allen Reisen beschützt. Von so einer Mütze trennt man sich nicht. Die hielt man in Ehren! Tja, bei der christlichen Seefahrt gab es schon schräge, schrullige Typen. Kaum hatten sie sich miteinander bekannt gemacht, tauchte auch schon Pastor Himmelmann auf. Er kam wie immer mit dem Fahrrad. In seiner rechten Satteltasche steckte Rosis kobaltblaue Urne. Pastor Himmelmann zog das Aschengefäß wie selbstverständlich aus der Satteltasche und drückte es dem verdutzten Gisbert in die Hände. „Übernehmen sie das bitte." Langsam gingen sie die Gangway hinauf, als ein Kleinbus mit quitschenden Reifen um die Ecke bog und ihm entstiegen Tante Käthe und mit ihr sieben Mädels. Sie hatten auch einen Kranz und eine Flasche Korn mitgebracht. Hastig stöckelten sie an Bord und Käpt´n Lüdewitz konnte endlich in See stechen. Es war ein Tag wie geschaffen für eine Seebestattung. Strahlend, blauer Himmel, eine frische Brise und ein leichter Seegang drückte nicht so auf´s Gemüt, wie grauer Himmel und schwere Wolken. Trudi ging zum Käpt´n tuschelte kurz mit ihm und gesellte sich wieder zu den Anderen. Nach einer halben Stunde Fahrt stoppte der alte Kutter und schaukelte sanft auf der Stelle. Pastor Himmelmann sprach noch einmal letzte tröstende Worte über die Verstorbene. Dann durfte Gisbert langsam Rosis Urne dem Meer übergeben. Käpt´n Lüdewitz läutete dazu die Schiffsglocke und die Kränze tanzten auf den Wellen. Ergriffen von der Zeremonie flossen die ersten Tränen und plötzlich stand der Käpt´n am Bug mit seinem Schifferklavier und sprach die verblüfften Trauergäste mit den Worten an: „Eure Rosi hat sich gewünscht, das ihr nicht traurig seid. Sie liebte das Leben, den Puff und die vielen schrägen Vögel, die da so auftauchen. Deswegen singen wir wunschgemäß Rosi zuliebe das schöne Lied von dem schrägsten Seemann, den die christliche Seefahrt je gesehen hat. Ich hoffe ihr kennt den Freier ... Die ersten Töne zwängten sich aus dem alten Instrument und schon hakten sich alle unter.

Kuddel Daddel Du

Kuddel Daddel Du kommt von der Reise
Kuddel Daddel Du jumpt an Land
Kuddel Daddel Du piekfein in Schale
Kuddel Daddel Du ist braungebrannt
Kuddel Daddel Du will nach St. Pauli
Kuddel Daddel Du da ist was los
Kuddel Daddel Du sieht schon die Lichter
Kuddel Daddel Du fühlt sich famos

Tante Käthe ließ die Kornbuddel kreisen, das ölte die Stimme und alle sangen kräftig mit. Pastor Himmelmann sang am Lautesten. Längst waren die Tränen weggewischt, die Augen blitzten wieder, und die Wangen glühten. Denn irgendwie steckt doch in jedem von uns ein bisschen Kuddel Daddel Du. Jetzt konnten alle nicht genug bekommen und eine Zugabe jagte die andere. Dann gab Käpt´n Lüdewitz noch sein Lieblingslied von der Hochseekuh zum Besten. Nach diesem Shanty hatte er als Vierzehnjähriger die Holzplanken diverser Segelschiffe schrubben müssen. Leider kannte keiner den Text und so musste der Gute alleine singen. Die Zeit war wie im Fluge vergangen. Sie hatten gar nicht richtig mitbekommen, das sie schon wieder im Hafen waren. Käpt´n Lüdewitz war jetzt wie Kuddel hoch in Form und lud alle in seine Stammkneipe "Zum fröhlichen Holzbein" ein. Sie lag direkt am Hafen und war so wie man sich eine Seemannskneipe vorstellte. Der Käpt´n bestellte sofort ein Gedeck für alle. Und noch eins für Roswitha, das er Pastor Himmelmann aufdrängte. Dann geschah das, was die anwesenden Seebären schon hundert Mal gehört hatten. Käpt´n Lüdewitz spann Seemannsgarn vom Allerfeinsten. Es war auf seiner dritten Fahrt nach Südamerika auf einem alten Viermaster nach Argentinien. Das Schiff war vollbeladen mit handgeschnitzten Melkschemeln und gebrauchten Pümpeln aus der niederrheinischen Tiefebene. Die schwere See vor Kap Hoorn setzte dem einst stolzen Viermaster so zu, das er eine tödliche Schlagseite bekam und mit bösen Blubbern, Ächzen, grässlichen Knacken und Bersten der Schiffsplanken sank. Allein Käpt´n Lüdewitz überlebte das Inferno. Pfiffig wie er war, knotete er sich aus den umhertreibenden Melkschemeln ein recht passables Floß und schaffte es nach drei entbehrungsreichen Monaten auf die Fidschiinseln. Ein geretteter XXL Pümpel rettete ihm dabei das Leben. Er brauchte den Monsterpümpel nur kurz auf die Wasseroberfläche zuhalten dreimal kräftig zu pümpeln und schon hatte sich ein Fisch festgesaugt. Endlich wieder festen Boden unter den Füßen, nahm er Dank vitaminreicher Kost und einer Schweinefleischkur schnell wieder zu. Er zeugte, als er wieder ganz der Alte war, in drei Jahren sieben Kinder. Als er aber merkte das die Gören keinen Bock hatten Platt zu snacken, klaute er in einer sternklaren Nacht ein seetüchtiges Kanu, stach in See und machte sich aus dem Staub. Nach einer langen Irrfahrt ging er sonnengebräunt und voller Tatendrang in Tasmanien wieder an Land. Plötzlich ging die Tür auf. Eine Frau mit auffällig dicken, fleischigen Oberarmen trat ein, schaute prüfend in die Runde und rief: „Heini, mir verbrennt der Fisch!" Schwerfällig erhob sich der Käpt´n, kniff Trudi ein Auge zu und grummelte sich - das sind hier nicht die Fidschiinseln - in seinen Bart. Dann hakte er sich bei seiner Frau ein und sie schoben ab. Für einen Augenblick herrschte Totenstille, aber dann brach das Gelächter los. Das Alles hätte Rosi bestimmt sehr gefallen. Eines der Mädchen maulte: „Schade, ich hätte so gerne gewusst, was er in Tasmanien angestellt hat!" Tante Käthe bestellte ein Kleinbustaxi mit Ziel Herbertstraße, während Gisbert die Zeche bezahlte, die Käpt´n Lüdewitz in Sorge um den verbrannten Fisch vergessen hatte. Von den Trauergästen unbemerkt hatte er nicht einen Schluck Schnaps getrunken. Die zwei kleinen Bierchen zählten nicht. Bei Trudi sah es schon etwas anders aus. Schnaps konnte sie wohl gar nicht gut ab! Sie wollte nur noch ins Bett. Früh aufgestanden, den ganzen Tag auf den Beinen gewesen der ungewohnte Alkohol, das haut schon mal den stärksten Seemann von den Beinen. Vor einer Zoohandlung hielt Gisbert kurz an, holte für Henry noch ein Abschiedsleckerli und brachte dann auf direktem Wege Trudi heim. Zu Hause angekommen musste er Trudi versprechen sich ab und zu bei ihr zu melden. Dann war sie auch schon auf der Couch eingeschlafen. Henry dagegen war putzmunter und freute sich sehr über sein Leckerli. Was er mit einem „Danke Sir" unterstrich. Gisbert packte seine Tasche, schrieb noch ein großes "Danke" mit Rosis Lippenstift auf den Badezimmerspiegel, löschte das Licht und schloss leise die Wohnungstür hinter sich. Obwohl er so viel PS unter der Haube hatte, verspürte er nicht die geringste Lust die Pferdchen von der Leine zu lassen. Heute war ihm nicht nach Rasen zu Mute. In Düsseldorf wartete ja niemand auf ihn. Und spät in der Nacht schliefen Frau Oberste-Berghaus und ihr Falstaff bestimmt schon. Es war in den letzten Wochen soviel passiert, das musste er erst einmal verarbeiten. Übermorgen würde Trudi wieder im Fenster sitzen und er selbst würde mit dem kriminellen Abschaum kämpfen.

***

Es müsste doch noch etwas anderes geben, als die Arbeit am Rande der Gesellschaft. Aber eines war so sicher wie das Amen in der Kirche: Was Gisbert Domagalla angefangen hatte, brachte er auch zu Ende. Ohne wenn und aber. Trotz der ihm selbst auferlegten verhaltenen Fahrweise war er schneller, als er es sich ausgerechnet hatte. Als er seine Wohnung betrat, ging er ganz spontan als erstes zielstrebig zum Kühlschrank. Gott sei Dank, da war noch ein eisgekühltes Six Pack! Ansonsten herrschte gähnende Leere. Trotzdem: Der Abend war gerettet. Jetzt galt es ab morgen wieder anzugreifen, unbedingt Dr.

Gründlich anrufen, Bericht erstatten und den Fall voranzutreiben, damit endlich die Akte geschlossen werden konnte und die Schuldigen da landeten wo sie hingehörten. Am nächsten Morgen wurde Gisbert jäh aus dem Schlaf gerissen, bevor sein Wecker klingelte. Der Nachbar, aus dem Dachgeschoss hatte sich wohl ein neues Motorrad gekauft. Genüsslich rauchend stand er neben seiner neuen Errungenschaft: Einer dicken, fetten Indian. Der Oldtimer röchelte sich langsam warm. Gisbert mochte Motorräder, aber nicht um sechs Uhr in der Früh. Jetzt war auch noch zu allem Überfluss sein Intimfeind Falstaff aufgewacht und gab kläffend seine Verärgerung kund. Und damit nicht genug. Frau Oberste - Berghaus riss ihr Fenster auf und keifte aus dem dritten Stock verzweifelt gegen die röchelnde, knatternde Indian an. Gisbert machte sich kurz frisch und verließ das Haus in der Hoffnung, das der Kaffeeautomat im Präsidium nicht wieder mal streikte. Von der Indian war nichts mehr zu hören und zu sehen. Den Daimler parkte er wie immer in einer kleinen Seitenstraße. Seine Bedenken waren unbegründet, die Kaffeemaschine lief einwandfrei und auch der Brötchenservice war schon vor Ort. Noch eine halbe Stunde, dann würde auch Dr. Gründlich seinen Dienst antreten. Gisbert verbrachte die Zeit bis dahin mit dem Lesen einer drei Tage alten Bild, die ihm einige Male ein Schmunzeln und dann wieder ein Kopfschütteln abverlangte. Das war also die Pflichtlektüre unserer Volksvertreter, damit sie die Stimmung in der Republik mitbekamen. Denn in Wahrheit hatten sie sich ja schon längst von ihrem Volk entfernt.

***

Punkt Acht Uhr klopfte Gisbert an Dr.Gründlich´s Tür. „Reinkommen" rief der Chef. Als er Gisbert erblickte stand er hinter seinem Schreibtisch auf, fasste Gisbert an die Schultern, schaute ihm fest in die Augen und fragte ihn: „Na, mein Lieber, haben sie sich auch gut erholt?" "Geht so, war wenig Zeit zum Erholen! Aber immer noch besser, als gar keinen Urlaub." Ha Ha Ha. „Tja, mein Lieber, wem sagen sie das. Aber ich habe etwas sehr Erfreuliches für sie. Bei Bohne haben wir doch noch etwas gefunden. An seinem Jogginganzug war ein fremdes Haar. Und raten sie mal wem das gehörte?" Gisbert zuckte mit den Schultern und schob ein keine Ahnung hinterher. „Na, da kommen sie nie drauf! Es gehörte unserem alten Freund Pourquoi, dem Spezi von Monsieur Ede. Der allerdings ist zur Zeit offenbar nicht in Deutschland. Aber wenn er wieder auftaucht, dann müssen wir eine Möglichkeit finden, das wir ihn endgültig kassieren können. Lassen sie sich was einfallen, ich zähl auf sie mein Bester. Brauchen sie noch Geld?" Gisbert schüttelte den Kopf. „Es gibt noch keinen neuen Pokertermin. Wenn, dann melde ich mich. Das letzte Mal habe ich ja kein Minus gemacht. Unsere Kriegskasse ist noch gut gefüllt." "Das muss auch so bleiben, sonst kriegen wir Ärger. Na machen sie schon, das sie rauskommen, ich hab Termine!" Kommissar Domagalla verließ das Büro und suchte die Kantine auf. Ihm war jetzt unbedingt nach einem Frühstück zu Mute. Wieder einmal mehr kam ihm das hektische Gerenne und die Aufgeregtheit der Kollegen als nicht erstrebenswert vor. All das hatte etwas von dem legendären Hamsterrad in dem alle steckten.

Das Frühstück war wie immer reichhaltig und gut. Danach machte Gisbert sich wieder auf den Heimweg, erledigte zwangsläufig noch ein paar Einkäufe, damit sein Kühlschrank ihn nicht mehr klagend leer anstarrte. Es war einfach ein beruhigendes Gefühl, wenn außer Bier noch Käse, Wurst, Marmelade und Toastbrot greifbar waren. Und für alle Fälle hatte er sich noch eine Portion Sahne Heringsfilets gekauft. Dazu ein Kilo frische Kartoffeln und einen frischen Apfel. Den würde er zum Heringsfilets kleinschneiden und dazugeben. Das wollte er mal ausprobieren, damit er etwas kochen konnte, falls Rosi mal überraschend zu Besuch käme. Mit Spiegeleiern auf Brot war wohl kein Staat zu machen! Das gerade eingekaufte Bier war noch nicht kalt genug um es zu trinken. Da war es wohl besser sich noch ein Kaffee aufzubrühen. Schließlich ging es darum, konzentriert die Pinnwand zu überarbeiten und die neuen Erkenntnisse mit einfließen zu lassen. Wenn er damit fertig war, würde auch das Bier kalt sein. Wenn auch in den neuen Fernsehkrimis Hightechmethoden zur Spurensuche herangezogen wurden, Kommissar Gisbert Domagalla setzte weiterhin auf Fotos, Papier, Nadeln und seinen Edding. Er brauchte keine Acryltafel oder anderen modernen Schnickschnack. Ihm reichte seine mit unzähligen Einstichlöchern übersäte Rauhfasertapete. Auf diese Art und Weise wurde bis jetzt noch immer jeder Fall gelöst. Er war noch dabei seine Nadeln zu suchen, da klingelte es. Gisbert ahnte Böses: Er schaute durch den Spion und seine Befürchtung wurde war: Frau Oberste - Berghaus und Falstaff standen vor der Tür. Er überlegte kurz, ob er nicht öffnen sollte. Doch dann entschied er sich anders. „Herr Domagalla könnten sie vielleicht zwei Stunden auf meinen Liebling aufpassen?

Ich muss zum Arzt und habe doch sonst niemanden." Gisbert wollte schon lügen, er müsse zum Dienst, besann sich dann doch eines Besseren. „Ja das geht in Ordnung, komm rein Falstaff!" Falstaff knurrte. An diesem Morgen erschien ihm seine Nachbarin klein, blass und zerbrechlich. Das weckte wohl in ihm sein Helfersyndrom und zur Not konnte er den krummbeinigen Quälgeist immer noch ins Badezimmer sperren. Falstaff tat das, was alle Hunde dieser Welt tun, wenn sie Neuland betreten. Schnüffelnd machte er sich daran Gisbert´s Wohnung zu erkunden. Nach einer Weile stand das boshafte Dackeltier wieder knurrend und zähnefletschend vor ihm. Schweren Herzens hielt Gisbert ihm seine halbe Fleischwurst vor die Nase und endlich war Ruhe. Falstaff verkroch sich vorsichtshalber unter dem Küchentisch und aus dem bedrohlichen Knurren wurde ein zufriedenes Schmatzen. Dann war es ruhig. Vorsichtig zog Gisbert die Küchentür zu, ließ sich erleichtert in seinen Sessel fallen und atmete tief durch.

Gisbert hoffte sehnsüchtig das es an der Tür klingelte und Frau Oberste - Berghaus endlich ihren verfressenen Dackel abholen würde. Aber weder die Klingel, noch Falstaff gaben einen Laut von sich. Es herrschte eine Grabesstille. War sein Intimfeind etwa an der Fleischwurst erstickt? Dann könnte er sich gleich eine neue Wohnung suchen. An seinen Kühlschrank konnte er jetzt nicht, dann würde das Hundemonster aufwachen oder er fände vielleicht einen toten Dackel unter dem Küchentisch. Während er noch dabei war, alle Möglichkeiten im Kopf durchzuspielen klingelte es plötzlich. Sofort kratzte und bellte Falstaff wie blöde an der Küchentür. Gott sei dank er lebte noch! Schnell ließ ihn Gisbert raus und öffnete die Wohnungstür. Vor ihm stand eine glückliche Nachbarin, während der degenerierter Köter ihr die Strümpfe zerkratzte. Als Dankschön für´s Aufpassen hatte sie eine Tüte Bremer Kluten mitgebracht. Verdutzt schaute Gisbert auf die Kluten. Bevor er danke sagen konnte, hakte Frau Oberste - Berghaus nach: „Wären ihnen Mozart Kugeln lieber gewesen?" „Nein, nein das ist schon genau das Richtige!" Dann schoben die Beiden ab. Endlich konnte Gisbert das tun, was er sich für heute vormittag vorgenommen hatte: Eine neue Strategie entwickeln und Bier trinken. Gisbert nahm einen tiefen Schluck und legte seine weißen, unbeschrifteten Kartons aus.

Nach und nach beschriftete er sie mit den Namen derer, mit denen er im Laufe seiner Ermittlungen Kontakt hatte. Die Toten Habibi, Bohne, Keci und Pourquoi bekamen ein Kreuz. Alle Anderen teilte er in Soldaten und Offiziere auf. Als er drei Schritte zurücktrat und sich die an die Wand gehefteten Karten ansah, schaute er auf eine Pyramide mit einer Doppelspitze. Sein Bauchgefühl sagte ihm, das Kolja und Envar Hotic ganz oben standen. Hatte Kolja sich seine Vita selbst gebastelt und sein Vermögen in Wirklichkeit nicht mit Öl, Erdgas und in der Schwerindustrie gemacht? War er ein Boss der „Diebe im Gesetz", einer russischen Mafia Gruppe? Wurde er noch heute von ganz oben gedeckt, weil er KGB und Polizei gut geschmiert hatte. Wenn es so war, dann war Monsieur Ede sein ranghöchster Soldat. Waren das die Fakten? Gab es am Ende gar keine Falschspieler Bande. War all das nur zum Schein inszeniert? Ein geniales Ablenkungsmanöver? War Bohne ein Opfer seiner Spielleidenschaft? Stand er bei Kolja so in der Kreide, das er erpressbar wurde? Kam so der weiße Schnee, gut versteckt in Bohne´s

Kaffeesäcken in die Nasen der Reichen und Schönen? War auch der Koks aus Burma nur Mittel zum Zweck damit die Kolumbienroute nicht in die Schusslinie geriet? Konnte es sein das Keci die Ziege zuviel wußte und sich deshalb aufhängte. Oder reichte Koljas Arm so weit, das Keci in seiner Zelle aufgehängt wurde? Wollte Bohne reinen Tisch machen? Dann war Pourquoi nach getaner Arbeit nur ein lästiger Zeitzeuge. Es gab nur eine Möglichkeit die Wahrheit herauszufinden: Er musste unbedingt Monsieur Ede verhaften! Auch auf die Gefahr hin das er keinen Ton sagen würde. Dann könnte man noch immer das Gerücht streuen, er hätte geplaudert. So würde die Gegenseite auf jeden Fall nervös. Das wäre einen Versuch wert! Aber wie? Gisbert öffnete seine dritte Flasche und beschriftete neue blütenweiße Karten mit den Lastern und anderen Eigenschaften der Verdächtigen. Viel war das nicht. Im Grunde lebten die Soldaten sehr bescheiden. Es sah so aus, das von denen keiner es wagen würde etwas zu tun, was ihrem Boss schaden würde. Aber es musste doch eine Möglichkeit geben. Irgendwann und irgendwo war doch jeder verwundbar und entblößte seine verwundbare Stelle. Diese zu finden, darauf kam es jetzt an. Vielleicht kam ihm ja auch noch Kommissar Zufall zu Hilfe. Aber es blieb auch nicht mehr viel Zeit. Die da oben wollten endlich Erfolge sehen. Dr. Gründlich wurde von oben getreten und dann würde es nicht mehr lange dauern, bis auch der Chef weiter nach unten trat. So war es immer und so würde es auch immer bleiben. Angewidert drehte sich Gisbert um, steuerte den Kühlschrank an und gönnte sich noch eine der grünen Flaschen. Unten vor dem Haus blubberte die Indian in den wohlverdienten Feierabend, nebenan kläffte Falstaff. Dagegen kam sogar

Maria Callas als Violetta nicht an. Es war einer der Abende, an dem man sich im Stillen dachte: Was soll das? Aber der Ehrgeiz, das zu Ende zubringen, was man angefangen hatte war noch da. Noch brannte das Feuer in ihm! Er wollte es allen noch einmal zeigen. Sein Kühlschrank war gut gefüllt, aber trotzdem verspürte Gisbert Lust auswärts zu essen. Es machte ihm keinen Spaß sich in die Küche zu stellen um für sich alleine zu kochen. Aber gegen einen Abstecher zu Don Alfredo hatte er nichts ein zuwenden. Gerade wollte er sich fertig machen da klingelte sein Handy. Es war Trudi: „Monsieur war da!" „M. Ede?" „Wer sonst?" Sie war total durch den Wind und Gisbert musste sie erst einmal beruhigen. Nach und nach verstand er, worum es ging. M. Ede tauchte bei Trudi in die Herbertstraße auf und verlangte von ihr, das sie es ihm besorgte. Genau so wie er es von Rosi gewohnt war. Geistesgegenwärtig schnallte Trudi die Situation. Sie machte dem französischen Ekelpaket irgendwie klar, das sie non Lackklamotten hätte, non High Heels oder ob ihn Ballerinas geil machen würden?" „Merde", fluchte Monsieur! „Pardon, außerdem wird Rosis Kabinett von der Polizei erst am Donnerstag freigegeben. Schließlich sei ihre Kollegin umgebracht worden." So bediente sie geschickt die Gerüchteküche. Aber Freitag ab 24 Uhr dürfte er gerne wiederkommen. Sie würde sich jetzt schon darauf freuen ihn nach Strich und Faden zu verwöhnen. Gegen sie wäre Rosi eine sanftmütige Kindergärtnerin gewesen. Unzufrieden und Merde, Merde fluchend schob M. Ede wieder ab. Nicht ohne noch zu drohen. „ Wenn du mich linkst zerschneide ich dir dein „übsches" Gesicht. Dabei zog er sein Stiletto aus der Tasche und ließ kurz die Klinge heraus springen. „Ich hab richtig Schiss!" „Und nun?" „Nächsten Freitag, wenn ich den Arsch am Kreuz gefesselt habe und ihm Saures gebe, kannst du ihn ohne Risiko kassieren." „Trudi, das ist genial! Sobald ich kann, komme ich nach Hamburg und wir sprechen alles durch." Plötzlich stammelte Trudi ihr Akku sei leer, dann war sie weg. Gisbert dachte, was für eine genialer Plan! Jetzt ist der Sausack reif! Das einzige Problem war, wie kam Trudi unbeschadet aus der Aktion heraus? Aber für Gisbert Domagalla gab´s keine Probleme, es gab nur leichte und schwere Aufgaben! Die galt es nun schleunigst zu lösen! Wieder klingelte das Handy. Ein kurzer Blick auf das Display zeigte an, das es nicht Trudi war. Es war Kolja! „Na, alter Schwede, wo steckst du mein Freund? Gisbert überlegte kurz und antwortete wahrheitsgemäß: „In Düsseldorf!" „Das ist gut! Ich habe Hunger und möchte nicht alleine essen. Verstehst du? " Gisbert konterte: „Das trifft sich gut, ich esse auch nicht gern alleine. Wo?" „Sagen wir in einer halben Stunde bei "Don Alfredo" in der Nähe der Innenstadt. Aber sei pünktlich!" „Kenn ich!" Gisbert überlegte was Kolja wohl von ihm wollte. Vorsichtshalber steckte er Angie ins Holster. Dann machte er sich auf den Weg.

Als er um die Ecke bog war die Außenbeleuchtung Pizzeria ausgeschaltet und an der Tür hing eine Schild: "Geschlossene Gesellschaft". Gisbert betrat das Lokal mit gemischten Gefühlen. Don Alfredo war nicht zu sehen. Dafür kam Kolja aus der Küche, breitete seine Arme aus und begrüßte ihn mit einem: „Da bist du ja mein Freund! Komm setzten wir uns. Plötzlich tauchte auch Don Alfredo auf und auf einen Wink Koljas, schloss er ab. So als wäre nichts passiert, studierten die Beiden stumm die Speisekarte bis sie sich entschieden hatten. Kolja bestellte sich eine Riesenportion Calamaretto und einen Weißwein. Gisbert hatte keinen Appetit auf Tintenfisch und entschied sich für eine Frutti di Mare und einen Rosé. Don Alfredo deutete einen Bückling an und verschwand wieder in der Küche. Kolja stützte seine Ellbogen auf den Tisch, legte den Kopf in die riesigen Hände und schaute Gisbert schweigend an. Dann fragte er: „Kennst, du einen Dr. Gründlich?" Gisbert blieb nicht viel Zeit zum überlegen! Er schaltete blitzschnell und bejahte Kolja's Frage mit einem deutlichen Ja! „Und weißt du auch was dieser Dottore macht?" „Ja, der ist bei der Schmiere und hat einen Arsch voll Schulden und braucht immer Geld. Was meinst du wohl, von wem ich die Knarre habe?" Dann zog er Angie aus dem Holster und hielt sie Kolja unter die Nase. „Ist das die Gefeilte?" „Die ist das!" „Meinst, du er eignet sich zum Maulwurf?" „Wenn du ihn gut fütterst! Er hat nämlich eine sehr anspruchsvolle Braut." „Nimm mir das nicht übel Alberich, aber der Don hat dich neulich hier mit dem Dottore gesehen. Und den Dottore hat er im Präsidium bei einem Polizeifest gesehen wie er eine Rede hielt. Alfredo hat dafür das Catering gemacht. Du siehst, die Welt ist klein. Jetzt wo ich weiß das du sauber bist, musst du was für mich tun: Mach mir ein Date mit deinem Doktor. Sag ihm ich wüsste was im Puff in Bogota passiert ist. Wir machen auch ein paar schöne Fotos vom Doktorchen und mir. Dann sehen wir weiter." „Wann?" „Sobald wie möglich!" „Geht in Ordnung, ich kümmere mich darum." Damit war das Thema vom Tisch. Das Essen kam und danach redeten sie nur noch über das, was Männer am meisten interessierte: Fette Kohle, dicke Autos, blutjunge Hühner und Glücksspiele aller Art. Über Rosis Beerdigung, Bohne und Keci die Ziege verlor Kolja kein

Wort. Mit seinem dröhnenden Bass rief er in Richtung Küche: „Il conto, per favore", lobte das Essen, tätschelte Don Alfredos Wange und entlohnte ihn mit einem fürstlichen Trinkgeld. Der Don spendierte noch eine Runde Espresso. Kolja fragte noch: „In zwei Wochen ist wieder Zocken in Pöseldorf, bist du dabei?" „Darauf kannst du einen lassen! Wir sehen uns." Zwei Straßen weiter hatte offensichtlich jemand auf dem Bürgersteig sein altes Sofa entsorgt. Dieser stummen Einladung konnte Gisbert nicht widerstehen. Er ließ sich in die ausgebeulten Polster fallen und schnaufte erst einmal durch. Es war still in dieser Seitenstraße, fernab vom Trubel der Altstadt. Was würde Dr. Gründlich sagen? Kolja war ein Profi. Mit einem Mikro am Körper vom Doktor war da nichts zu machen. Den Treffpunkt verwanzen erschien schon eher machbar, aber am sichersten erschien ihm ein Richtmikrofon. Schwerfällig schälte sich Domagalla wieder aus dem Sofa und machte sich auf den Heimweg. An diesem Abend schaute er sich mehrmals um, machte einen kleinen Umweg und wartete zehn Minuten vor seiner Haustür auf der gegenüberliegenden Straßenseite. Alles blieb ruhig, nichts Verdächtiges was ihn beunruhigen könnte war ihm aufgefallen. Erleichtert betrat er den Hausflur. Lange hatte er nicht mehr dieses Gefühl der Sicherheit in den eigenen vier Wänden genossen.

***

Sein erster Gang führte ihn zum Kühlschrank. An abschalten war nicht zu denken. Auch wenn die Herachie innerhalb der Verdächtigen klar schien, wer hatte ihm den Stinkefisch geschickt? Es hatte wohl keinen Zweck da im

Dunkeln rumzustochern. Das wäre sinnlos verpulverte Energie. Domagalla holte sich noch ein Bier, setzte sich vor den Fernseher und legte die Füße hoch. Es lief ein Klassiker der Filmkunst: "Sein oder Nichtsein" von Ernst Lubitsch. Genau das Richtige um wieder runterzukommen. Der Film war gerade angefangen und die Polen wunderten sich was der "Führer" in Warschau machte. Bis ein kleiner Junge den "Führer" fragte: „Herr Tura kann ich bitte ein Autogramm haben?" Der vermeintliche "Führer" war in Wirklichkeit der Schauspieler Joseph Tura, der mit diesem peinlichen Auftritt eigentlich seine schauspielerische Überzeugungskraft testen wollte. Diese freche, köstliche Komödie ließ ihn für kurze Zeit alles andere um ihn herum vergessen. Schade nur, das Trudi nicht bei ihm war. Am nächsten Morgen wachte Gisbert nicht in seinem Bett auf. Offensichtlich war er nach dem Film auf der Couch eingeschlafen. Das erste was er an diesem Morgen erblickte waren sechs Flaschen Bier, deren grünes Glas ihm giftiger den je erschien. Einen Augenblick schaute er sich das Stillleben vor seinen Augen an, dann rappelte er sich mühsam auf. Es gab doch einen großen Unterschied zwischen Couchkissen und Federkernmatratze. In diesem Moment war er sich sicher: Eine Flasche weniger und er hätte es noch bis zum Schlafzimmer geschafft. Jetzt konnte er nur hoffen, das eine heiße Dusche ihn wieder fit machen würde. In der Zwischenzeit konnte ja schon einmal der Kaffee durchlaufen. Auch das würde ihm helfen, wieder einen klaren Kopf zu bekommen. Den brauchte er unbedingt, wenn er gleich Dr. Gründlich das berichten würde, was gestern Abend bei Don Alfredo´s geschlossener Gesellschaft abgelaufen war. Parallel dazu mussten sie eine gemeinsame Strategie entwickeln um Trudi zu schützen. Endlich standen Monsieur Ede und Kolja auf der Abschussliste! Wenn alles optimal lief, könnten sie in ein paar Tagen endlich die Ernte einfahren.

Dusche und Kaffee wirkten wie eine Wunderwaffe. Dieses nervige Tack Tack Tack unter der Schädeldecke war plötzlich wie weggeblasen und Gisbert war wieder frisch im Kopf, als hätte er die ganze Nacht nur Mineralwasser getrunken. Gleich beim ersten Anruf kam er durch: „Gründlich," schnarrte es etwas gereizt am anderen Ende der Leitung. „Guten Morgen Chef, es gibt brandheiße Neuigkeiten, können wir uns gleich sehen?" „Wann und wo" fragte Dr. Gründlich. „In einer Stunde an der alten Stelle bei den Rheinwiesen?" „Ja, ja , aber wehe es ist blinder Alarm, dann reiß ich ihnen den Kopf ab," bellte der Chef zurück. Gisbert war sich sicher, das sein Kopf dran blieb. Völlig entspannt fütterte er seinen Toaster mit den ersten beiden Scheiben und schütte sich zufrieden den zweiten Becher Kaffee ein. Im Treppenhaus kläffte Falstaff und Frau Oberste - Berghaus ermahnte ihren Liebling vergebens das Maul zu halten. Vor dem Haus stand wie fast jeden Morgen der Nachbar von oben, rauchte und ließ seine Indian warmblubbern. Gisbert ging es trotz der durchgezechten Nacht wieder gut, hatte aber keine Lust zu Fuß zu den Rheinwiesen zu laufen. Wozu stand der Daimler um die Ecke? Es war ja nicht nötig, ihn demonstrativ vor den Augen seines Chefs zu parken. Kaum waren seine Nachbarin und ihr Dackel aus seinem Blickfeld entschwunden, machte sich Kommissar Domagalla auf den Weg. Als er aus der Haustür trat fuhr die Indian gerade weg und hinterließ einen herrlichen unverfälschten Benzingeruch. Den zog sich Gisbert voll in die Nase, so lecker roch es nach Freiheit. Im Grunde war es ja nur einen Katzensprung bis zu den Rheinwiesen. Trotzdem nahm er den Wagen. Gerade angekommen, musste er auch gar nicht lange warten bis Dr. Gründlich auftauchte: "Schießen sie los, ich höre," raunzte er. Ruhig und ohne Emotionen erzählte Kommissar Domagalla von Trudi`s Anruf, von dem Treffen mit Kolja und das dieser unbedingt ein Date mit Dr. Gründlich wollte. Natürlich musste Gisbert seinem Chef beichten was er Kolja alles über ihn erzählt hatte. Dr. Grünlich schwieg einen Augenblick und meinte wohlwollend: „Domagalla, sie sind ein cooler Hund! Geben sie mir 2 Tage Zeit, dann sage ich ihnen wie wir es machen! Sie können sich ja auch inzwischen was einfallen lassen! Wir sehen uns." Dann stand er auf, drückte ihm die Hand und ging zurück zu seinem Dienstwagen.

Gisbert blieb noch eine Weile sitzen, genoss zufrieden das Glitzern der Sonnenstrahlen auf den Wellen des Rheins und war sich in diesem Augenblick sicher, das er diesen Kampf gewinnen würde! Aber was kam danach? Mit Sicherheit war dann Schluss mit der Zockerei. Sollte er sich dann schon wieder in das nächste Abenteuer stürzen? Nein, er hatte kein Burn out! Aber er konnte sie nur nicht mehr ertragen, diese miesen Visagen, ihre dämlichen Sprüche, ihre perversen Spielchen, ihre menschenverachtenden Geschäfte. Zu lange war er schon ein Teil dieser verkommenen Unterwelt. Er sprach ihre Sprache, er spielte ihre Spiele um sich irgendwann seine Maske runterzureißen und ihnen lachend entgegen zu brüllen: „Ich bin nicht euer Alberich! Ich bin ein Bulle! Ein Schnüffler! Euer Todfeind!" All diese Gedanken schossen ihm durch den Kopf, während vor seinen Augen der Rhein wie seit Jahrtausenden ruhig seine Bahnen zog.

Für ihn war die Zeit der einsamen Helden endgültig vorbei. Er schaute blinzelnd auf seine heiß geliebte Daytona: Es war Punkt Zwölf. High Noon. Ein kleiner Imbiss konnte jetzt nicht schaden. Eine halbe Stunde Fahrtzeit von Düsseldorf entfernt kannte er eine Würstchenbude, die eine Currywurst machte, die ihresgleichen suchte. Ein Grund mehr mal wieder richtig den Bleifuß auszupacken. Ein wenig schien die Hektik des Alltags für einen Augenblick inne zu halten. Es war Mittagspause und die Düsseldorfer suchten die Cafés, Imbisse und Parkbänke auf um für einen Augenblick der Künstlichkeit ihrer Arbeitswelt zu entfliehen und um ihre Sehnsucht nach Tageslicht zu befriedigen. Erst als Gisbert den Motor startete, waren all diese Gedanken wie weggewischt. Er ordnete sich in den laufenden Verkehr ein, funktionierte vorschriftsmäßig nach der STVO und erst als er die Autobahnauffahrt hochfuhr, das Gaspedal durchdrückte und auf die Bahn schoss, schüttete sein Gehirn sämtliche Glückshormone aus, die dafür sorgten, das sich seine Energiepotenziale langsam wieder aufluden. Keine zwanzig Minuten später stand er da wo er hinwollte. "Pelles Wurstbar" war längst kein Geheimtipp mehr. Gut das heute kein Sonntag war, denn sonst müsste sich Gisbert anstellen. Am Wochenende war dies ein beliebter Treffpunkt für Motorradfahrer. So bekam er seine Currywurst mit extra scharfen Ketchup und Pommes ohne Wartezeit. Sie schmeckte wie immer köstlich. Ein Grund mehr sich noch einmal dieselbe Portion zu bestellen. Diesmal gönnte er sich aber noch ein eiskaltes Bier dazu. Auch nicht schlecht, dachte sich Gisbert. Du gehst morgens zur Arbeit machst deinen Laden auf, locker um Zehn, die Kunden kommen, freuen sich auf ihre leckere Wurst, zahlen und sind glücklich.

Das wäre doch was! Das Klingeln seines Handys riss ihn wieder aus seinen Tagträumen. Dr. Gründlich war dran. „Domagalla, es ging schneller als ich dachte: Sie fahren jetzt nach Hamburg, damit sie schon mal vor Ort sind. Wir machen das zusammen mit dem Hamburger MEK. Und lassen sie sich die Haare schneiden, unter der Sturmhaube wird ist es schnell warm. Ha Ha Ha. Ihr Verbindungsmann ist Hauptkommissar von Karajan, der dirigiert sie dann. Ha Ha Ha. Ich schick ihnen alle Daten rüber. Wissen sie Domagalla, diesmal wäre ich auch gern dabei, wenn sie Monsieur die Eier lang ziehen. Ha ha ha. Aber was bin ich geworden? Ein Bürohengst der nur im Stall steht. Sagen sie was Domagalla!" „Kaufen sie sich doch ein Segelboot, dann haben sie frische Luft ohne Ende" „Nicht schlecht, aber meine Frau wird immer seekrank!" Diesmal lachte Gisbert und äffte seinen Chef nach: „Ha Ha Ha" „Ha Ha, hauen sie schon ab nach Hamburg und grüßen sie mir den Silbersack!" Dann blieb das Handy stumm.

***

Gisbert tankte vorsichtshalber voll und machte sich sofort auf den Weg zurück nach Düsseldorf. Sollte er Trudi anrufen oder sie überraschen? Er entschied sich für Letzteres. Diesmal hatte er Glück. Vor dem Haus war alles frei. Im Treppenhaus war es fast beängstigend still. Kein Falstaff, keine Frau Oberste - Berghaus. Es dauerte nur ein paar Minuten, dann war die Sporttasche gepackt. Diesmal musste Angie zu hause bleiben. Gisbert schob seine „offizielle" Walther ins Holster. Nicht ohne sich vorher zu vergewissern, ob sie auch geladen war. Alles war in bester Ordnung. Als er wieder aus der Haustür trat kümmerte sich gerade eine diensteifrige Politesse intensiv um sein Auto. Erst sein Dienstausweis setzte dem Treiben ein Ende. An diesem Abend war ausnahmsweise die Innenstadt nicht verstopft. Da wo sonst um diese Zeit Stoßstange an Stoßstange standen, war Platz ohne Ende. Auf der A1 angekommen dämmerte es ihm langsam: Heute Abend war Champions League die Bayern spielten. Für Gisbert eher uninteressant, außer die Königlichen aus Madrid würden ihnen mal richtig einen einschenken. Trotzdem konnte er es sich nicht verkneifen, die Sportübertragung einzuschalten. Die Bahn war trocken, die Bahn war leer, ein Grund mehr dem Daimler mal wieder richtig ins Kreuz zu treten. Es war berauschend zu sehen wie die Drehzahlmessernadel vor seiner Nase hin- und hertanzte. Obwohl die Bahn frei war, die extrem hohe Geschwindigkeit erforderte ein äußerstes Maß an Konzentration. Gisbert Domagalla meisterte das mit einer schon buddhistischen Ruhe. Ein durchschnittlicher Fahrer wäre mit soviel Power im Gepäck mit Sicherheit überfordert. Ein kurzer Blick auf seine Daytona verriet ihm, das er mehr als gut in der Zeit lag. Er könnte es noch schaffen, Trudi zu überraschen bevor sie das Licht ausmachte. Auf den letzten Kilometern packte er noch einmal den Bleifuß aus. Nur gut, das es immer geradeaus ging. Es war zwei Uhr, als Gisbert vor der Davidwache vorfuhr. Der dicke Wachtmeister erkannte Gisbert sofort wieder und versprach ihm auf sein Geschoss aufzupassen. Die letzten Meter zur Herbertstraße taten nach der langen Fahrt gut. Es hatte den Anschein, das es eine ruhige Nacht würde. Hoffentlich war Trudi noch da. Als er um die Ecke bog, sah er ihr verdunkeltes Fenster. Enttäuscht wollte er wieder umkehren, da sah er, wie Trudi aus dem Haus kam. Mit schnellen Schritten ging er auf sie zu und stand wie aus dem Nichts vor ihr. „Moin mien Deern," weiter kam er nicht. Trudi blickte ihn ungläubig an und fiel ihm um den Hals. „Das ist ja mal eine Überraschung! Weißt du ich bestell mein Taxi ab und lad ich dich zum Essen ein! Gehen wir zum Chinesen?" „Gut das machen wir!" Puh, heute Nacht war tote Hose. Nur Tittenfreier unterwegs. Keinen müden Euro in der Tasche. Da hätte ich ja gleich bei meinen Bonsais bleiben können und ihnen die Geschichte vom Camembert erzählen können, der nicht weich werden wollte. Schön das du da bist! Ich freu mich." Dann hakte sie sich unter und drückte sich fest an ihn. Schweigend gingen sie zurück zur Davidwache, wo sich die Kollegen gegenseitig mit ihren Smartphones vor Gisbert´s Daimler fotografierten. Der Dicke erkannte Trudi und konnte es sich nicht verkneifen: „Jetzt versteh ich!" Gisbert konterte lachend: „Du verstehst gar nichts! Die Dame hat Personenschutz!" Alle lachten. Dann trollten sie sich wieder in die Wache.

Gisbert hielt Trudi die Tür auf und sie fuhren nach St. Georg zum Chinesen. „Wie geht es Henry?" „Der wird immer frecher, aber sonst geht`s ihm gut. Ich rede viel mit ihm und ab und zu lese ich ihm auch was vor. Dann legt er seinen Kopf ganz schief auf die Seite und tut so, als würde er alles verstehen. Er ist wirklich ein komischer Vogel. Aber ich freue mich jeden Tag wenn ich aufwache oder von der Arbeit nach hause komme, das er da ist. Besonders dankbar ist er, wenn ich ihm seinen Nacken kraule. Ich gebe ihn nie mehr her!" „Das wäre auch zu schade!" pflichtete er ihr bei. Hinterm Schauspielhaus fuhr gerade jemand aus einer Parkbucht und so hatte sich die nächtliche Suche nach einem Parkplatz schon erübrigt. Bis zum Chinamann waren es nur ein paar Schritte. Das Dim Sum Haus im Herzen von Hamburg gab es seit 1964. Es war das älteste seiner Art in der Hansestadt. Trudi war im Dim Sum ein gern gesehener Gast.

Freunde von Trudi feierten Junggesellenabschied, denn normalerweise wurde der Wok um 23 Uhr vom Feuer genommen. So aber bestellten sie sich Gedämpfte Dorade in Lilienblüten mit Morcheln, Ingwer, Pflaumen und Lauchzwiebeln in einer Spezial Sojasauce. Es war vorzüglich! Sie setzten sich zu Trudis Freunden und genossen die ausgelassene Stimmung. Der Bräutigam war ein lustiger Vogel. Er unterhielt die ganze Gesellschaft mit Witzen. Sein Bester ging so: Bei einer Beerdigung treten die Freunde des Verstorbenen an das offene Grab. Der erste wirft Blumen hinein. Der Nächste wirft drei Frikadellen hinterher. Da dreht sich der Vordermann um und fragt ihn: „Warum tust du das?" Er antwortet ihm: „Die mochte er so gerne!" Ja meinst du, er isst sie jetzt noch? Da sagt der andere: "Ja meinst du, er stellt sich noch deine Blumen in die Vase?" Alles grölte, lachte und haute sich auf die Schenkel. Auch die Bedienung konnte nicht mehr an sich halten. Das war ein glänzender Abschluss für eine lustige feuchtfröhliche Abschiedsfeier.

Dann wurde es Zeit aufzubrechen. Auf der Fahrt zu Trudi hielt Gisbert noch an einer Tankstelle und kaufte sich ein Sixpack Beck´s. Trudi und Gisbert waren Nachtmenschen und so war noch Zeit genug sich über das zu unterhalten, was am Wochenende passieren sollte. So sehr sich Gisbert auf Henry gefreut hatte, so froh war er aber auch, das der schnäbbelige Vogel jetzt unter seinem neuen Sternentuch schlief. Aber nachher, beim Frühstück gab´s dann für Henry wieder ein Leckerchen zur Begrüßung. Trudi brühte sich frischen Kaffee auf und es fand sich auch noch ein Paket Grissini Pizza zu Gisbert´s Bier.

Er versuchte ihr schonend beizubringen wie M. Edes Verhaftung ablaufen würde. Das Wichtigste aber ist, das du dich mit Händen und Füßen wie eine Furie wehrst, die vermeintlichen Eindringlinge vom MEK übel beschimpfst damit nicht im Nachhinein auch nur der geringste Verdacht auf dich fällt. Es muss so glaubhaft aussehen, das du selbst völlig überrascht und ahnungslos wirkst und nicht das Geringste damit zu tun hast. Dann hast du auch mit Sicherheit keine Repressalien zu befürchten. Trudi nickte stumm. Gisbert sah ihr an, das sie sich bei der ganze Aktion alles andere als wohl fühlte. Ihr kam das alles nicht koscher vor. „Du brauchst wirklich keine Angst zu haben, die Jungs wissen was sie tun und außerdem ist Monsieur Ede ja gefesselt. Hast du schon die geile Arbeitskleidung, die sich dein Sklave gewünscht hat?" „Ja schon, aber es sind Rosis Klamotten. Die Stiefel passen und das Lederzeug hat mir Tante Käthe oben enger und unten weiter gemacht. Jetzt geht´s, aber länger als eine halbe Stunde darf es nicht dauern, sonst krieg ich keine Luft mehr. Peitsche und Gerte hab ich auch von Rosi. Hoffentlich krieg ich das auch in die Reihe. Das ist ja nicht so mein Ding. Bin ja eher so die Sanfte, wenn du verstehst was ich meine." „Ich verstehe, aber wenn du dabei ganz fest an Rosi denkst, dann packst du das! Übrigens wir haben alle Sturmmasken auf ! Ich bin der einzige der eine weiße Armbinde trägt. Da steht ganz fett "Nutella" drauf, damit Monsieur auch im Knast was zum Grübeln hat. Er denkt sich dann bestimmt: „Merde, who the fuck is Monsieur Nutella?" „Mon Dieu, dabei ist die Nutella - Bande doch schon lange mausetot." „Wer war denn diese Bande?" „Tja, das waren Luden, nur etwas anders, nicht ganz so brutal wie die alte Garde. Sie machten so auf junge Wilde. Mit langen Haaren, Rolex und Patek-Philippe Uhren, amerikanischen Straßenkreuzern und heißen Sportwagen. Die machten voll auf dicke Hose. Einer von Ihnen, Lamborghini Klaus, eine legendäre Kiezgröße der Nutellas von damals gibt sich inzwischen den schönen Künsten hin und taucht jetzt seinen Pinsel lustvoll in Ölfarbe und bespritzt in guter Absicht die Leinwände. Wir werden ja alle mal älter und ein schönes Hobby ist ja auch nicht das Schlechteste." „Und was hat Monsieur damit zu tun?" „Nichts! Das mit der Armbinde soll ihn nur verwirren und ablenken. Du brauchst keine Angst zu haben, das verspreche ich dir! Die Kollegen verstehen ihren Job und ich bin ja auch dabei!" „Dein Wort in Gottes Ohr." „Komm lass uns schlafen gehen, ich bin müde."

***

Am nächsten Morgen schien die Sonne und Henry war schon wach und bestens gelaunt. Er plapperte zufrieden vor sich hin und schielte immer erwartungsvoll zu Gisbert rüber, der noch im Bett lag. Das Frühstück fiel an diesem Morgen nicht so üppig aus. Hätte Trudi gewusst das Gisbert sie heute Nacht überrascht, dann wäre sie gestern eingelaufen gegangen. Dafür freute sich Henry um so mehr, als Gisbert ihm sein Leckerli in den Käfig steckte. Henry bedankte sich diesmal mit einem: „Danke Sir!" Trudi musste so herzhaft lachen, das sie sich beinah komplett an ihrem Marmeladenbutterbrot verschluckt hätte. „Was hast du heute vor?" Ich muss unbedingt

Hauptkommissar von Karajan anrufen und mich einweisen lassen. Wann musst du zur Arbeit?" „Ich geh so um 17 Uhr, vielleicht können wir bis dahin noch etwas unternehmen." „Wie wäre es mit einem Besuch bei Planten & Blomen und danach noch einen Abstecher zum alten Botanischen Garten?" „Was du immer für tolle Ideen hast! Ja, das würde mir Spaß machen! Weißt du was, ich gehe einkaufen und du rufst deinen Dirigenten Kommissar an." „Das können wir so machen und danach sehen wir weiter."

Kaum war Trudi zum Einkaufen versuchte Gisbert Hauptkommissar von Karajan zu erreichen. Es war immer besetzt. Endlich, nach einer gefühlten halben Stunde, kam er durch. Karajan, meldete sich eine energische Stimme. Gisbert stellte sich kurz vor und stellte seine Fragen kurz und präzise. Zum Glück hatte Dr. Gründlich schon kurz vorher angerufen und den Ablauf der geplanten Festnahme in groben Zügen besprochen. Da M. Ede in der Regel immer in den Morgenstunden von Freitag auf Samstag seine Sklavennummer abzieht, beschloss man ab Mitternacht präsent zu sein. Einige seiner Männer wären aber schon ab 23 Uhr als Freier getarnt in der Herbertstraße. Sobald etwas Verdächtiges passierte würden sie Bescheid geben. Außerdem wird eine Kollegin Trudi vorher noch verwanzen. „Geht der Franzose ihr an die Wäsche?" „Nee macht er nicht!" „Um so besser, dann haben wir eine Sorge weniger." „Herr Kollege wir treffen uns um 22 Uhr im Hauptquartier zur abschließenden Lagebesprechung und seien sie pünktlich! Sagen sie mal, sind sie nicht allein? Da quatscht doch jemand." „Ich bin allein! Aber der, der da immer dummes Zeug quatscht ist Henry, unser Papagei." „Ach so! Also dann bis morgen."

Nachdem er das Gespräch beendet hatte, fiel Gisbert auf, das er mehr oder weniger unbewusst „unser Papagei" gesagt hatte. Er ging zum Vogelkäfig, öffnete die Tür, Henry hüpfte sofort auf seine Schulter und genoss es sichtlich gekrault zu werden. Trudi kam vom Einkaufen zurück. „Heute gibt es eine Spargelsuppe mit Blumenkohlröschen. Dazu ein frisches Baguette und leckereren Weißwein. Keine Angst, ich hab dir auch dein Bier mitgebracht." Henry flog zu Trudi und wurde noch einmal verwöhnt. Es sah wirklich so aus als wenn der Vogel sich endlich wohl fühlte und sein neues zu Hause akzeptieren würde. Auch seine Federn wuchsen wieder nach.

Während Henry seine Schmuseeinheiten bekam erzählte Gisbert die neuesten Einzelheiten vom geplanten Übergriff am morgigen Abend. Schon etwas beruhigter hörte ihm Trudi zu. Die Angst war nicht mehr ganz so groß. Dafür spuckten Rachegedanken in ihrem Kopf herum. Das Dilemma war nur, das je fester sie morgen zu schlug um so mehr Lustgewinn hatte das Schwein. Am besten sie würde vorher Frau Doktor Morgenstern, die Domina im Haus 13 fragen, wie sie am geschicktesten vorgehen sollte. Aber diesen Gedanken verwarf sie sofort wieder. Frau Dr. Morgenstern könnte in ihr vielleicht eine unerwünschte Konkurrenz wittern. Das könnte die ganze Aktion gefährden. Besser es wusste keiner von der "Nacht der langen Messer", wie Gisbert die Aktion genüsslich nannte. Nur Tante Käthe, verschwiegen wie ein Grab, war eingeweiht. Sie hatte ein schwaches Herz und da war es schon besser sie war informiert, bevor sie sich zu Tode erschreckte. Auf jeden Fall musste alles so aussehen wie eine ganz normale Freitag Nacht.

***

Gott sei Dank war typisches Hamburger Schmuddelwetter an diesem Abend angesagt. Und so fielen auch die großen Typen mit breiten Schultern in der Herbertstraße nicht weiter auf. Denn jeder der Freier die vor den Fenstern rumlungerten hatte ihre Mützen tief in die Stirn gezogen und die Kragen hochgeschlagen. Der nicht enden wollende Nieselregen vergraulte die Kundschaft. Trudi hatte trotzdem ein paar Gäste gehabt und irgendwie war sie ganz froh darüber. Es half ihr die Nervosität zu bekämpfen und schließlich brauchte sie die Kohle. Immer wieder schaute sie auf ihre Uhr. Die zeigte Fünf vor Zwölf. Es klopfte an ihrer Scheibe. Der, der mit seiner knochigen Hand Einlass begehrte, war ein extrem ungepflegter Typ. Trudi öffnete einen Spalt weit ihr Fenster, sagte freundlich zu ihm: „Na Schatz, was kann ich für dich tun?" Er hielt ihr einen fünf Euroschein entgegen. Zeig mir deine Titten. „Mach ich antworte Trudi, aber deinen Heiermann behältst du und kaufst dir dafür ein Stück Seife! Versprochen?" „Jau, mach ich!" Dann packte Trudi wie versprochen ihre dicken Titten aus, ließ sie einmal von links nach rechtes und dann von rechts nach links schaukeln, presste sie als Zugabe einmal gegen die Scheibe und drückte sie wieder in ihrem Body. Der Typ hatte leuchtende Augen wie Halogenscheinwerfer der dritten Generation und grinste Trudi mit seinen wenigen gelben Zähnen an. Dann fragte er noch: „Wo gibt´s denn Seife?" Trudi zuckte mit den Schultern, öffnete noch einmal ihr Fenster: „Na im Seifenparadies!" „Und wo ist das?" „Überall wo es nach Seife riecht!" „Und wann machen die auf?" „Weiß ich nicht! Morgens schlaf ich noch! "

Dann zog sie schnell den Vorhang zu, der Schmuddelige schob ab und sie steckte sich eine neue Zigarette an. Tante Käthe brachte frischen Kaffee und zeigte auf die Uhr. „Kind, es wird Zeit, das du rüber gehst und dich fertig machst. Der Franzmann kann jede Minute kommen." Trudi seufzte, legte sich nervös ihren Bademantel über die Schultern, trank einen tiefen Schluck Kaffee, zog ein letztes Mal hastig an ihrer Zigarette und drückte sie in dem überfüllten Aschenbecher aus. Es klopfte. Die Beamtin mit der Verkabelung stand vor der Tür. Es dauerte keine drei Minuten und die Verbindung stand. Nur gut, das sie sich bei Rosis Arbeit nicht ausziehen brauchte! Sie ging rüber in die Folterkammer. Ihr Herz klopfte wie wild. Sie zwängte sich mühsam in den engen Lederbody und schnürte ihn mit zittrigen Händen fest zu. Die Frau, die sie vor sich im Spiegel sah, war ihr fremd. Sie war mehr oder weniger unfreiwillig in die Rolle der strengen Herrin gerutscht. Wie hatte Rosi das all die Jahre ausgehalten? Aber dieses einmal würde auch Trudi Rosi zu liebe sehr, sehr streng sein. Sie schminkte sich noch greller als gewöhnlich und hielt Rosis alte Gerte genüsslich unter heißes Wasser, damit sie schön geschmeidig wurde und Monsieur das bekam, worauf er so geil war. Sie überprüfte noch schnell die Fuß - und Handfesseln, schaltete auf Rotlicht und zog die Vorhänge zurück. Sie setzte sich ins Fenster.

Der Nieselregen war stärker geworden. Langsam bildeten sich kleine Pfützen zwischen dem blauschwarz glänzenden Kopfsteinpflaster. Trotz des aufkommenden Regens war es doch ein wenig voller geworden. Die Zivilen lungerten immer noch so unauffällig wie möglich herum. Säße Trudi jetzt in ihrem Fenster hätte sie bestimmt gut zu tun. Jetzt war genau die richtige Zeit Kohle zu machen. Jetzt kamen die Freier gut angeschickert aus den Kneipen, hatten eine große Klappe, machten den Lauten, kamen sofort und schon waren sie wieder weg. So hing Trudi ihren Gedanken nach und wünschte sich insgeheim, das der Mistkerl bald auftauchte. Plötzlich klopfte es heftig an der Scheibe. Vor ihrem Fenster stand Monsieur Ede. Sie öffnete kurz das Fenster einen Spalt und raunte ihm zu: „Entrez Monsieur!" Rosi hatte ihr früher mal erzählt, das Monsieur es sehr schätze, wenn man ihm aus dem Sakko half. Er trat ein, blickte sich kurz um und zog mit einem Ruck die Vorhänge zu. Dann stellte er sich demonstrativ mit dem Rücken vor sie. Trudi überspielte ihre Unsicherheit mit einer Floskel: „Ca va?" Er knurrte gereizt Merde, legte 1000 Euro auf den Tisch, entledigte sich hastig seiner restlichen Edelklamotten und stellte sich breitbeinig mit erhobenen Armen vor das schwarze Holzkreuz. Als wenn Trudi nie im Leben etwas anderes gemacht hätte, fesselte sie ihr Opfer an Händen und Füßen und zog die Verschlüsse extra stramm zu. Die anfängliche Nervosität schien wie weggeblasen und auch das Zittern der Hände hatte aufgehört. Jetzt war er ihr hilflos ausgeliefert und sie spürte zum erstem mal wie sie das Gefühl der Macht genoss. Ungeduldig wartete der Sklave auf den ersten Schlag. Trudi wußte von Rosi, dass es eine beliebte Variante war, nach den ersten leichteren Schlägen das Tempo und die Schlagkraft immer mehr zu forcieren. Das stand heute absolut nicht auf dem Spielplan. Gleich der erste Hieb hinterließ eine lange blutige Strieme. Monsieur brüllte auf und schrie: „Du blöde Fotze, nicht so! Mach wie Rosi, Putain!" Wenn Trudi eines nicht mochte, dann war es dieses Schimpfwort. Sie sah sich persönlich eher als Sozialarbeiterin denn als Prostituierte. Weil es ohne ihre und ihrer Kolleginnen Dienste aus Triebgründen wahrscheinlich noch mehr Mord und Totschlag gäbe. Allein für dieses Wort sauste die Gerte zum zweiten Mal mit voller Wucht auf seinen Rücken. Die beiden satten Striemen hatten viel Ähnlichkeit mit einem Andreaskreuz. Vor Schmerzen vergaß der Hilflose seine Staatsangehörigkeit und verfiel in seine Muttersprache. Er stieß wüste arabische Flüche und Beschimpfungen aus. Allah sei Dank, das Trudi des Arabischen nicht mächtig war. Das das keine Nettigkeiten waren, war ihr sonnenklar. Das machte sie noch wütender. Schon knallten die nächsten Schläge auf den Rücken des Fluchenden. Wer weiß wie alles geendet hätte.

Plötzlich flog mit einem dumpfen Knall die Tür auf und sieben Vermummte stürmten in die Folterkammer. Es war verabredet das Trudi sich wie eine Furie nach Leibeskräften wehren sollte, das sie ja nicht in Verdacht geriet, das dies ein abgekartetes Spiel war. Dem ersten Bullen zog sie die Gerte quer über den Rücken. Dem nächsten rammte sie ihr Knie dahin, wo er es gar nicht gern hatte. Sein Kumpel wollte ihm helfen und wurde volle Breitseite von Trudis prallen Hintern erwischt. Beide gingen stöhnend zu Boden. Damit nicht genug! All das wurde begleitet von wüsten verbalen Entgleisungen. Trudi schrie: „Ihr Wichser was wollt ihr hier? Ihr macht mir mein Geschäft kaputt! Verpisst euch ihr Lutscher, ich hab euch nichts getan!" Zwei vermummte Hünen stürzten sich auf die Tobende und schleppten die wie wild mit den Beinen Zappelnde nach draußen.

Der mit der "Nutella" Armbinde schickte das restliche Team aus dem Zimmer, drehte wortlos den Kopf des stöhnenden Ede zu sich und deutete auf seine Armbinde. Dann ging er einen Schritt zurück und trat seinem Erzfeind volle Kanne in die Eier. Ein kurzer gurgelnder Laut entwich dessen Kehle. Dann war Ruhe. Leblos hing der Misshandelte am Kreuz. Gisbert Domagalla erschrak. Das war das erst Mal in seiner ganzes Dienstzeit das er sich an einem wehrlosen Menschen vergriffen hatte. Dafür gab es keine Entschuldigung. Auch wenn es keine Zeugen gab, Gisbert fühlte sich mehr als mies.

Er drehte sich wortlos um, verließ das Zimmer und raunte den Kollegen zu: „Ihr könnt ihn jetzt mitnehmen!" Tante Käthe hatte Trudi eine Wolldecke um die Schultern gelegt, einen Becher heißen Kaffee in die Hand gedrückt und ihr eine Zigarette angesteckt. Gisbert kam raus, nickte ihr kurz zu und ging zum Einsatzwagen.

Obwohl schon einige Minuten vergangen waren, zitterte Trudi immer noch wie Espenlaub. Das Ganze hatte ihr zugesetzt. Sie konnte es einfach nicht glauben, das sie so brutal sein konnte. Sicherlich, die Rachegedanken waren ja vielleicht noch o.k., aber dann waren ihr völlig die Sicherungen durchgebrannt. Auch sie schämte sich im stillen. So etwas durfte einfach nicht passieren. Sie hatte komplett die Kontrolle verloren. Das hätte nicht passieren dürfen! Langsam beruhigte sie sich wieder und Tante Käthe legte den Arm um sie und zog sie ins Haus. Langsam beruhigte sich die Lage. Das MEK Kommando rückte ab und die Gaffer wandten sich wieder dem zu, weswegen sie eigentlich gekommen waren.

Dem Geschäft tat die Aktion nicht gut, aber es war eine willkommene Abwechslung. Keiner wußte warum die Schmiere eingeflogen war. Dafür kochte die Gerüchteküche. Der Hammer war: Einer behauptete, der Bürgermeister wäre bei der Domina gewesen und wollte ihr die Kohle nicht geben. Dann hätten sie sich in die Haare gekriegt und sie wollte sein Toupet als Pfand behalten. Dafür hatte der Märchenerzähler die Lacher auf seiner Seite. Nach all den Aufregungen der letzten halben Stunde ging langsam alles wieder seinen normalen Gang. Einige Familienväter waren froh, das kein Pressegeier aufgetaucht war und sie dann vielleicht zu hause zu Muttis Entsetzen in der Zeitung auftauchten.

Kommissar Domagalla nahm nur halbherzig die Glückwünsche der Hamburger Kollegen entgegen. Da war ihnen auf so leichte Art und Weise ein richtig dicker Fisch ins Netz gegangen. Sie hatten an diesem Morgen keine Verletzten oder gar Totalausfälle. Ganz im Gegenteil, es war wie ein Kindergeburtstag gewesen. Wenn es nicht so üblich gewesen wäre, sie hätten noch nicht einmal duschen brauchen. Danach saß das ganze Team in der Kantine und ließ sich den eiskalten Astra Raketentreibstoff für Männer, den mit dem Anker-Herzen schmecken. Das gehörte einfach nach jedem Gig dazu. Sie alberten rum, wollten Trudi wegen Beleidigung verklagen. Sie könne das Bußgeld aber auch abarbeiten und dann grölten die harten Jungs enthemmt wie eine Horde Dumpfbacken. Gisbert wurde feierlich zum MEK Ehrenmitglied ernannt und gerade, als sie ihn auch noch zum Nutella - König krönen wollten, schrillten die Sirene: Im feinen Blankenese hatte jemand eine Reedergattin entführt und war nun auf der Flucht. Domagalla war froh das er sich endlich verdrücken konnte.

***

Ob Trudi schon zu hause war? Er ließ sich ein Taxi kommen. Als er ausstieg und das erleuchtete Küchenfenster sah, war für ihn die Welt wieder in Ordnung. Leise Musik drang aus dem Badezimmer. Chet Bakers "Street Of Dreams" klang durch den Türspalt. Trudi lag bis zum Hals im Badeschaum eingehüllt in ihrer Badewanne. Kerzenlicht, ein Piccolo und ihre Zigaretten, mehr brauchte sie nicht um abzuschalten. „Komm setz dich doch!" Gisbert rückte sich den Hocker zurecht und beichtete Trudi wie er sich heute morgen in seinem Hass verloren hatte. Trudi hörte ihm geduldig zu, ermutigte ihn, das er es doch geschnallt hätte und ein schlechtes Gewissen sei ja schließlich der beste Weg zur Einsicht. Nach dieser Aussprache wurde es Zeit schlafen zu gehen. Es war schon früher Nachmittag als sie wieder aufwachten. Henry wurde erst einmal von seiner Schlafdecke befreit. Zum Dank gab´s eine laute Schimpfkanonade. Erst eine üppige Handvoll Erdnüsse und frisches Wasser stellten ihn wieder ruhig. Danach ließ er seine schlechte Laune an seinem Plastikkumpel aus.

Trudi brühte frischen Kaffee auf. Dazu gab es Eier und Toastbrot. Kaum hatte Gisbert sein Handy wieder eingeschaltet, klingelte es. Dr. Gründlich war dran. „ Gute Arbeit Domagalla! Der Drecksack hat noch nicht gesungen, aber das ist nur eine Frage der Zeit. Für seine Kanone und das Messer alleine fährt er schon eine Zeitlang ein. Aber was sie und ihre Trudi angeht, packen sie das Nötigste zusammen und verschwinden sie beide für ein paar Tage. Unser Domizil auf Wangerooge wird leider gerade renoviert. Fahren sie nach Travemünde ins Strandhotel.

Die 30 Etage ist frei. Stellen sie sich mit Dr. Gründlich vor. Dann sagt die Rezeption: „Glücksklee" und sie antworten „Bärenmarke". Wir wollen sie beide nur ein paar Tage aus der Schusslinie nehmen. Ich schick ihnen einen Wagen vorbei." „Nein, Chef keinen Wagen, wir haben selbst ein Fahrzeug." „Na gut, aber denken sie an die Tankquittung. Ha Ha Ha. Ich rufe sie wieder an."

Trudi schaute Gisbert besorgt an. „Was ist los?" „Nichts! Wir machen Ferien an der Ostsee. Pack ein paar Sachen zusammen! Wir müssen los!" „Und Henry?" „Oh, da hab ich gar nicht dran gedacht! Hast du noch den alten Käfig! Den kannst du doch auf den Schoß nehmen. Bis Travemünde müsste das doch gehen. Was meinst du?" „O.k., Henry wir verreisen!" Zwanzig Minuten später saßen Trudi, Henry und Gisbert im Auto auf den Weg nach Travemünde. Dem armen Henry hatte es anscheinend die Sprache verschlagen. Er gab keinen Ton von sich, schaute aber immer interessiert abwechselnd von Trudi zu Gisbert und zurück. Im Grunde war es mit dem Daimler bis Travemünde nur ein Katzensprung. Aber Henry zuliebe ließ Gisbert den Gasfuß stecken und fuhr für seine Verhältnisse relativ piano.

***

Im Maritim Strandhotel angekommen, waren sie wohl das skurrilste Trio, was je an der Rezeption aufgetaucht war. Hätte sich Gisbert diesmal nicht mit Dr. Gründlich vorgestellt, auf Glücksklee nicht mit Bärenmarke geantwortet, wer weiß ob der arme Henry nicht zur Persona non grata erklärt worden wäre. Mit dem Lift ging es hoch in die 30te Etage. Es war die Ecksuite bestehend aus zwei

Zimmern und einem großzügigen Balkon. In luftiger Höhe hatten sie einen Panoramablick über die Trave, den Hafen und die offene See.

Bei solch einem Ausblick auf die stahlblaue Ostsee bekamen sogar Landratten Sehnsucht nach einem Segeltörn. Für Seekranke gab es 50% Ermäßigung auf allen Golfplätzen der Region. Dampfbad, Sauna und ein Schönheitsbereich waren wohl eher was für schlechtes Wetter. „Ist alles gestrichen! Wir sind hier um uns zu verstecken!" bemerkte Gisbert achselzuckend. „Dürfen wir auch nicht in den Night Sailer?" „Nein, aber wenn alles vorbei ist, lad ich dich mal ein. Es muss ja nicht unbedingt die 30te sein!" „Schade, schmollte Trudi, ich hätte so gern mal wieder zu Live Musik geschwoft."

Damit war das Thema durch. Sie riefen den Zimmerservice, bestellten sich ein zweites Frühstück und bemerkten erst dann, das sie Henry`s Futter vergessen hatten. Im Strandhotel kein Problem. Eine halbe Stunde später würde auch für Henry der "Tisch" reichlich gedeckt sein. Das Frühstück kam, Trudi setzte eine besorgte Miene auf fragte Gisbert: „Schatz, wo ist denn dein Nutella?" Da mussten beide so herzhaft lachen, das Henry ein paar unflätige Wörter von sich gab. Nur der Kellner blickte nicht durch. Erst ein großzügiges Trinkgeld ließ ihn wieder locker werden. „Es ist zwar sehr schön hier oben, aber wie lange sind wir hier eingesperrt?" Trudi konnte sich nicht mit der neuen Situation anfreunden. „Nur ein paar Tage! Wir bekommen sofort Bescheid, wenn die Luft rein ist." Trudi seufzte: „Wir könnten doch aber unsere Kapuzenpullis überziehen, Sonnenbrillen aufsetzten und uns vielleicht Fahrräder mieten. Wäre doch gut für die Kondition." „Ja, machen wir morgen, wenn das Wetter mitspielt.

Aber wie wär's jetzt mit einer Partie Patience? Komm ich zeig's dir. Ich spiele immer die einfachste Variante: Die Harfe."

Es dauerte nur drei Partien, dann hatte Trudi das Spiel verstanden und eine Patience jagte die andere. Sie schlossen Türen und Fenster, ließen Henry frei, der aufgeregt durch die Zimmer flog und ein dickes, weißes Häufchen auf der Ledercouch fallen ließ. „Ach du Scheiße, du altes Ferkel," entfuhr es Trudi und drohte dem Übeltäter mit dem Zeigefinger. Dann rannte sie ins Badezimmer, holte einen Lappen und warmes Wasser zur Schadensbegrenzung und machte sich an die Arbeit. Gisbert zappte sich durch sämtliche Programme, die der Fernseher hergab. Zum Abendbrot bestellten sie sich Steaks mit Kroketten, Pilzen, Salat und 1 Flasche Rosé. Dazu orderte Gisbert noch sechs Flaschen Beck's. Henry saß wieder in seinem Käfig, plapperte fröhlich vor sich hin und genoss es offensichtlich das seine Schlafdecke noch auf dem Sofa lag. Trudi und Gisbert aßen auf dem Balkon und genossen den atemberaubenden Sonnenuntergang. Dieses Naturschauspiel war doch beeindruckend schöner, als der schärfste Flachbildfernseher. Nach dem Essen ging Trudi sofort zu Bett. Ihr steckte immer noch das Rendezvous mit Monsieur Ede in den Knochen. Gisbert saß auf dem Balkon trank genüsslich sein Beck's und kam immer mehr zu dem Entschluss, das sich in seinem Leben unbedingt etwas ändern müsste. Wie es geschehen würde und wie das Neue letztendlich aussah wußte er an diesem Abend noch nicht. Fasziniert schaute er auf das grandiose Farbenspiel am Himmel. Blau, Rot, Gelb und Violett wetteiferten miteinander um die Gunst des Betrachters. Dazu kam diese absolute Stille im 30. Stock. Selbst das leise

Klatschen der Ostseewellen drang in dieser Höhe nicht an sein Ohr.

In dieser Oase der Stille spürte Kommissar Gisbert Domagalla das ihm die Jagd nach all den Schweinebacken dieser Welt nichts mehr bedeutete. Irgend ein Arsch mit einer ausgeprägten kriminellen Energie dachte sich eine lukrative Schweinerei aus und wir die Bullen hecheln wie blöde hinterher. Und haben wir sie eingelocht, dann kommen sie mit einem aalglatten, gerissenen Rechtsanwalt um die Ecke und spazieren hämisch grinsend an einem vorbei in die Freiheit. Wenn schon, dann doch bitte mit einem neugestalteten Rechtsverständnis. Wieso darf jemand, der dem Staat um zig Millionen Steuergelder betrogen hat, nach einem Jahr jedes Wochenende zu hause bei Mutti schlafen. Mit diesem Unverständnis und einem leichten Frösteln schlief Gisbert auf dem Balkon ein. In dieser Nacht hatte er besonders schlimme Albträume. Er träumte von wüsten Verfolgungsjagden und wenn er die Schweinebacken endlich gestellt hatte, entglitten sie ihm im wahrsten Sinne des Wortes wieder: Sie hatten sich von Kopf bis Fuß mit glitschigem Haselnusssonnenoel eingecremt.

***

Als Trudi ihn im Morgengrauen fand, lag er zitternd und schweißgebadet in der Hollywoodschaukel auf dem Balkon. Sie rüttelte ihn wach und brachte in ins Wohnzimmer. Erst zwei Schnäpse aus der Minibar und ein Pott Kaffee befreiten ihn langsam von den Dämonen der Nacht. Aber richtig zu Kräften kam er erst wieder nachdem Trudi ihm zwei Spiegeleier mit Speck bestellt hatte.

„Uff, ich glaub ich mag nicht mehr," stieß er hervor. „Ich möchte noch einmal was völlig Neues machen. Etwas was nicht so brutal und verdorben ist. Ich bin ja schon selbst ein Spiegelbild dessen, was ich bekämpfe." So deprimiert hatte Trudi Gisbert noch nie gesehen. Aber ging es ihr anders? Auch sie würde ihr Leben gerne ändern. Welche Möglichkeiten hatte sie schon? Nach abgebrochener Lehre war sie gleich dem Lockruf des schnellen Geldes erlegen. Sie war zwar klug genug um nicht auf einen der vielen Luden reinzufallen, aber die viele Kohle war auch so weg! Und auf bei Aldi an der Kasse hatte sie auch keinen Bock. Da blieb nicht viel übrig. Nee, da blieb sie lieber in ihrem Fenster sitzen, und löste Kreuzworträtsel, wenn zwischendurch tote Hose war. Außerdem waren Tante Käthe und die anderen Huren ihre Familie, die sich zankten, aber wenn es drauf ankam immer zusammenhielten. Für den neutralen Beobachter hatten hier zwei einsame Seelen zusammen gefunden, die verzweifelt versuchten noch einmal die Kurve zu kriegen. „Sag mal Trudi was hältst du davon, wenn du irgendwo weit weg von hier einen kleinen Laden mit deinen japanischen Zwergenbäumchen aufmachst?" „Oh, vom Know How wäre das okay für mich, aber gut gemacht braucht man dafür viel Startkapital." „Keine Sorge Trudi, die Kohle hätte ich am Start! Würde dir das Geld vorschießen. Und in so einem Laden wäre bestimmt auch noch Platz für Henry. Menschen mögen Papageien und Henry würde das bestimmt auch gefallen. Was meinst du?" „Der Gedanke allein gefällt mir, ich denke drüber nach. Aber wie wäre es heute morgen mit einem Fahrradausflug?" „Du hast ja recht! Aber lass uns vorher noch einmal richtig frühstücken. Ich hab schon wieder einen Bärenhunger!" Eine Stunde später saßen sie auf ihren Mountainbike Rädern. Die Kapuzen tief ins Gesicht gezogen, was bei dem bedeckten Himmel und dem scharfen Ostwind nicht weiter auffällig war. Nach einer Dreiviertelstunde fanden sie ein stilles Plätzchen und schauten den Segelbooten zu, die mit flatternden Segeln den Wind nutzten. Keiner sprach ein Wort. Es tat einfach nur gut im Sand zu sitzen, auf das Meer zuschauen, die Möwen und die Segelboote zu beobachten und seinen Gedanken nach zuhängen. Trudi vergaß sogar zu rauchen. Stunden später brachen sie auf und machten sich wieder auf den Heimweg. Sie gaben die Fahrräder ab, Gisbert checkte die Tiefgarage und fuhren von dort sofort in die 30. Etage. Das gleiche Spiel oben angekommen auf dem Gang. Aber es war alles in Ordnung. Nach einer ausgiebigen Dusche bestellten sie sich eine Reisplatte mit Meeresfrüchten, zwei Flaschen Rose´ und ein Sixpack Beck`s. Wobei Trudi frotzelte: "Zieh dich aber heute Nacht warm an!" Nach dem Essen versorgten sie Henry, ließen ihn wieder im Zimmer fliegen und gaben ihm seine Streicheleinheiten und kraulten ihm den Nacken. Das Fernsehprogramm war wieder mehr als mau und außer Kickboxen und einer Talkshow mit dusseligen Gästen hatten die Kanäle nichts zu bieten. Trudi fand Kickboxen mehr als doof und verzog sich ins Bett.

Gisbert und Henry schauten mehr oder weniger begeistert den Boxern zu, die mit Händen und Füßen versuchten sich gegenseitig was auf die Zwölf zu hauen. Aber viel passierte in dieser Nacht nicht, zu ausgeglichen waren die Kämpfe. Es gab keine Knockouts und das Publikum war sauer, das nicht das passierte, wofür sie bezahlt hatten: Sie wollten das Blut fließt! Im alten Rom wären die Daumen nach unten gegangen. Gisbert brachte Henry wieder zurück in seinen Käfig, deckte den mit dem Schlaftuch zu und setzte sich wieder auf den Balkon. Diesmal zog er sich aber einen warmen Pulli über und schaute dem Tanz der bunten Positionslampen zu. In diese Nacht fasste er endgültig den festen Entschluss: Ich quittiere den Dienst. Keine Drogen mehr, keine verqualmten Pokerrunden und wenn alle Stricke reißen, zum Privatschnüffler reicht es allemal. Auf das verdutzte Gesicht von Dr. Gründlich war er schon jetzt gespannt. Mit diesem Gedanken schlief er ein und hatte in dieser Nacht absolut keine schlechten Träume.

Mit einem leichtem Frösteln wachte er morgens auf. Das Wetter hatte sich verschlechtert. Am Himmel zogen dunkle Regenwolken auf. Trudi und Henry waren schon hellwach. Anscheinend war es auch Trudi ernst damit, sich ernsthaft mit einem Ausstieg aus dem Milieu zu beschäftigen. Sie saß vor ihrem Laptop und recherchierte in Konstanz am Bodensee und in Düsseldorf die vermeintliche Konkurrenz was das Thema Bonsai Kulturen anging. Das Ergebnis machte sie zumindest nicht mutlos. Als Gisbert vor ihr stand hielt sie ihm den heißen Kaffeepott entgegen. „Hier, trink einen Schluck", den Schnaps von gestern brauchst du ja heute nicht. Schön das du auf mich gehört hast! Eine Sorge weniger!" Beide mussten lachen. „Ich denke, heute bleiben wir zu Hause und denken über unsere Zukunft nach." Trudi nickte. „Willst du nicht in Hamburg bleiben?" „Nö, nich wirklich! Ich denke am Bodensee ist es schön warm. Da wohnen viele Geldleute. Die haben alle richtig was auf Tasche. Ich war früher mal mit meinen Eltern da." „Und warum Düsseldorf?" "Da ist auch viel Geld zu hause. Aber noch wichtiger ist: Da leben die meisten Japaner in Deutschland. Steht hier! Das wäre doch was! Und immer wenn ein Japaner in meinen Laden kommt, drücke ich auf einen Knopf unter der Ladentheke und aus den Lautsprechern erklingt dezente japanische Musik. Wie findest du das?" „Super Idee, das spricht sich schnell rum. Vielleicht solltest du auch noch einen Kimono tragen und die wichtigsten japanischen Wörter lernen. So was wie Moin, danke, bitte, tschüs bis die Tage." „Ja vielleicht sollte ich Henry zur VHS schicken."

Beide lachten und langsam fing der Plan an ihnen Spaß zu machen. Das mit dem Laptop machte Trudi richtig Spaß. Sie fand es phantastisch auf der Couch zu sitzen, sich schlau zu machen und zwischendurch auf das Meer zu schauen. Da machte es auch nicht viel aus, das heute kein Badewetter war. Sie bestellten sich ihr Frühstück, das heute zur Feier des Tages recht üppig ausfiel. Dazu gönnten sie sich noch eine Flasche Sekt Rose. Zum Rauchen ging Trudi auf den Balkon und danach, als alle Fenster und Türen zu waren, durfte auch Henry endlich wieder aus seinem Käfig. Nachdem er gefressen hatte machte er sich über eines der Couchkissen her. Alles Schimpfen und Ermahnen half nichts. Papageien sind von Natur aus sehr neugierig und Henry wollte wohl unbedingt wissen, was in dem Kissen war. Unter Henry's lautem Protest sperrte ihn Gisbert wieder in seinen Käfig. Den Beiden tat es auch leid, aber einmal Kissen rupfen, heißt alle Kissen rupfen und das gäbe großen Ärger mit der Direktion. Das musste nicht sein! So ließen sie Henry vor sich hin schimpfen und genossen das Frühstück. Sich zu verstecken war für Trudi und Gisbert eine neue Erfahrung. Wobei Trudi im Grunde nichts zu befürchten hatte. Sie war in ihrer Rolle als überfallene Domina perfekt gewesen. Und es war auch nicht davon auszugehen das eine Verbindung zwischen ihr und Gisbert in irgendeiner Form herzustellen war. Auch konnte Gisbert ihr die Angst nehmen, das sie in ein Zeugenschutzprogramm genommen wurde. Nein, Trudi war sauber und auch im anstehenden Prozess brauchte sie, wenn überhaupt, nur das zu erzählen was passiert war. Die üblen, wüsten Hasstriaden mit denen sie die Kollegen vom MEK überschüttet hatte waren abgesprochen und die blauen Flecken einiger waren nicht weiter schlimm. Das einzige was noch geklärt werden musste war Trudi´s Verdienstausfall. Aber auch da konnte Gisbert sie beruhigen: Dr. Gründlich war ein Mann der für seine Fairness und Großzügigkeit bekannt war. Er hatte sich auch von unten hochgearbeitet und hatte von Hause aus viel Verständnis für die Nöte und Ängste der so genannten kleinen Leute. Also, warum sich groß Sorgen machen? Die paar Tage verstecken waren so etwas wie Luxusknast. Trudi recherchierte auch akribisch ihre Ausstiegspläne in Konstanz am Bodensee, aber im Stillen hatte sie sich schon längst entschieden. Sie hörte schon seit ihrer Jugend immer auf ihr Bauchgefühl.

In ihrem Kopf schwebten schon die Bonsai Kreationen auf Acrylplatten an Nylonfäden befestigt von der Decke herab. Oder sie standen dekorativ eingebettet in kleinen Zen Gärten, die natürlich einer täglichen Pflege bedurften. Auch Gisbert nutzte den Vormittag um sich seine Gedanken zumachen. Sicherlich wollte er einen Schlussstrich ziehen. Aber was konnte er außer seiner Polizeiarbeit? Was wäre wenn er dann auf eigene Rechnung arbeiten würde? Auf einen heißen Daimler oder Porsche konnte er liebend gern verzichten. Könnte er sich seine Klienten noch aussuchen, wenn die Miete fällig war? Würde er dann Jobs übernehmen, wo er im privaten Sumpf der

Reichen und Schönen rumstochern musste? Ob Mutti den Göttergatten mit dem Tennislehrer betrügt. Oder würde er dann dazu verdammt den Schattenmann von prominenten Dumpfbacken herzugeben und allzu aufdringliche Paparazzi zu vertreiben. Keine schönen Aussichten. Irgendetwas würde sich schon ergeben! Da war er sich ganz sicher.

***

Plötzlich klingelte das Zimmertelefon. Frau Maierhuber von der Rezeption war am Apparat: „Herr Doktor, ihr Bruder ist hier, möchten sie ihn sehen?" „Ja, danke, schicken sie ihn hoch." Es klopfte an der Tür. Es war Dr. Gründlich. Er steuerte auf den nächstbesten Sessel zu, ließ sich reinfallen und Stieß hervor: „Schönes Rattenloch, ich brauch ein Bier." Gisbert ging zum Kühlschrank öffnete die Flasche und fragte: „Ein Glas?" „Nee, Flasche!" Henry krähte "Suffkopp" und schwieg dann Gott sei dank. Dr. Gründlich grinste. „Tja, Domagalla so´n Papagei hat es wirklich gut. Macht dumme Sprüche und wir sind sein Publikum. Ganz großes Theater. Übrigens, da fällt mir ein, bei uns an der Deutschen Oper am Rhein suchen sie für eine Operninszenierung noch einen Papageien. Wäre das nichts für ihren Vogel?" Trudi trat ins Zimmer begrüßte Dr. Gründlich und machte ihm klar das Henry für die Deutsche Oper am Rhein viel zu verdorben wäre. Damit war das Thema vom Tisch.

„Wissen sie Domagalla wie alles gelaufen ist? Monsieur hat gestern Abend ausgepackt. Sehr unappetitlich für uns. Es ging denen gar nicht primär um das Zocken mit gezinkten Karten. Sie suchten nach seriösen Typen wie z.B. Herrn Bohne. Wie bei den beliebten Warentermingeschäften ließ man die Opfer die ersten Male gut abkassieren und dann folgten für die vermeintlichen Glückspilze die unsägliche Pechsträhne. Waren die armen Teufel erst einmal rettungslos verschuldet schlug die Bande erbarmungslos zu. So waren in den Kaffeesäcken des Herrn Bohne über einen Zeitraum von zwei Jahren zwischen den grünen Bohnen jede Menge Koks vom Feinsten versteckt. Solange bis Bohne Schiss bekam und auspacken wollte. Das hat ihn den Kopf gekostet. Diese Drecksarbeit machte dann dieser Cretin Pourquoi. Der wollte dann mehr Kohle, faselte dummes Zeug in seinem wirren Kokskopf, von wegen er wüsste ja jede Menge und so hat er sich selbst sein Grab geschaufelt. So ein Blödmann! Hätten sie in Wiesbaden nicht so viel geschnappt, wäre nichts passiert. So aber genügte ein Knopfdruck und Koljas Jungs die im Keller in der Küche saßen haben schnell wieder den Pott abgeräumt. Mitsamt ihrer heiß geliebten Rolex. Übrigens, sie waren auch für kurze Zeit auf der Abschussliste. Don Alfredo hatte uns zusammen auf einem Empfang im Präsidium gesehen. Er hat damals das Catering für den Abend gemacht. Dann waren wir auch noch einmal in seinem Laden. Das hat er natürlich sofort Kolja gesteckt. Wäre ihr Coup in Hagen nicht so erfolgreich gewesen, dann säße ich jetzt wahrscheinlich alleine hier mit meiner Flasche Bier. Ha Ha Ha. Ham`se noch eine? Da wäre noch Habibi der arme Teufel. Über den wollten sie an seinen Herrn Papa in der Botschaft. Dokumente und Pässe für die Nordafrika Connection. Kopf der Bande waren Kolja und Envar Hotic. Ilja Stroganoff alias Kolja sitzt seit heute morgen in Stammheim und jammert nach Koks. Hotic ist nicht aufzufinden. Interpol hat ihn schon zur Fahndung ausgeschrieben. Ich glaube aber, der ist glatt wie ein Aal. Hoffentlich rutscht ihm Bohnes Portugieser vom Handgelenk. Die hat er sich nämlich gekrallt. Vielleicht liegt er ja auch schon irgendwo unterm Messer und lässt sich einen neuen Appel basteln. Aua Aua, Ha Ha Ha. Wie gesagt, der Drops ist gelutscht, aber ich habe eine neue Aufgabe für sie: Undercover in Bogota." Seine Augen blitzten, er beugte sich leicht vor und flüsterte: „Tolle Weiber sag ich ihnen, scharfe Mulattinnen, weiß ich noch von Dr. Schaafzahn. Ich war ja leider nie da. Was halten sie davon?" „Nichts!" „Wie?" „Ja, wie gesagt nichts!" „Versteh ich nicht." „Also mit anderen Worten: Ich kann nicht mehr, ich bin ausgebrannt."

Dr. Gründlich sackte in sich zusammen und starrte Gisbert wortlos mit offenem Mund an. Dann fing er sich wieder, fasste ihn fest am Arm und packte die väterliche Tour aus. „Domagalla, jetzt machen sie erst einmal Urlaub, das haben sie sich verdient. Vorher werden sie noch befördert und hinterher bekommen sie von mir eine "Schwarze Mamba!" „Oh, mein Gott ich hasse Schlangen!" „Nein, das ist keine Schlange! Das ist doch die schwarze Jahreskarte 1. Klasse der Bundesbahn. Sie fahren doch gerne mit dem Zug. Naa, ist das was?" „Ja, ja, aber ich habe mich schon entschieden. Schluss mit lustig! Ende Gelände!" Dr. Gründlich deutete mit dem Finger auf das Nebenzimmer. „Wollen sie etwa heiraten?" „Gott bewahre, ich will einfach nicht mehr! Noch ist Zeit etwas anderes auszuprobieren. Und bei jeder neuen Operation in der Unterwelt wird die Zahl der Feinde nicht weniger, im Gegenteil! Ich hab das all die Jahre gern gemacht. Glauben sie mir. Vielleicht spring ich später mal freiberuflich ein. Wer weiß? Aber erst einmal geht es nicht."

In diesem Moment sah Dr. Gründlich müde und enttäuscht aus. Er hatte wohl eingesehen, das all sein Werben sinnlos war. „Tja mein Lieber, Respekt. Sie haben mit ihrer Arbeit viel zu meiner Karriere beigetragen. Reichen sie Ihre Kündigung schriftlich ein. Das Spielgeld deklarieren sie ruhig als verzockt. Das geht auf meine Kappe! Urlaub machen ist ja teuer geworden. Ha Ha Ha. Nächste Woche geben sie ihre Dienstmarke und ihre Waffe ab. Schreiben sie mir eine Karte aus dem Urlaub. Das ist ein Befehl! Ha Ha Ha!" Mit einem "Passen sie auf sich auf" verließ er das Appartement.

Gisbert schluckte und war froh als Trudi ihn fragte: „Wie ist es gelaufen?" „Ich bin raus, er hat es geschluckt!" „Na, siehst du, geht doch! Und nun?" „Ich lad dich zum Essen ein. Irgendwo außerhalb und morgen ziehen wir hier aus, wir brauchen uns keine Sorgen mehr zu machen."

Als sie im Foyer ankamen stand der Daimler schon vor der Tür. Es war ein gutes Gefühl sich wieder frei bewegen zu können. Das Restaurant war ein Geheimtipp. Sie bekamen noch einen Tisch im hinteren Teil und genossen ihre wiedergewonnene Freiheit, das vorzügliche Essen und den Pianisten der für die gelungene musikalische Untermalung sorgte.

Trudi hatte ihre Konzeption noch einmal überarbeitet und zu den Bonsai Bäumen noch Rosen und ausgefallene Schnittblumen als Ergänzung ins Sortiment genommen. Der absolute Clou war aber ihre Idee Glas- und Keramikobjekte japanischer Künstler in regelmäßigen Ausstellungen zu präsentieren. Gisbert war begeistert. „Das sieht doch gut aus! Wir haben das Geld und wenn wir das Coupé zurückgeben können, holen wir uns einen gebrauchten Caddy und sind immer noch frisch. Wenn ich mit Dagobert Bollmann rede, krieg ich das schon hin." „Aber du hängst doch so an dem schönen Geschoss." „Nicht wirklich, glaub mir! Solche Autos kann man immer wieder kaufen. Aber Träume kann man sich nicht kaufen, die muss man leben! Ich mach dir einen Vorschlag: Ich übernehme fürs Erste den finanziellen Teil. Dafür hilfst du mir, das ich mich endlich von meiner schwarzen Freundin trennen kann." „Du hast eine Freundin?" Ungläubig starrte Trudi Gisbert an. „Nie hast du mir von ihr erzählt." „Na ja, sie ist meine ganz spezielle Liebe. Schwarz, stark und liegt gut in der Hand. Angie ist eine Illegale ohne registrierte Nummer. Aber jetzt ist sie mausetot." „Wer ist Angie und woran ist sie gestorben?" „Oh, im Grunde ist sie quicklebendig, sie hat keine Kennnummer mehr, die musste ich ihr leider rausfeilen. Deswegen muss sie unbedingt verschwinden. Ich glaube sie hat einen Abgang mit Würde verdient: Ein Seemannsgrab! Wollen wir?" Trudi nickte stumm und sie fuhren zur nahen Steilküste der untergehenden Sonne entgegen. Gisbert schaute auf seine geliebte Daytona. Die Zeiger standen auf 22.22. Eine gute Zeit für eine Beerdigung der besonderen Art.

Copyright Ennow Strelow, Oldenburg 2016
Erste Auflage 2016
Alle Rechte vorbehalten, insbesondere das der Übersetzung, des öffenlichen Vortrags sowie der Übertragung durch Rundfunk und Fernsehen, auch einzelner Teile. Kein Teil des Werkes darf in irgendeiner Form (durch Fotografie, Mikrofilm oder andere Verfahren) ohne schriftliche Genehmigung des Verlages reproduziert werden oder unter Verwendung elektronischer Systeme verarbeitet, vervielfältigt oder verbreitete werden.

Fotografie: Ennow Strelow
Umschlaggestaltung: Ennow Strelow
Layout: Erika Strelow / Satz: Michael Schildmann / edition lichtblick

Herstellung und Verlag:
BoD - Books on Demand, Norderstedt

Die deutsche Nationalbiliothek verzeichnet diese Publikation in der Deutschen Nationalbibliografie; detaillierte bibliografische Daten sind im Internet über dnb.d-nb.de anrufbar.

ISBN 9783739224077   www.edition-lichtblick.de